KB132383

트렌트
최후의 사건

유 소 영

서울대 해양학과를 졸업했다. 『화형 법정』, 제프리 디버의 『본 컬렉터』를 비롯해 『코핀 댄서』, 『곤충 소년』 등으로 이어지는 링컨 라임 시리즈, 『법의관』, 『하트잭』 등의 퍼트리샤 콘웰 작품과 CSI 과학 수사대 시리즈, 『인어의 노래』와 같은 미스터리 스릴러를 번역했다.

TRENT'S LAST CASE
by E.C. Bentley

이 도서의 국립중앙도서관 출판시도서목록(CIP)은 e-CIP 홈페이지(http://www.nl.go.kr/ecip)와
국가자료공동목록시스템(http://www.nl.go.kr/kolisnet)에서 이용하실 수 있습니다.
CIP제어번호 : CIP2014012988

트렌트 최후의 사건

에드먼드 벤틀리

유소영 옮김

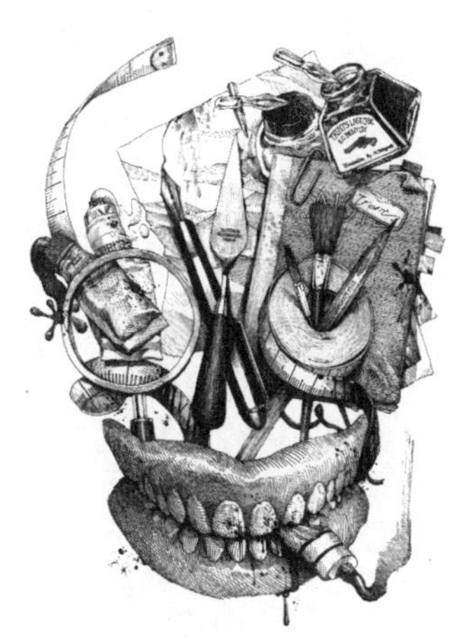

화가 트렌트, 사건에 뛰어들다

엘릭시르

차례

/

Trent's
Last
Case

길버트 키스 체스터턴에게

친애하는 길버트

이 이야기를 자네에게 바치네.

첫째, 이 책을 쓰는 동안 내 마음속에 있던 유일하게 고귀한 동기는 자네가 이 이야기를 즐기리라는 희망이었기에. 둘째, 『목요일이었던 남자』에 대한 보답으로 자네에게 책 한 권의 빚이 있었기에. 셋째, 이 년 전 프랑스인들에게 둘러싸여 이 책의 계획을 자네에게 설명할 때 내가 그대에게 바치겠다고 말했기에. 넷째, 과거를 기억하기에.

오늘 나는 그 놀라웠던 시절을 생각하네.

우리 둘 다 신문을 거들떠보지도 않던 시절, 종이와, 연필과, 차와, 손윗사람들의 인내심을 한없이 소비하며 순수하게 행복했던 시절, 가장 심각한 문학을 받아들이는 동시에 우리 자신은 가벼운 읽을거리를 생산하던 시절, (캐나다 시인의 표현을 빌리자면) 자연의 작품들과 작은 개구리를 관찰하던 시절; 간단히 말해, 우리가 한없이 어렸던 시절.

그 시절을 위해, 자네에게 이 책을 바치네.

에드먼드 벤틀리

/

Trent's Last Case

E. C. Bentley

나쁜 소식

우리가 아는 이 세상은 어떻게 중요한 일과 중요해 보이는 일을 현명하게 분별하는 것일까?

시그스비 맨더슨의 주도면밀하고 강력한 두뇌가 정체불명의 인물이 쏜 총탄에 박살 났다는 소식이 전해졌을 때, 사람들은 한 방울의 눈물도 흘리지 않았다. 진심으로 슬퍼해 줄 충직한 친구도 없고 명예로운 행동 한번 한 적 없었던 그가 쌓아 올렸던 어마어마한 부는 허무할 뿐이라는 것을 새삼 일깨워 주는 사례였다. 그러나 사업이라는 거대한 소용돌이 속에 몸을 담은 사람들에게 시그스비 맨더슨이 사망했다는 소식은 지축이 흔들리듯 거대한 충격으로 다가왔다.

미국의 파란만장한 경제사 속에서도 금융계에 그만 한 인상을 남긴 인물은 없었다. 신전 안의 그의 자리는 굳건했다. 자본을 틀어쥐고 수백만 명의 노동의 대가로 막강한 부를 쌓아 올린 재계의 거물은 이전에도 있었다. 그러나 맨더슨은 독특한 존재였다. 그에게는 오랜 세월 경제적 안정을 굳건하게 수호하고 시장의 위기를 해소했으며 월 스트리트의 경계를 갉아먹는 이방의 부족장들과 맞서 싸운 인물이라는, 미국인들이 특히 사랑하는 해적 모험담의 후광이 있었다.

맨더슨의 아버지는 당대에 이방의 소규모 부족장 중 한 사람이었던 할아버지에게서 물려받은 유산을 오랜 세월 돈놀이로 굴리며 주식에는 손을 대지 않았다. 맨더슨 또한 막대한 부를 물려받아 돈이 부족했던 적이 없었고 미국의 신흥 귀족 계급으로서 한평생 안정적으로 살 수도 있었다. 그러나 그는 그렇게 살지 않았다. 가정교육과 학업을 통해 유럽식 부자의 생활 양식을 물려받은 그는 조용한 화려함을 좋아했고 유난을 떨지 않고 많은 부를 소비하는 생활에 익숙했다. 그러나 내면에는 금광 노다지꾼이자 장사꾼이었던 선조에게서 물려받은 본능이 꿈틀거리고 있었다. 사업가로서 첫발을 내디딘 초창기 악동 시절의 맨더슨은 남들보다 더 좋은 두뇌를 투기라는 장터에서 현란하게 굴릴 줄 아는 천재 도박꾼에 지나지 않았다. 나폴레옹에게 전쟁이 아름다운 일이었던 것처럼, 젊은 맨더슨에게는 뉴욕 증권 거래소의 복잡다단한 이전투구가 그랬다.

그러다 변화가 찾아왔다. 서른 살 되던 해 아버지가 세상을 떠난 뒤, 맨더슨은 자신이 모시던 신의 권능과 영광을 새로이 깨달은 것 같았다. 미국인답게 순식간에 새로운 생활에 적응한 그는 거리에서 벌어지는 전투의 소음에 귀를 닫고 아버지에게 물려받은 은행 업무에 성실하게 몰두했다. 몇 년 뒤 성난 바다처럼 동요하는 시장 위에 은행은 어마어마한 보수성과 안정성, 경제적 무게를 지닌 절벽처럼 우뚝 솟았고, 그는 거대한 조직의 모든 실권을 휘두르게 되었다. 젊은 시절의 행적에 대한 불신은 사라졌다. 맨더슨은 완전히 다른 사람으로 변해 있었다. 어떻게 해서 그가 이렇게 변했는지 정확히 아는 사람은 없었다. 그가 유일하게 존경하고 어쩌면 사랑했던 아버지가 마지막으로 남긴 유언 때문이라는 말이 떠돌기도 했다.

맨더슨은 재계에 군림하기 시작했다. 얼마 지나지 않아 전 세계 주식 시장에서 그의 이름을 모르는 사람이 없게 되었다. 맨더슨이라는 이름은 미국이라는 나라의 견고하고 광범위한 막대한 부의 상징이 되었다. 그는 어마어마한 자본을 조직해서 사업을 대륙 단위로 합병하고 중앙 집권화하여 한 치의 오차도 없는 판단력으로 정부나 사기업의 대형 사업에 투자했다. 파업 진압을 진두지휘하여 대규모 노동력이 속한 사업장을 합병할 때는 수없이 많은 가정을 짓밟았다. 광부나 철광 노동자, 농부가 저항하며 난동을 부리면 그들보다 더욱 무법하고 잔인하게 권력을 휘둘렀다. 이 모두가 합법적인 사업 목적을 달성하기 위한 일들이었다. 수만 명의 가난한 사람들은 그를 저주했지만 자본가와 투자가는 그를 증오하지 않았다. 맨더슨은 자본의 힘을 비호하거나 행사할 수 있는 일이라면 미국 어디든지 손을 뻗었다. 그는 규모에 대한 국가적인 탐욕에 강력하게, 냉철하게, 정확하게 봉사했다. 미국은 감사의 마음으로 그에게 '거인'이라는 칭호를 붙여 주었다.

만년의 맨더슨은 비서나 참모, 지난 투기꾼 시절의 지인 등 몇몇 사람밖에 알지 못하던 의외의 측면을 보이기 시작했다. 건실한 사업과 시장의 안정을 떠받치는 기둥 같은 존재인 맨더슨은 월 스트리트가 이름만 듣고도 벌벌 떨던 활기 넘치던 시절에 대한 향수에 젖어 있었다. 측근 중 한 사람의 표현을 빌리자면, 해적이 미국에서 약탈한 재물을 가지고 성실한 장사꾼이 되어 영국에 정착한 꼴이었다. 가끔 이에 칼을 물고 모자챙에 성냥을 긋곤 하는 해적의 본성이 갑자기 고개를 들 때가 있었다. 시장을 무자비하게 공격하고 싶은 이런 과거 회귀적인 충동이 들 때마다 맨더슨 콜팩스사社의 은밀한 사무실에서는 종이 위에 온갖 계획이 세워졌다. 그러나 단 한 번도 실행에 옮긴 적은 없었다. 해적은 옛 자아가 일으키는 머릿속의 폭동을 애써 진압하고 〈스페인 여자들〉의 한 구절을 흥얼거리면서 다시 집무실로 돌아가곤 했다. 그는 백만 달러를 벌 수도 있었던 계획을 실행이 불가능해진 시점에 측근에게 슬쩍 흘리면서 은근한 만족감을 얻곤 했다. 그는 애석한 듯한 말투로 이렇게 말하곤 했다.

"내가 손을 뗀 뒤로 월 스트리트는 재미없는 곳이 돼 버렸어."

거인의 이런 귀여운 점은 차츰 재계에 알려졌고 재미있는 이야깃거리로 회자되었다.

맨더슨의 사망 소식에 시장에는 허리케인 같은 공황이 일었다. 하필 시기도 나빴다. 주가는 지진을 만난 건물처럼 곤두박질쳤다. 이틀 동안 월 스트리트는 창백한 절망으로 뒤덮인 아비규환의 지옥이었다. 투기가 벌어지는 미국의 모든 분야에서 파산이 속출했고 자살이 역병처럼 번졌다. 유럽에서도 만나 본 적도 없는 금융가의 운명에 재수 없게 엮인 적지 않은 사람들이 제 손으로 목숨을 끊었다. 파리에서는 유명한 은행가가 증권 거래소를 조용히 나오더니 깨진 약병을 손에 쥔 채 흥분한 유대인들이 와글거리는 넓은 계단참에서 쓰러져 죽었다. 프랭크퍼트에서는 예배당 꼭대기에서 한 사람이 투신해서 붉은 탑 지붕에 더욱 붉은 핏자국을 남겼다. 탐욕의 신전에 차가운 심장을 바친 한 인물이 영국의 귀퉁이에서 세상을 떠났다는 이유로, 사람들은 칼로, 총으로, 밧줄로 목숨을 끊었다. 죽음을 물처럼 마시고 공기처럼 호흡했다.

더 이상 안 좋을 수 없는 시기였다. 월 스트리트가 공황을 억지로 억누르고 있었기 때문이다. 일주일 전 루커스 한이 갑작스럽게 체포되고 그가 경영하던 은행에서 저지른 비리가 속속들이 밝혀진 이래, 거인과 협력하는 세력과 그 지배하에 있는 자본은 필사적으로 후폭풍을 막고 있었다. 하필 폭탄이 떨어진 것도 시장이 가치 이상으로 폭등해 있던 시점이었다. 시장 용어를 빌리자면, 하락세가 올 차례였다. 옥수수 작황도 좋지 않았고, 몇몇 철도 회사의 수익도 예상보다 부진했다. 이전까지는 투기가 이루어지는 분야 어느 곳에서 충격파가 감지되면, 맨더슨의 자본이 나서서 시장을 떠받쳐 주었다. 약삭빠르지만 얕고, 탐욕스럽지만 감정적인 투자 심리는 이 일주일 내내 거인이 멀리서 구원의 손길을 내밀고 있다고 생각하고 있었다. 신문들은 맨더슨이 월 스트리트의 참모들과 매 시각 긴밀한 연락을 취하고 있다고 입을 모았다. 한 신문은 지난 스물네 시간 동안 뉴욕과 말스톤 사이에 오간 통신 비용을 추산하여 어마어마한 전보량 때문에 우체국 본국에서 말스톤으로 통신 전문가 몇 명을 내려보내야 할 정도였다고 보도했다. 어떤 신문에는 맨더슨이 루커스한 은행 소식을 듣자마자 휴가를 반납하고 루시타니아 호를 타고 돌아올 계획이었지만, 상황이 잘 정리되어 가고 있기 때문에 영국에 머무르기로 했다는 기사도 실렸다.

모든 것은 경제 신문 편집자라는 작자들이 의도적으로 꾸며 낸 거짓이었고, 이를 부추긴 것은 다름 아닌 맨더슨 그룹의 약삭빠른 사업가들이었다. 그들은 환상 속의 영웅 숭배가 무엇보다 자기들의 계획에 도움이 된다는 것을 알고 있었고, 맨더슨이 구원 요청에 응답한 일은 없다는 사실을, 실제로 사태 수습에 나선 것은 철강 업계의 거물 하워드 B. 제프리라는 것을 알고 있었다. 나흘 동안 치열하게 공포와 싸운 끝에 투자 심리는 진정되는 기미를 보였다. 토요

일에도 시장은 아직 간헐적으로 우르릉대고 있었지만, 제프리는 이 정도면 상황이 거의 끝났다고 보았다. 시장은 견고했고 천천히 상승세를 타고 있었다. 일요일에 월 스트리트는 피곤한 몸을 누이고 평화롭게 잠을 청했다.

월요일에는 주식 시장이 개장하자마자 끔찍한 소문이 금융 지구를 휩쓸었다. 마치 번개가 번쩍인 것 같았다. 눈 깜빡할 사이에 벌어진 일이라 발단을 알 수 없었다. 아마 누가 전화로 속삭였고 통신선을 통해 다급한 매도 주문이 잇달아 떨어지면서 확산되었을 것이다. 날카로운 경련이 회복기였던 시장을 강타했다. 오 분 뒤 브로드 스트리트 장외 거래소의 단조로운 소음은 다급한 힐문으로 변했다. 주식 거래소 내부에 공포가 퍼지면서 사람들은 모자 쓰는 것도 잊은 채 들락거렸다. 모두들 그게 사실이냐고 묻고 있었다. 모두가 떨리는 입술로 대답했다. 양심 없는 브로커가 미결제 주식을 숨기기 위해 퍼뜨린 거짓이겠지. 십오 분 뒤 영국 증권 거래소 마감 시각에 임박해서 영국의 미국 관련 주식이 갑자기 폭락했다는 소식이 들어왔다. 이것만으로 충분했다. 뉴욕은 아직 거래 시간이 네 시간 남아 있었다. 맨더슨을 시장의 수호자이자 구원자로 내세운 전략은 선동 세력들에게 무시무시한 역효과를 낳았다. 제프리는 수화기에 귀를 대고 입을 꾹 다문 채로 재앙이 벌어졌다는 소식을 듣고 있었다. 새로운 나폴레옹이 애마 마렝고를 잃은 것이다. 제프리에게는 금융 시장 전체가 무너지고 일대 혼란이 벌어지는 광경이 눈에 선했다. 삼십 분 뒤에는 십여 개 신문사가 맨더슨의 시체가 발견되었으며 자살일지도 모른다는 내용의 기사를 찍어 내고 있었다. 그러나 인쇄된 신문이 미처 월 스트리트에 도착하기도 전에 공황의 폭풍우는 절정에 달했고, 하워드 제프리와 그의 협력자들은 추풍낙엽처럼 휩쓸려 갔다.

이 모든 것이 아무것도 아닌 일 때문에 벌어졌다.

일상생활에는 변한 것이 없었다. 옥수수는 변함없이 햇살 아래에서 영글었다. 강물은 계속해서 바지선을 실어 날랐고 수많은 기계에 전력을 공급하고 있었다. 양들은 풀밭에서 통통하게 살이 찌고 새끼를 낳았다. 사람들은 저마다 하던 일을 계속하면서 예전과 똑같이 부대끼며 살아갔다. 전쟁의 여신은 언제나처럼 뒤척이며 잠꼬대를 했지만, 불편하나마 계속 잠을 자고 있었다. 현실을 보지 않는 일이백만 명 정도의 반미치광이 도박사들을 제외한 모든 인류에게 맨더슨의 죽음은 아무 의미가 없었다. 사람들의 삶과 일은 계속해서 흘러갔다. 맨더슨이 죽기 몇 주 전에는 다른 강력한 손이 금융과 산업의 거대한 조직을 지휘하고 있었다. 그의 시체가 땅에 묻히기도 전에 미국인들은 묘한 사실을 깨달았다. 시그스비 맨더슨이라는 이름으로 불리던 하나의 강력한 엔진이 물질적 번영의 필요조건이 아니었다는 사실을 말이다. 이틀 후 공황이 진정되고 수습도 끝났으며 파산한 자들은 사라졌다. 시장은 평상시처럼 회복되었다.

짧은 광기가 차츰 가라앉을 무렵, 영국에서 발생한 추문이 유럽 대륙과 아메리카 대륙의 주의를 사로잡았다. 다음 날 아침 시카고 철도 사고가 발생했고, 같은 날 저명한 정치인이 뉴올리언스 거리에서 처남이 쏜 총에 맞아 세상을 떠났다. 일주일 만에 맨더슨 사건은 신문사 편집자들의 노련한 눈에는 한물간 뉴스로 전락했다. 유럽을 찾는 미국 방문객들은 가난하게 죽은 수많은 위인의 기념관과 동상에는 찾아갔지만, 유명한 미국인 부호를 떠올리는 사람은 아무도 없었다. 백 년 전에 로마에서 가난에 시달리다 요절한 시인처럼, 맨더슨 역시 머나먼 이국땅에 묻혀 있었다. 수많은 미국인들이 몬테 테스타초의 공동묘지에 위치한 키츠의 무덤으로 몰려갔지만 말스톤의 작은 교회 옆 부호의 묘지를 존경하는 마음으로 찾는 사람은 아무도 없었고, 앞으로도 없을 것이다.

002

시내가 발칵 뒤집히다

《레코드》 사옥 내에 안락하게 꾸며진 곳은 제임스 몰로이 경의 사무실뿐이었다. 그의 책상에서 전화기가 울렸다. 제임스 경이 펜으로 전화기를 가리키자 비서인 실버는 일손을 멈추고 전화기로 향했다.

"여보세요?……누구시라고요?……안 들립니다……아, 버너 씨군요……네, 하지만……그건 압니다만 오늘 오후에는 정말 눈코 뜰 새 없이 바쁘십니다……다음에……아, 그래요? 음, 그러면……잠깐 기다리시겠습니까?"

그는 제임스 경 앞에 수화기를 놓고 간결하게 말했다.

"시그스비 맨더슨의 오른팔 캘빈 버너입니다. 꼭 통화를 해야겠다는군요. 아주 중대한 소식이랍니다. 비숍스브리지에서 건 장거리 전화라 또박또박 말씀하셔야 합니다."

제임스 경은 달갑지 않은 표정으로 전화를 바라보더니 수화기를 집어 들었다.

"여보세요?"

그는 힘 있는 음성으로 한마디 한 뒤 잠시 귀를 기울였다.

"네."

실버는 잠시 후 그의 얼굴에 놀라움과 경악이 스치는 것을 보았다.

"세상에!"

그는 중얼거리더니 전화기를 움켜쥐고 귀를 기울이며 천천히 자리에서 일어났다. 그러는 사이 두어 번 "네" 하고 대꾸했다. 그는 계속 귀를 기울이며 시계를 흘긋 쳐다보더니 송화기 위로 실버에게 빠르게 지시했다.

"가서 피기스와 윌리엄스를 찾아와, 빨리."

실버는 쏜살같이 방을 빠져나갔다.

저명한 언론인 제임스 경은 큰 키에 힘이 좋고 두뇌 회전이 빠른 오십 세의 아일랜드인으로서 검은 수염을 기르고 있었다. 그는 지치지 않는 에너지를 지니고 일을 했고 자신이 유명하다는 사실을 잘 알고 있으며 아일랜드인 특유의 냉소적인 유능함이 행동거지에 배어 있는 사람이었다. 사기꾼 기질은 조금도 없었다. 자신을 감추거나 모르는 것을 아는 척하는 일도 없으며, 타인의 허세를 곧바로 꿰뚫어 볼 줄 알았다. 잘생기고 귀족적인 말쑥한 외모였지만, 화가 나거나 생각에 골몰해서 눈동자와 눈썹 주위에 주름이 생길 때면 어딘가 음험한 기운이 감돌기도 했다. 하지만 너그러울 때는 한없이 따뜻한 사람이기도 했다. 그는 가장 영향력 있는 신문《레코드》와, 바로 길 반대편에 사옥을 둔 인기 석간신문《선》을 산하에 둔 신문사 사장이었다. 게다가《레코드》의 편집 주간으로서 그간 여러 분야에서 축적한 영국 최고의 유능한 인재들을 거느리고 있었다. 천부적인 재능이 없다면 자신이 가진 능력으로 최선을 다해야 한다는 것이 그의 좌우명이었고, 그는 두 가지 장점을 다 풍부하게 지니고 있었다. 존경심을 불러일으키기 힘들다고 알려진 업계에서 직원들에게 존경받는 드문 인물이었다.

"그게 다요?"

제임스 경은 한동안 골똘히 귀를 기울이다가 물었다.

"알려진 지 얼마나 되었지?……음, 물론 경찰은 그렇지만, 하인들은? 지금쯤은 그쪽에 소문이 파다할 텐데……음, 노력해 보지……아, 버너, 뭐라고 감사해야 할지 모르겠어. 큰 신세를 졌네. 무슨 말인지 알 거야. 시내에 오면 곧장 날 찾아오게……좋아. 알겠네. 이제 일에 착수해야겠어. 끊겠네."

제임스 경은 전화를 끊고 앞에 있는 서류꽂이에서 철도 시간표 책자를 집어 들었다. 얼른 시간표를 훑어본 그는 책자를 내던지며 커다랗게 소리를 질렀다. 그때 실버가 급히 사무실로 들어왔고, 안경을 쓴 강인해 보이는 남자와 눈매가 예리한 젊은이가 뒤따라 들어왔다.

"몇 가지 정보를 받아 적게, 피기스."

제임스 경은 흥분한 기색을 싹 걷어내고 침착한 말투로 빠르게 말했다.

"정보를 가지고 《선》 특별판에 올릴 수 있도록 최대한 빨리 글을 만들어 봐."

강인해 보이는 남자는 고개를 끄덕이고 시계를 보았다. 3시가 약간 지난 시각이었다. 그는 수첩을 꺼내고 커다란 작업대 앞에 의자를 끌어다 앉았다. 제임스 경이 말을 이었다.

"실버, 자네는 존스에게 우리 특파원 중 한 명이 모든 일을 중단하고 즉시 말스톤에 가도록 긴급히 지시하게 해. 존스가 전보에 이유는 적지 못하도록 해. 다들 알겠지만 《선》에서 기사가 나갈 때까지는 절대 이 뉴스에 대해 불필요한 말이 새어 나가서는 안 돼. 윌리엄스, 길 건너편으로 가서 앤서니에게 시내가 발칵 뒤집힐 뉴스가 있으니까 두 단을 공란으로 남겨 놓으라고 해. 특종이니까 만반의 대비를 하라고. 피기스가 오 분 뒤에 내용을 갖고 갈 테니까 개인 작업실에서 기사를 작성하게 하라고 해. 갈 때 모건에게 즉시 여기로 오라고 하고. 전화 교환실에 트렌트 씨를 나한테 연결해 달라고 해 줘. 앤서니를 만난 뒤에는 다시 이리 와서 대기해."

예리한 눈매의 젊은이는 유령처럼 사라졌다.

제임스 경은 즉각 피기스를 돌아보았다. 그의 연필은 이미 종이 위에서 대기하고 있었다.

"시그스비 맨더슨이 살해당했다."

그는 뒷짐을 지고 사무실을 서성거리며 빠르고 또렷하게 말했다. 피기스는 오늘 날씨 좋다는 이야기라도 듣는 듯 직업적인 무심한 태도로 속기하기 시작했다.

"맨더슨과 그의 아내는 비서 둘과 함께 이 주 전부터 비숍스브리지 근처 말스톤에 있는 화이트 게이블스 저택에서 지냈다. 사 년 전에 구입한 집이다. 구입한 뒤로 그와 아내는 매년 여름 그곳을 찾았다. 간밤에 맨더슨은 평소대로 11시 반 무렵 잠자리에 들었다. 아무도 그가 언제 일어나서 집을 나갔는지 모른다. 오늘 아침까지 그가 사라졌다는 걸 몰랐다. 10시에 정원사가 시체를 발견했다. 시체는 저택 내 창고 옆에 쓰러져 있었다. 왼쪽 눈에 총상을 입었다. 즉사한 것으로 보인다. 시체에서 도난당한 물건은 없었고, 손목에 몸싸움을 한 흔적이 남아 있었다. 말스톤의 스톡 박사가 즉시 현장으로 갔고, 부검을 실시할 예정이다. 현장에 출동한 비숍스브리지 경찰은 자세한 이야기를 삼가고 있지만, 살인범에 대한 단서는 전혀 없는 것으로 보인다. 거기까지, 피기스. 앤서니가 기다리고 있을 거야. 나도 그와 통화해서 논의할 게 있어."

피기스가 고개를 들며 덧붙였다.

"런던 경찰청의 가장 유능한 형사 중 한 사람이 사건을 맡았다.

이 정도면 안전한 문장이겠지요."

"좋을 대로 하게."

"맨더슨 부인은? 부인도 거기 있었습니까?"

"그래. 부인이 왜?"

"충격으로 넋이 나가 두문불출하고 있다. 동정심을 자극할 겁니다."

"나라면 그런 표현은 피하겠어요, 피기스 씨."

조용한 목소리가 들렸다. 구술이 진행되는 동안 창백한 피부의 우아한 모건이 소리 없이 들어와 있었다. 그녀는 제임스 경 쪽으로 돌아서며 말을 이었다.

"맨더슨 부인을 만나 본 적이 있는데, 건강하고 영리해 보였어요. 남편이 살해당했다는 충격으로 넋이 나갈 사람은 아닌 것 같던데요. 경찰을 돕기 위해 최선을 다할 사람 같아요."

제임스 경의 얼굴에 미소가 스쳤다. 모건의 침착하고 효율적인 일처리는 사내에 소문이 자자했다.

"자네와 비슷한 데가 있군, 모건. 그건 잘라내, 피기스. 이제 가 봐! 모건, 내가 뭘 원하는지 알고 있을 테지."

모건은 생각을 정리하는 듯 검은 속눈썹을 내리깔았다.

"맨더슨의 약력은 마침 잘 정리된 게 있습니다. 겨우 몇 달 전에 자료를 찾은 적이 있거든요. 내일 신문에 그대로 실어도 되는 상태입니다. 《선》에는 이 년 전 맨더슨이 베를린에서 칼륨 문제를 해결했을 때 실었던 일대기를 사용하는 게 좋을 것 같아요. 아주 좋은 일대기였으니 그 이상 더 나올 게 없습니다. 우리 신문에도 지엽적인 내용의 단신 자료는 많아요. 들어오는 대로 보조 편집자에게 넘기겠습니다. 그리고 우리가 저작권을 가지고 있는 아주 좋은 인물화가 두 장 있습니다. 가장 좋은 것은 트렌트 씨가 그와 같은 배를 탔을 때 그린 초상인데요, 웬만한 사진보다 낫습니다. 하지만 사장님이라면 대중들은 좋은 그림보다 조악한 사진을 더 좋아한다고 말씀하실 테니까 둘 다 여기로 곧장 보내겠습니다. 보시고 결정하세요. 제가 볼 때 《레코드》가 특종을 가장 빨리 입수하기는 했지만 지금 특파원을 보내도 내일 신문에 맞춰서 정보를 얻을 수는 없을 겁니다."

제임스 경은 깊이 한숨을 쉬었다. 그는 책상 앞으로 돌아온 실버에게 낙심한 어조로 말을 건넸다.

"우리는 할 일이 없군그래. 모건이 기차 시간표까지 꿰고 있으니."

모건은 소맷자락을 깔끔하게 바로잡았다.

"다른 용무 있으십니까?"

그때 전화벨이 울렸다. 제임스 경은 수화기를 집어 들며 대답했다.

"음, 한 가지 더. 난 자네가 때로 고약한 실수를 한 번쯤 했으면 좋겠어, 모건. 우리 같은 사람들의 사기 진작을 위해서."

모건은 매력적인 미소를 보일락 말락 지어 보였다.

"앤서니?"

제임스 경은 길 반대편 건물의 편집장과 전화로 심각한 논의를 시작했다. 그는《선》건물을 직접 찾아가는 일이 거의 없었다. 그는 석간신문의 분위기란 그런 분위기를 좋아하는 사람에게나 어울린다고 말하곤 했다. 정신없는 분위기를 즐기며 시각을 다투는 혈투에서 기쁨을 얻는 플리트 스트리트의 두목 앤서니는 반대로 조간신문에 대해 비슷한 생각을 갖고 있었다.

오 분가량 지나 제복 차림의 소년이 들어와서 트렌트 씨가 연결되었다고 알렸다. 제임스 경은 앤서니와의 대화를 돌연 중단하고 소년에게 말했다.

"지금 즉시 연결하라고 해."

잠시 후 그는 수화기에 대고 커다랗게 외쳤다.

"여!"

수화기 속에서 대답이 흘러나왔다.

"인사는 집어치우세요. 원하시는 게 뭡니까?"

"몰로이일세."

"압니다. 트렌트입니다. 그림을 그리다가 결정적인 순간에 방해를 받았습니다. 아주 중요한 용무가 아니면 곤란할 거예요!"

제임스 경이 심각하게 입을 열었다.

"트렌트, 중요한 일이야. 부탁할 일거리가 있어."

"일거리가 아니라 놀거리가 있다는 뜻이겠죠. 지금은 휴가를 즐길 여력이 없어요. 한창 일이 잘되는 참이란 말입니다. 아주 괜찮은 작품이에요. 왜 사람을 가만히 못 내버려 두는 겁니까?"

"심각한 사건이 생겼어."

"뭡니까?"

"시그스비 맨더슨이 머리에 총을 맞아 살해당했는데 범인은 아직 몰라. 오늘 아침 시체가 발견됐어. 비숍스브리지 근처에 있는 그의 저택에서."

제임스 경은 피기스에게 말한 내용을 간략하고 명료하게 전달했다.

"어떻게 생각하나?"

수화기 너머에서는 생각에 잠긴 채 끙 하는 소리만 흘러나왔다. 제임스 경이 재촉했다.

"대답해 봐."

"악마 같으니!"

"가 주겠어?"

잠시 침묵이 흘렀다. 제임스 경이 말했다.

"듣고 있나?"

투덜거리는 목소리가 흘러나왔다.

"이것 봐요, 몰로이. 내가 필요한 일일 수도 있고 아닐 수도 있겠죠. 어떻게 알아요. 수수께끼일 수도 있고 불 보듯 뻔한 사건일 수도 있습니다. 시체에 강도의 흔적이 없다는 건 흥미롭지만, 정원에서 자고 있던 부랑자를 보고 내쫓으려다가 당했을 수도 있지 않습니까? 맨더슨이라면 충분히 할 법한 일이죠. 그런 범인이라면 돈이나 귀중품을 그대로 두는 것이 안전하다는 것도 잘 알 겁니다. 솔직히 말해, 사회적 저항의 표시로라도 시그스비 맨더슨 같은 자의 머리에 총구멍을 내 준 불쌍한 악마의 목을 매다는 일을 돕고 싶진 않아요."

제임스 경은 전화를 향해 미소를 지었다. 성공했다는 의미의 미소였다.

"이봐, 친구, 벌써 솔깃해하잖아. 가서 알아보고 싶다고 인정하지 그러나. 그러고 싶잖아. 내키지 않는 일이라면 얼마든지 물러나도 좋아. 그건 그렇고 어딘가?"

"바람결에 날려 방황하고 있어요. 모든 기쁨이 사라지고, 공허하고 또 공허하도다."

갈등 섞인 목소리였다.

"한 시간 안에 이리로 올 수 있나?"

"가능할 겁니다. 시간은 얼마나 있죠?"

툴툴거리는 목소리였다.

"잘 생각했어! 음, 시간은 충분해. 그게 문제지. 오늘 밤에는 현지 특파원으로 때워야 해. 딱 좋은 기차는 삼십 분 전에 출발했어. 다음 기차는 자정에 패딩턴에서 출발하는 완행이야. 원한다면 버스터를 타고 가도 되고."

버스터란 제임스 경의 아주 빠른 자동차였다.

"하지만 어차피 늦게 도착해서 오늘 밤에는 일을 할 수 없을 거야."

"잠도 못 자겠죠. 아니, 됐어요. 기차로 가죠. 알다시피 난 기차 여행을 좋아하지 않습니까. 여행에 재능이 있어요. 나는 석탄을 넣는 화부이자, 불길에 들어가는 석탄. 나는 짐꾼이 부르는 한 자락 노래."

"무슨 소리야?"

목소리가 슬퍼졌다.

"별것 아닙니다. 사건 현장 인근에 호텔 방을 예약해 주시겠습니까?"

"바로 처리하지. 최대한 빨리 오게."

그는 수화기를 내려놓았다. 다시 서류로 눈을 돌리는데, 바깥 저 아래 길거리에서 날카롭게 외치는 소리가 들렸다. 그는 열린 창가로 걸어갔다. 들뜬 남자아이들 몇 명이 《선》 건물 계단을 달려 내려가 플리트 스트리트로 향하는 좁은 골목길을 달려가고 있었다. 각자 신문 뭉치와 커다란 전단을 들고 있었다. 전단에는 간략한 문구가 적혀 있었다.

시그스비 맨더슨 살해

제임스 경은 미소를 지으며 주머니에 든 동전을 경쾌하게 짤랑거렸다.

"좋은 문구야."

그는 옆에 서 있는 실버를 향해 말했다.

맨더슨의 묘비명으로도 마찬가지였다.

003 아침 식사

다음 날 아침 8시경 너새니얼 버턴 커플스는 말스톤의 호텔 베란다에 서서 아침 식사에 대해 생각하고 있었다. 그의 경우 이 표현은 문자 그대로였다. 시간이 허락할 때마다 자기 일상의 모든 의식적인 행동에 대해 주도면밀하게 생각하는 사람답게, 그는 정말로 아침 식사에 대해 생각하고 있었다. 어제는 시체를 발견한 뒤의 흥분과 부산한 움직임 때문에 식욕이 가셔서 평소보다 영양 섭취가 상당히 적었다. 오늘 아침에는 한 시간 전부터 일어나 있었기 때문에 아주 배가 고팠다. 그는 토스트를 세 장 먹고 달걀도 하나 더 먹기로 결정했다. 나머지는 평소대로였다. 그래도 모자라는 영양은 점심때 보충해야겠지만 그것은 나중에 다시 생각하면 된다.

이렇게 결심을 한 커플스는 식사를 주문하기 전 잠시 경치를 감상했다. 예술 작품을 감상하듯이 황량한 해안의 아름다움을, 유리 같은 바다에서 치솟은 거대한 바위 절벽과 저 멀리 숲을 향해 완만하게 올라가는 광활한 초지와 경작지를 음미했다. 커플스는 아름다운 풍경을 좋아했다.

그는 중키에 마른 몸을 가지고 있었다. 남자로서 좋은 체력은 아니었지만 육십 가까운 나이에 비해서는 강인하고 활발했다. 제멋대로 비죽비죽 자란 턱수염과 콧수염은 얇고 친절한 입술을 숨기지 못했다. 눈빛은 예리하지만 따뜻했다. 날카로운 콧날과 좁은 턱은 성직자 같은 인상이었고 옷 역시 늘 검은색에 검은 중절모를 쓰고 다녔다. 전체적으로 볼 때 정말 사제 같은 풍모였다. 그는 남달리 양심적이고 근면했으며, 평화로운 마음의 소유자였다. 그러나 상상력은 약간 부족했다. 그의 아버지가 집안 일꾼을 구할 때 내던 신문 광고에는 엄격한 집안이라는 문구가 빠지지 않았다. 그는 그 암울한 성채 속에서 다행히 성스러운 선물 두 가지를 무사히 지니고 탈출했다. 마르는 법 없는 한없는 친절함과, 유머 감각은 없지만 순진무구한 낙천성이었다. 옛날에 태어나서 성직자 교육을 받았다면 추기경 자리까지 올라가고도 남았을 것이다. 그는 런던 실증주의 학회의 권위 있는 회원이자 은퇴한 은행가였고, 아이 없이 아내와 사별한 홀아비였다. 금욕적이지만 불행하다고는 할 수 없는 일상은 독서와 미술관 나들이로 소일했다. 그는 서로 관련이 없는 다양한 주제가 호기심을 자극할 때마다 심오한 지식을 꾸준히 쌓아 올려 교수와 큐레이터, 학술 연구원 세계의 일원이 된 사람이었다. 그런 사람들이 모이는 단란하지만 명랑하지는 않은 저녁 모임에서 그는 가장 그다웠다. 가장 좋아하는 작가는 몽테뉴였다.

커플스가 베란다의 작은 식탁에서 식사를 마칠 때쯤 커다란 자동차가 호텔 앞 진입로로 들어왔다.

"누구지?"

그는 웨이터에게 물었다. 젊은이는 무심하게 대답했다.

"지배인입니다. 기차를 타고 오시는 신사분을 맞으러 나가셨습니다."

자동차가 멈춰 서자 짐꾼이 서둘러 현관에서 다가갔다. 커플스는 자기보다 훨씬 어린, 키가 크고 마른 체구의 남자가 자동차에서 내려 베란다로 올라오더니 모자를 의자에 던지는 모습을 보고 반가운 탄성을 질렀다. 윤곽이 뚜렷하고 장난기 많은 얼굴은 유쾌한 미소를 띠고 있었다. 올 굵은 트위드 옷, 머리카락, 짧은 콧수염은 그럭저럭 참아 줄 수 있을 정도의 단정치 못한 행색이었다.

"커플스 씨, 이런 세상에!"

젊은이는 커플스가 미처 일어서기도 전에 다가서더니 그가 내민 손을 단단히 잡으며 소리쳤다.

"오늘은 운이 좋은 날이군요."

그는 속사포처럼 말을 쏟아 냈다.

"한 시간 동안 행운이 벌써 두 번이라니. 어떻게 지내셨습니까? 여긴 왜 오셨죠? 아침 식사를 앞에 두고 왜 그렇게 서글프게 앉아 계십니까? 과거의 영광을 회상하고 계신가요, 아니면 영광스러웠던 과거의 쓸쓸한 퇴장을 떠올리고 계신가요? 만나서 반갑습니다!"

커플스는 얼굴 가득 미소를 지으며 대답했다.

"안 그래도 자네가 오지 않을까 생각했지, 트렌트. 신수가 좋아 보이는군. 이야기는 차근차근 하도록 하고, 아직 아침을 안 먹은 것 같은데 내 자리에서 같이 들겠나?"

"그러죠. 든든하게 먹어야겠어요. 세련된 대화를 나누며 재회의 기쁨에 눈물을 흘리지요. 저는 가서 씻고 올 테니 시그프리드에게 내 식사를 준비해 달라고 말씀해 주시겠습니까? 삼 분 안에 오겠습니다."

그가 호텔 안으로 사라지자 커플스는 잠시 생각한 뒤 짐꾼의 사무실로 가서 전화를 걸었다.

돌아와 보니 친구는 이미 자리에 앉아서 차를 따르고 있었다. 그는 숨김없이 식욕을 드러내며 커플스가 선택한 음식을 둘러보았다.

"힘든 하루가 될 것 같습니다."

불쑥 말문을 여는 묘한 말투는 트렌트의 습관인 것 같았다.

"저녁까지는 식사를 못 할 것 같습니다. 제가 여기 왜 왔는지는 짐작하시겠죠?"

"물론이야. 살인 사건에 대해 기사를 쓰려고 왔겠지."

트렌트라는 남자는 가자미를 분해하기 시작했다.

"무색무취한 표현이군요. 죄인을 사냥하고 사회의 명예를 회복하는 피비린내 나는 복수의 화신으로 왔다고 해 주시면 좋겠습니다. 그게 제가 하는 일이죠. 이 집 저 집 돌아다니면서 봉사하는. 시작이 좋네요, 커플스 씨. 잠깐만 기다려 주세요, 먹고 말씀드리겠습니다."

트렌트가 음식을 먹어 치우는 데 몰두하는 동안 침묵이 흘렀고, 커플스는 기분 좋게 지켜보고 있었다.

마침내 트렌트가 입을 열었다.

"여기 지배인은 판단력이 상당히 뛰어난 친구더군요. 저를 관심 있게 지켜보았다지 뭡니까. 제가 해결한 사건에 대해 저보다 더 잘 알고 있어요. 어젯밤 《레코드》에서 제가 온다는 전보를 받고, 아침 7시에 기차에서 내렸을 때 역에 커다란 자동차를 대기시키고 기다리고 있었습니다. 나를 맞이하게 된 게 좋아서 어쩔 줄 모르는 표정이었습니다. 소문이 얼마나 빠른지."

그는 차를 마시고 말을 이었다.

"지배인이 내게 던진 첫 마디가 시체를 보고 싶으시면 자기가 조치해 줄 수 있다는 겁니다. 귀신같이 눈치가 빠르더군요. 시체는 발견됐을 당시 상태 그대로 마을의 스톡 박사 수술실에 누워 있다고 했습니다. 오늘 아침 검시를 실시할 예정이라는데, 아슬아슬하게 도착했죠. 지배인이 병원을 가는 길에 사건에 대해 자세하게 알려 줬습니다. 덕분에 도착했을 때는 상황을 상세하게 파악할 수 있었습니다. 이런 호텔 지배인은 의사하고도 연줄이 있나 봅니다. 의사도, 근무중인 경찰도 순순히 들여 보내 주더군요. 신문에 자기 이름만 싣지 말아 달라고 하면서."

커플스가 말했다.

"시체를 실어 가기 전에 나도 봤는데 말이야. 특별한 점은 없었어. 눈에 총상이 있었는데 그 외에는 얼굴이 크게 상하지 않았고 피도 거의 흐르지 않았던 것 같아. 손목에는 긁힌 상처와 타박상이 있었어. 자네라면 숙련된 솜씨가 있으니 단서가 될 만한 다른 특징을 찾아냈을 것 같은데."

"다른 특징이 있었죠. 의미가 있는지는 모르겠습니다. 그냥 이상한 점이 눈에 띄었을 뿐입니다. 예를 들어 손목 말입니다. 거기 타박상과 긁힌 자국이 있는 걸 어떻게 보셨습니까? 살해당하기 전에 맨더슨을 여기서 본 적이 있으신가요?"

"물론이지."

"그때 손목을 보았습니까?"

커플스는 기억을 더듬었다.

"아니. 그 말을 듣고 보니 여기서 맨더슨과 이야기를 나누었을 때는 빳빳한 셔츠 소매가 손까지 덮고 있었던 기억이 나는데."

"늘 그랬다죠. 제 친구인 지배인이 그렇게 말하더군요. 그래서 내가 지배인에게 소맷동이 보이지 않는데, 안의 소매를 붙잡지 않고 급하게 외투를 입은 것처럼 셔츠 소매가 외투 안으로 끌려 올라간 거라고 말했습니다. 그래서 손목이 보인 거라고요."

커플스는 생각에 잠겨 나직하게 말했다.

"의미심장하군. 일어나서 급하게 옷을 입었던 걸까?"

"그럴 수도 있겠지만, 과연 그럴까요? 지배인도 비슷한 말을 하더군요.

'늘 옷차림에 신경을 쓰는 분이었습니다.'

식구들이 깨기 전 맨더슨이 몰래 일어나서 급하게 밖으로 나온 게 아니겠냐고 했습니다.

'신발을 보십시오. 맨더슨 씨는 특히 신발에 늘 공을 들였습니다. 한데 이 신발 끈은 급히 묶은 게 분명해요.'

나도 그렇다고 했습니다.

'방 안에 틀니도 그대로 남겨 뒀습니다. 뭔가 허둥지둥 서둘렀던 게 아닐까요?'

나는 그런 것 같다고 대답한 다음 지배인에게 이렇게 말했어요.

'이것 보게. 그렇게 급했다면 머리는 왜 이렇게 꼼꼼하게 가르마를 탔을까? 가르마가 예술이잖아. 게다가 왜 이렇게 옷을 많이 걸쳤지? 속옷도 챙겨 입고, 셔츠 커프스단추, 양말대님, 시계와 시곗줄, 주머니에는 돈과 열쇠, 온갖 잡동사니가 들어 있잖나.'

지배인은 뭐라 설명할 말을 찾지 못하더군요. 당신은 아시겠습니까?"

양말대님 Socks Suspender

/

양말이 아래로 흘러내리지 않도록

졸라매거나 거는 서양식 대님.

커플스는 생각에 잠겼다.

“옷을 입다가 마지막에 서둘렀을 수도 있지 않겠나? 외투와 신발은 마지막에 입는 거니까.”

“틀니는 아닙니다. 틀니를 끼는 사람 아무나 붙잡고 물어보세요. 게다가 씻은 흔적이 전혀 없다고 하던데, 그처럼 깔끔한 사람이 그랬다는 것은 처음부터 아주 급했다는 이야기죠. 한 가지 더. 외투 한쪽 주머니는 금시계를 넣도록 안감에 가죽이 대어져 있었습니다. 한데 시계는 반대편 주머니 안에 들어 있더군요. 몸에 밴 습관이 있는 사람이라면 이게 얼마나 이상한 일인지 알 겁니다. 종합하면 한편으로는 아주 당황하고 서둘던 흔적이 있고, 그 반대의 흔적도 있어요. 지금으로서는 섣부른 추측은 하지 않겠습니다. 일단 저택 사람들에게 허락을 받아서 현장을 둘러봐야겠어요.”

트렌트는 다시 아침을 먹기 시작했다.

커플스는 자상하게 미소 지었다.

“그 부분이라면 내가 도움을 줄 수 있어.”

트렌트는 놀라 고개를 들었다.

“자네가 올 것 같았다고 했잖아. 상황을 설명하지. 맨더슨 부인은 내 조카인데…….”

“뭐라고요?”

트렌트는 나이프와 포크를 쨍그랑 하며 내려놓았다.

“커플스 씨, 농담이지요?”

커플스는 진지하게 대답했다.

"진짜야, 트렌트, 정말이라니까. 맨더슨 부인의 아버지 존 피터 도멕은 아내와 남매야. 우리 조카딸 이야기나 조카딸의 결혼 이야기는 자네한테 한 적이 없는 것 같은데. 솔직히 나한테는 마음 아픈 사연이라 아무한테도 이야기를 안 했지. 하던 이야기로 돌아가서, 간밤에 내가 그 집에 갔을 때…… 그건 그렇고 집은 여기서도 보여. 자네도 여기로 올 때 차를 타고 지나쳐 왔을 걸세."

그는 이백오십 미터가량 떨어진 포플러 나무 사이의 빨간 지붕을 가리켰다. 발아래 작은 마을과 동떨어져 있는 유일한 건물이었다.

"봤어요. 지배인이 비숍스브리지에서 차를 몰고 오면서 이야기해 줬습니다."

"여기 사람들도 자네의 활약상에 대해 들어 알고 있어. 간밤에 그 집에 갔을 때 맨더슨의 두 비서 중 한 명인 버너 씨가 경찰이 갈피를 못 잡는 것 같으니 《레코드》에서 자네를 특파해서 사건을 해결해 줬으면 하더라고. 비서는 자네가 해결한 사건 중 한두 가지를 언급했지. 내가 나중에 그 이야기를 했더니 우리 조카 메이블도 관심을 가졌어. 메이블은 상황을 아주 잘 견디고 있어, 트렌트. 대단히 강인한 성격이지. 애빈저 사건에 대한 자네 기사를 읽은 게 기억이 난다고 하더군. 메이블은 이 슬픈 사건이 신문에 대서특필되는 것만은 싫다면서 저택에 기자들이 절대 오지 못하게 막아 달라고 내게 부탁했어. 조카의 기분은 이해하겠지, 트렌트. 기자라는 직업

자체에 반감이 있거나 하는 건 아니야. 그래도 메이블은 자네가 탐정으로서 대단한 능력이 있는 것 같다고 했고, 사건의 진상을 밝혀내려는 노력은 막지 않겠다고 했어. 자네가 내 친구이며 수완이 좋고 주위 사람들의 감정을 배려할 줄 아는 사람이라고 말했다네. 메이블도 자네가 오면 최선을 다해 돕겠다고 하더군."

트렌트는 식탁 위로 상체를 내밀어 커플스의 손을 말없이 잡고 흔들었다. 커플스는 상황이 생각대로 풀리는 것이 기쁜 듯 말을 이었다.

"방금 조카와 통화했는데, 메이블도 자네가 와서 기쁘다고 했어. 궁금한 게 있으면 뭐든지 물어보고 저택과 저택 내부도 마음대로 둘러보아도 괜찮다고 하네. 하지만 직접 자넬 만나고 싶지는 않은 모양이야. 자기는 내실에 있겠다고 했어. 집에 온 형사한테 아는 대로 다 말해서 더 이상 말하고 싶지 않다고. 조금이라도 도움이 될 만한 건 생각나지 않을 것 같다더군. 궁금한 건 똑똑한 비서 두 명과 집사 마틴이 설명해 줄 수 있을 거라고 했어."

트렌트는 생각에 잠겨 식사를 마쳤다. 그는 천천히 파이프를 채우고 베란다 난간에 앉았다. 그러더니 조용히 말했다.

"커플스 씨, 혹시 이번 일에 대해 내게 숨기는 게 있습니까?"

커플스는 흠칫 놀라더니 영문을 모르겠다는 눈으로 트렌트를 바라보았다.

"그게 무슨 소리야?"

"맨더슨 사건 말입니다. 보세요! 이번 사건에서 가장 인상적인 부분이 뭔지 아십니까? 갑자기 잔인하게 살해당한 남자가 있는데, 아무도 가슴 아파하지 않는다는 겁니다. 호텔 지배인은 그와 몇 년을 매 여름마다 이웃으로 지낸 사이인데도 마치 한 번도 못 본 사람 이야기하듯 침착했어요. 당신 말투 역시 냉정하기는 마찬가집니다. 맨더슨 부인도, 음, 남편이 살해당하면 부인들은 대체로 이보다는 충격을 더 받는다고 알고 있습니다. 뭐가 있죠, 커플스 씨? 내 착각인가요? 맨더슨에게 뭔가 이상한 점이 있었습니까? 나는 단 한 번 그와 같이 배를 탄 적이 있는데 이야기를 나눠 보지는 않았습니다. 맨더슨에 대해서는 일반적으로 알려진 정도만 알고 있지만 그 정도만으로도 가까이하고 싶지 않은 사람이긴 하더군요. 여기서 사건의 단서가 나올 수도 있습니다. 그래서 묻는 겁니다."

잠시 생각에 잠긴 커플스는 성긴 턱수염을 손가락으로 쓸면서 바다를 쳐다보았다. 마침내 그는 트렌트를 돌아보았다.

"우리끼린데 말 못 할 게 있겠나, 친구. 하지만 조금이라도 새어 나가서는 절대 안 되네. 사실 아무도 맨더슨을 좋아하지 않았어. 가장 가까운 사람들이 더 싫어했을 걸세."

"왜죠?"

"이유를 말하라면 다들 특별한 이유는 없을 거야. 내 느낌을 말해 보자면, 그는 타인에 대한 공감 능력이 전무한 사람이었다는 인상이었다고나 할까. 외면적으로 반감이 드는 태도는 없었어. 태도가 고약하거나, 공격적이거나, 어리석은 사람이 아니었지. 아니, 오히려 재미있는 사람이었어. 하지만 자신의 의지와 목적을 달성하기 위해서는 어떤 사람도 희생양으로 삼을 수 있는 인간이라는 느낌을 받았어. 지나친 말인지도 모르겠지만 전적으로 내 착각은 아니라고 생각한다네. 어쨌든 요점은, 메이블이 불행했다는 거야. 자넨 고맙게도 날 또래처럼 대해 주지만, 사실 자네보다 나이가 두 배나 많지 않나. 노인네가 되다 보니 결혼 생활의 문제를 상의하러 오는 사람들이 많지만, 우리 조카 부부 같은 경우는 본 적이 없어. 난 메이블을 아기 때부터 봐 왔는데 쉽게 하는 말이 아니라, 다른 건 접어 두고라도 그렇게 상냥하고 반듯한 여자가 없을 정도야. 어떤 남자라도 아내로 원할 만한 여자라네. 한데 맨더슨은 언젠가부터 조카를 괴롭게 했어."

"무슨 짓을 했죠?"

커플스가 잠시 말을 끊자 트렌트는 물었다.

"메이블에게 물어보니, 남편이 뭔가 늘 불만을 품고 있는 것 같다고 했어. 부부 사이에 거리를 두고 말도 하지 않으려 한다고. 어떻게 그렇게 됐는지, 이유가 뭔지는 나도 몰라. 메이블도 그럴 만한 이유가 전혀 없다고만 하더군. 내 생각에 그 애는 남편의 속마음을 알고 있는 것 같았어. 그게 무엇이든 자존심이 강한 아이라 아무 말도 못 했겠지. 몇 달 동안 계속 그런 상태였던 것 같았어. 그러다 일주일 전 메이블이 편지를 보냈더군. 가까운 친척이라고는 나밖에 없거든. 어머니는 어릴 때 돌아가셨고, 오 년 전 존 피터가 죽은 뒤에는 결혼할 때까지 내가 아버지 노릇을 해 줬지. 편지에 와서 도와 달라고 썼기에 즉각 달려왔고. 그게 내가 여기 온 이유라네."

커플스는 말을 끊고 차를 마셨다. 트렌트는 담배를 피우며 더운 유월의 풍경을 바라보았다. 커플스는 말을 이었다.

"화이트 게이블스에는 가고 싶지 않았네. 자네도 사회의 경제 구조와 노사 관계에 대해 내가 어떤 견해를 갖고 있는지 잘 알고 있을 것이고, 악명 높은 몇몇 사건에서 그자가 엄청난 산업 권력을 어떻게 이용했는지도 알 거야. 삼 년 전 펜실베이니아 탄광에서 있었던 분쟁이 대표적인 예가 아니겠나. 개인적인 호불호를 접어 두더라도 나는 그자를 범죄자이자 이 사회의 수치로 봤어. 그래서 호텔에서 조카를 만났지. 메이블은 아까 내가 자네에게 말한 대로 말하더군. 걱정과 굴욕감이 힘들고 세상 사람 앞에서는 아무렇지도 않은 척해야 하기 때문에 피로가 쌓인다고 했어. 그러면서 내게 조언을 구하더군. 난 남편에게 솔직하게 말하고 아내에게 그런 식으로 대하는 이유를 물어보라고 권했다네. 하지만 메이블은 그렇게는 못 하겠다고 했어. 남편의 행동이 변한 것을 전혀 눈치 못 챈 척하고 있었고, 자존심 때문에 일이 이렇게 된 이상 자신이 상처받았다는 사실을 무슨 일이 있어도 남편 앞에서 인정할 수가 없었던 거야."

커플스는 한숨을 쉬었다.

"트렌트, 인생은 말이야. 이런 고집스러운 침묵과 오랫동안 키워 온 오해로 가득 차 있다네."

"부인이 남편을 사랑했나요?"

트렌트는 느닷없이 물었다. 커플스는 곧장 대답하지 않았다. 트렌트는 다시 물었다.

"남편에 대한 사랑이 남아 있었습니까?"

커플스는 티스푼을 만지작거리다가 천천히 대답했다.

"나는 그렇게 생각하지 않는다고 답할 수밖에 없어. 하지만 조카를 오해해서는 안 돼, 트렌트. 자신이 남편과 결혼이라는 관계로 묶여 있다고 생각하는 이상, 메이블은 어떤 일이 있더라도 누구에게도, 심지어 자기 자신에게도 그 사실을 인정하지 않았을 거야. 그리고 최근 아무도 모를 이유로 심통을 부린 것만 빼면 조카의 남편은 늘 사려 깊고 너그러웠네."

"남편에게 직접적으로 물어보지는 못하겠다고 했다는 겁니까?"

"그래. 자존심이 걸린 문제에 대해서 도멕 일가를 설득할 수 없다는 건 내가 경험으로 잘 알아. 그래서 나는 깊이 생각한 끝에 다음 날 기회를 엿보다 맨더슨이 이 호텔을 지나칠 때 그와 만났어. 몇 분만 이야기하자고 했더니 저기 저 정문으로 들어오더군. 조카가 결혼한 뒤 서로 연락은 전혀 없었지만, 나를 기억은 하고 있었어. 나는 곧장 문제를 설명했어. 메이블이 나에게 했던 말 그대로. 나를 끌어들인 메이블의 행동이 옳다 그르다를 떠나, 그 애가 지금 고통을 받고 있으니 남편이 무슨 이유로 아내를 그런 상황에 몰아

넣었는지 묻는 것은 내 권리라고 생각한다고 말했어."

"그랬더니 맨더슨은 어떻게 받아들였습니까?"

트렌트는 경치를 바라보며 남몰래 미소 지었다. 무시무시한 맨더슨에게 이 유순하기 그지없는 남자가 설명을 요구하는 장면을 상상하니 우스웠다.

"반응이 그리 좋지는 않았어. 아니, 아주 나빴지. 정확히 그가 말한 대로 말할 수 있어. 몇 마디 안 했으니까.

'이봐요, 커플스. 끼어들지 마시오. 내 아내는 자기 앞가림을 할 줄 아는 여자요. 아내에 대해서는 다른 일들과 마찬가지로, 그 점 역시 내가 아주 잘 알고 있습니다.'

말투는 조용했어. 맨더슨이 절대 평정을 잃지 않는 사람이라는 평판은 자네도 들어 알고 있겠지. 하지만 그의 눈빛에는 죄 지은 사람이라면 겁에 질릴 만한 뭔가가 있었다네. 그가 내뱉은 마지막 말과 말투는, 설명할 수는 없지만 너무나 불쾌했어. 나는 조카를 사랑해. 메이블은 내게 유일한 자식이라네. 어릴 적에는 우리 아내가 키웠지. 안 그래도 격앙된 기분에 메이블에 대한 비난을 들으니 죽고 없는 그 사람에 대한 비난으로 느껴졌어."

트렌트는 나지막하게 말했다.

"맨더슨에게 덤비셨군요. 무슨 뜻인지 설명하라고 하셨겠지요."

"정확히 그렇게 말했어. 한동안 그는 나를 뚫어지게 쳐다보고만 있었어. 이마에 핏줄이 돋는 게 보였지. 으스스한 광경이었어. 그러다 조용히 말하더군.

'더 이상 못 참겠어.'

그는 돌아섰어."

"대화를 못 참겠다는 뜻이었을까요?"

트렌트는 생각에 잠겨 물었다.

"문자 그대로라면 그렇게 해석할 수 있겠지. 하지만 그의 말투에서는 묘하고 섬뜩한 것이 느껴졌다네. 뭔가 악의로 가득한 결심을 한 듯한 인상을 받았어. 하지만 유감스럽게도 나는 냉정하게 생각할 여유를 잃었다네. 화가 머리끝까지 치밀어 올랐지."

커플스는 약간 무안한 듯 말했다.

"어리석은 소리를 많이 했어. 남편에게 심한 취급을 당하는 아내에게는 법적으로 어느 정도 자유가 주어진다고도 했고. 상황과 전혀 관계없는 맨더슨의 공적인 행적까지 거론하면서 당신 같은 사람은 세상에 살 가치가 없다고도 했어. 여기 베란다에 앉아서 그 광경을 바라보고 있던 대여섯 명의 사람들에게 충분히 들릴 정도의 목소리로 어리석은 말을 내뱉었다네. 속에 있던 말을 하고 후련한 마음으로 다시 호텔에 올라오는데, 사람들이 나를 쳐다보는 게 흥분한 상태에서도 느껴지더군. 그래도 확실히 후련하기는 했다네."

커플스는 한숨을 쉬며 의자에 등을 기댔다.

"맨더슨은? 아무 말도 없었습니까?"

"한마디도. 그는 침착하게 내 얼굴을 바라보며 듣고만 있었어.

말이 끝나자 살짝 미소를 띠더니 곧바로 돌아서서 정문을 나선 뒤 화이트 게이블스로 향했어."

"언제 있었던 일입니까?"

"일요일 아침."

"그 뒤 살아 있는 맨더슨을 본 적은 없고요?"

"없어. 아, 한 번 있었군. 그날 오후 골프장에서. 하지만 말을 나누지는 않았어. 다음 날 아침 시체로 발견되었지."

두 사람은 잠시 말없이 서로를 응시했다. 수영을 마친 한 무리의 손님들이 시끌벅적하게 잡담을 나누며 계단을 올라와 근처 테이블에 앉았다. 웨이터가 다가왔다. 커플스는 자리에서 일어나 트렌트의 팔을 잡더니 호텔 옆의 긴 테니스장으로 데리고 갔다.

"이런 이야기를 자네에게 하는 이유가 있다네."

커플스는 천천히 걸음을 옮기며 입을 열었다.

"그러시겠지요."

트렌트는 조심스럽게 파이프를 다시 채웠다. 그는 파이프에 불을 붙이고 잠시 맛본 뒤 말했다.

"제가 이유를 추측해 볼까요?"

커플스의 엄숙하던 얼굴에 보일락 말락 한 미소가 떠올랐다. 그는 아무 말도 하지 않았다. 트렌트는 생각에 잠겨 말했다.

"맨더슨 부부 사이에 단순한 부부 문제보다 더 깊은 뭔가가 있었다는 사실을 제가 발견할지도 모른다고, 아니, 사실상 발견할 거라고 생각하셨겠지요. 처음부터 맨더슨 부인이 범행과 관련이 있다는 불경한 상상을 할 거라고 생각하셨을 겁니다. 그래서 터무니없는 생각에 함몰되기 전에, 차라리 그간의 경과를 정확히 알리고 동시에 당신의 판단력이 얼마나 정확한지 알고 있는 제게 조카딸에 대한 당신의 의견을 무의식중에 각인시켜야겠다고 결심하신 겁니다. 맞습니까?"

"정확해. 들어 보게, 친구."

커플스는 트렌트의 팔에 손을 얹으며 진심 어린 목소리로 말했다.

"솔직하게 말하지. 나는 맨더슨이 죽어서 너무나 기뻐. 그는 경제 인자로서 이 세계에 해밖에 끼친 것이 없는 남자라고 생각해. 그는 내게 자식과도 같은 아이의 인생을 사막으로 만들고 있었어. 하지만 메이블이 혹시 살인에 연루되었다는 의심을 받지 않을까 두려워서 견딜 수가 없다네. 메이블의 섬세함과 선한 성품이 잠시라도 잔혹한 법의 손아귀에 쥐여진다는 건 생각조차 하기 싫어. 그녀에게 깊은 상처를 남길 걸세. 요즘 세상의 보통 스물여섯 살 먹은 젊은 여자라면 그런 일을 충분히 견딜 수 있겠지. 고등 교육을 받은 똑똑한 여자들은 어떤 고난이 와도 견딜 수 있을 만한 강인함을 가진 것 같더군.

현대 여성들이 이상하다는 게 아니야. 단지 메이블은 그런 부류가 아니라는 것뿐이지. 그 애는 내가 어렸을 때 주위에 흔하던 애교 많고 얌전한 여자들과 다르다네. 메이블은 똑똑해. 성격도 분명하고 세련된 취향과 지성을 지니고 있어. 이상적인 품위와 인내, 여성적인 신비함이 한데 섞여 있다네. 메이블은 또래 여자와는 달라. 자네는 내 아내를 만난 적이 없지, 트렌트. 메이블은 우리 부부의 자식이나 마찬가지라네."

트렌트는 고개를 숙였다. 긴 잔디밭 끝까지 걷다가, 그는 부드럽게 물었다.

"맨더슨 부인은 왜 남편과 결혼했을까요?"

"모르겠어."

커플스는 짤막하게 답했다. 트렌트는 넘겨짚었다.

"존경하는 마음이었을까요?"

커플스는 어깨를 으쓱했다.

"여자들은 자기 주위 남자들 중 가장 성공한 사람에게 끌린다는 말이 있지. 물론 맨더슨처럼 용의주도하고 의지가 강한 남자가 사랑을 해 본 경험이 없는 여자의 마음을 어떻게 흔드는지는 알 길이 없어. 여자를 자기 것으로 만들겠다고 작정한 다음에는 말할 것도 없고. 전 세계에 이름이 알려진 남자에게 구혼을 받는다는 건 매우 특별한 경험이겠지. 메이블은 맨더슨이 재계의 유력 인사라는 건 익히 들어 알고 있었지만, 그런 일을 하는 사람들이 얼마나 냉혈한인지는 전혀 몰랐겠지. 주로 예술이나 문학을 좋아하는 성향의 사람들과 어울렸으니까. 내가 알기로 아직도 정확히는 모르고 있을 게야. 처음 둘이 사랑에 빠졌다고 들었을 때 나는 나서서 이런저런 의견을 낼 수가 없었어. 메이블은 성인이었으니 통상적인 관점에서 내가 그에게 반대할 이유가 전혀 없었거든. 그 정도의 어마어마한 부라면 안 넘어갈 여자가 거의 없겠지. 메이블은 일 년에 몇백 파운드 정도 수입이 있었고, 어쩌면 그랬기 때문에 수백만 파운드라는 돈이 어떤 의미인지 더 잘 알았을 거야. 이 모든 건 그저 추측일 뿐이네. 메이블은 내가 알기로 그때까지 구애한 수십 명의 젊은 남자들을 거절했어. 마흔다섯 살이나 되는 남자를 그 애가 진심으로 사랑했다고 믿지도 않고, 믿은 적도 없지만, 분명 메이블은 그와 결혼하고 싶어 했어. 그러나 왜냐고 묻는다면, 모르겠다고 말할 수밖에 없다네."

트렌트는 고개를 끄덕이고 몇 걸음 더 걸어간 뒤 시계를 보았다.

"이야기가 너무 흥미로워서 정작 중요한 임무를 잊을 뻔했습니다. 아침을 허비할 수는 없어요. 즉시 화이트 게이블스로 가서 정오까지 이것저것 수소문을 해 봐야겠습니다. 다른 용무가 생기지 않는다면 그 후에 다시 만나서 새로 알아낸 사실을 논의하는 것은 어떨까요, 커플스 씨."

"나는 오전에 산책을 하다가, 골프장 근처의 작은 여관에서 점심을 들 생각이야. 스리 넌스라는 곳이지. 거기서 보세. 화이트 게이블스를 지나 사백 미터가량 더 가면 있다네. 나무 두 그루 사이로 지붕이 보일 거야. 거기 음식은 소박하지만 맛있어."

"맥주나 한잔할 수 있으면 좋습니다. 식사는 간단히 하지요. 아,

우리의 소박한 생활이 사치로 오염되어 타락하고 나약해지지 않기를! 그때 봅시다.”

그는 베란다로 성큼성큼 가서 모자를 집어 들더니 커플스에게 한 번 흔들어 보이고 사라졌다.

늙은 신사는 잔디밭의 의자에 앉으며 두 손을 머리 뒤에 깍지 끼고 구름 한 점 없는 파란 하늘을 올려다보았다.

“상냥하고 좋은 친구야. 예리한 친구이기도 하고. 세상에! 얼마나 별난지!”

004

갈 곳을 잃은 수갑

화가의 아들이자 자신도 화가인 필립 트렌트는 이십 대부터 영국 미술계에서 어느 정도 명성을 날렸다. 무엇보다 그림이 잘 팔렸다. 그 밑바탕에는 독창적이고 사람들을 사로잡는 재능과 느긋하지만 지속적인 작업 습관, 가끔씩 무섭게 폭발하는 창조적인 열정이 있었다. 아버지의 이름도 도움이 되었다. 성공하기 위해 발버둥 치는 젊은이라는 위험한 낙인을 피할 수 있을 정도로 든든한 부친의 유산이 분명 방해가 되지는 않았다. 하지만 가장 큰 성공의 열쇠는 무의식적으로 자연스럽게 남들의 호감을 얻는 능력이었다. 쾌활한 성품과 활달하고 유머 있는 상상력은 어디서나 인기를 얻기 마련이다. 이에 더해 트렌트가 지닌 타인에 대한 진지한 관심은 단순한 인기가 아닌 보다 더 깊은 뭔가를 가져다주었다. 인간에 대한 그의 통찰력은 예리했지만, 항상 즐거워 보이는 얼굴에 그 과정이 겉으로 드러나지는 않았다. 말도 안 되는 소리를 쏟아 내고 있을 때도, 열정적으로 일을 하고 있을 때도, 그의 얼굴에서는 절제된 명랑함이 떠나지 않았다. 미술과 미술사에 대해 탄탄한 지식을 지녔고 교양 쪽에 두루두루 적당한 관심이 있었으며 그중에서도 특히 시를 사랑했다. 서른두 살이 될 때까지도 그는 아직 웃음과 모험을 즐겼다.

그가 본업보다 백배 더 큰 명성을 얻게 된 계기는 순간적인 충동에서 비롯되었다. 어느 날 신문을 집어 든 그는 영국에서 거의 일어나지 않던 묘한 범죄 소식이 대대적으로 실려 있는 것을 보았다. 기차에서 발생한 살인 사건이었다. 알쏭달쏭한 정황 속에서 용의자로 두 사람이 체포되었다. 이런 문제에 처음 관심을 가져 본 트렌트는 친구들이 사건에 대해 이야기하는 것을 듣고 별다른 의도 없이 여러 신문에 실린 기사를 찾아 읽었다. 흥미가 동했다. 처음으로 사실 관계에 바탕한 상상력이 작동하기 시작했다. 미술적 영감이나 개인적인 모험심이 치밀어 오를 때 경험했던 흥분이 그를 사로잡았다. 그날 저녁, 그는 《레코드》 편집자 앞으로 장문의 편지를 써서 부쳤다. 《레코드》를 선택한 것은 그저 이 신문이 사실 관계를 가장 자세하고 논리정연하게 기술하고 있었기 때문이었다.

이 편지에서 그는 포가 메리 로저스 사건을 다룬 것과 똑같은 방식으로 사건을 재구성했다. 신문 기사 외에 다른 정보 없이, 간과하기 쉬운 사실 관계의 중요성을 주목하고 목격자로 나선 남자가 중대한 용의자로 떠오르도록 증거를 재배치했다. 제임스 몰로이 경은 편지를 눈에 잘 띄는 활자로 인쇄했다. 그날 저녁 《선》은 진범이 체포되어 범행 일체를 자백했다는 기사를 실을 수 있었다.

런던에 환한 제임스 경은 곧 트렌트의 행방을 수소문했다. 트렌트는 대화 상대와 나이 차이가 거의 느껴지지 않게끔 하는 타고난 비결을 지니고 있었기 때문에 두 사람은 곧 친해졌다. 《레코드》 건물 지하의 거대한 인쇄기는 트렌트의 가슴에 새로운 열정을 가득 채웠다. 그는 거기서 그림을 그렸고, 제임스 경은 보자마자 그림을 샀다. 그는 트렌트의 그림을 하인리히 클레이풍의 기계 풍경화라고 일컬었다.

몇 달 후 일클리 수수께끼로 알려진 다른 사건이 터졌다. 제임스 경은 트렌트를 화기애애한 저녁 식사에 초대하고 젊은 사람들에게 어마어마한 액수로 보일 만한 금액을 제공하며 《레코드》 임시 특파원 자격으로 일클리에 가 달라고 제안했다.

“자네라면 할 수 있어. 글솜씨도 좋고, 사람들과 이야기도 잘하지. 기자로서 필요한 업무는 삼십 분이면 가르쳐 줄 수 있어. 게다가 추리 능력과 상상력, 냉정한 판단력도 있지. 자네가 이번에도 해낸다면 기분이 어떻겠어!”

트렌트는 시간 낭비일 것 같다고 말했다. 이맛살을 찌푸린 채 담배를 피우고 있던 그는 마음이 내키지 않는 이유가 사실 익숙하지 않은 업무에 대한 두려움 때문이라는 것을 깨달았다. 두려울 때 더욱 적극적으로 행동하는 것은 그의 몸에 밴 습관이었다. 그는 제임스 경의 제안을 받아들였다.

그는 해냈다. 두 번째로 경찰 당국에 단서를 제공하고 기사를 써 냈고, 그의 이름이 사람들의 입에 오르내리기 시작했다. 트렌트는 조용히 물러나 그림을 그렸다. 언론 일에는 관심이 없었다. 미술을 잘 아는 제임스 경은 다른 편집자들과 달리 좋은 급여로 그를 신문사에 끌어들이는 것만은 고상하게 자제했다. 하지만 이후 몇 년 동안 국내와 해외에서 비슷한 사건이 생길 때마다 트렌트에게 연락을 한 것이 서른 번쯤 되었다. 트렌트는 때로 하는 일이 바빠서 거절할 때도 있었다. 진실을 밝히지 못할 때도 있었다. 하지만 《레코드》와의 비정규적인 작업을 통해 영국 최고의 유명인 중 한 사람이 되었다. 트렌트라는 인간에 대해 일반 대중에게 알려진 것은 오로지 이름뿐이었다. 그는 《레코드》에 자신에 대해서는 절대 침묵을 지켜 달라고 부탁했고, 다른 신문사는 제임스 경과 함께 일하는 사람을 광고해 줄 리 없었다.

맨더슨 사건은 간단히 끝날 수도 있겠어. 트렌트는 화이트 게이블스를 향해 비스듬한 언덕길을 빠른 걸음으로 올라가며 생각했다. 커플스는 현명한 노인이지만 자기 조카에 대해 객관적인 의견을 가진다는 것은 아마 불가능할 것이다. 하지만 귀가 솔깃할 정도의 표현으로 부인의 미모를 언급했던 호텔 지배인은 부인의 성품을 더욱 칭찬했다. 말주변이 유창한 사람은 아니었지만 그래도 그 말을 들으니 부인이 어떤 사람인지 머릿속에 확실히 그려졌다.

'이 동네에서는 애나 어른이나 부인의 목소리를 들으면 얼굴이 환해지지 않는 사람이 없습니다. 다들 여름에 부인이 오기만 기다리곤 했습니다. 마냥 친절하기만 한 분이 아니고요. 강단이 있는 분이라고 할까. 말스톤에서 이번 일로 부인을 걱정하지 않는 사람이 없어요. 하지만 차라리 잘됐다고 생각하는 사람도 없진 않을 겁니다.'

트렌트는 부인을 몹시 만나 보고 싶었다.

널찍한 잔디밭과 관목 너머로 저택 이름의 유래가 된 커다란 박공지붕 한 쌍을 머리에 인 탁한 빨강색의 이 층 벽돌 건물이 보였다. 오늘 아침 차를 타고 오며 언뜻 보았던 집이었다. 십 년 정도 된 현대식 건물 같았다. 영국 시골에서 넉넉한 생활을 영위하는 집은 작더라도 여유로움에서 흘러나오는 평온함이 있었는데, 이 집 역시 그런 평온함이 아름답게 관리된 저택을 감싸고 있었다. 저택 앞 도로 건너편에는 풍성한 초지가 절벽까지 이어졌고, 저택 뒤쪽에는 넓은 계곡을 따라 무성한 숲이 펼쳐져 있었다. 이런 곳이 살인 사건의 현장이라니 묘했다. 저택은 고요하고 정돈이 잘되어 있어, 숙달된 하인들이 관리하는 우아한 생활이 엿보였다. 저택 너머로 정원과 하얀 길 사이에 세워진 울타리 근처에 정원사의 도구 창고가 있는데, 그 창고의 나무 벽 앞에서 시체가 발견되었다.

트렌트는 창고까지 계속 길을 따라 걸었다. 사십 미터 정도 걸어가니 길은 갑자기 꺾여 빽빽한 수목 사이로 사라졌고, 길이 꺾이는 지점 바로 직전 울타리에 작고 흰 문이 있었다. 트렌트는 정원사와 하인들이 사용하는 듯한 문으로 다가갔다. 경첩이 달린 문은 쉽게 열렸다. 그는 천천히 저택 뒤쪽의 바깥 담장과 높다랗게 자란 진달래 사이로 이어지는 오솔길을 올라갔다. 진달래 덤불 사이로 길이 하나 나 있었고, 이 길을 따라가니 나무로 야무지게 지은 작은 건물이 나왔다. 정원사의 도구 창고는 저택 정면에서 약간 비껴난 숲 속에 서 있었다. 시체는 저택 반대편 쪽에 있었다고 했다. 전날 이른 시각, 주인처럼 부자로 사는 건 어떤 기분일까 하는 생각을 하며 저택의 하인이 가까운 창가에서 밖을 흘끗 내다보았다 해도 시체가 눈에 띄지는 않았을 것이다.

창고 건물을 자세히 살피고 내부를 샅샅이 뒤졌지만, 시체가 쓰러져 있었던 지점에 마구 자라 있었던 풀이 발에 밟힌 흔적밖에 눈에 띄지 않았다. 바닥에 웅크리고 앉아 넓은 반경의 땅을 날카로운 눈으로 보며 손끝으로 더듬어 보았지만, 수색은 무위로 돌아갔다.

그때 현관문이 닫히는 소리가 들렸다. 저택에서 듣는 최초의 소리였다. 트렌트는 긴 다리를 펴고 길로 다가갔다. 한 남자가 빠른 걸음으로 저택에서 나와 정문을 향해 걷고 있었다.

자갈 밟는 소리가 들리자 남자는 퍼뜩 놀라며 휙 돌아서서 트렌트를 정면으로 바라보았다. 갑자기 마주 보게 된 얼굴은 창백하고 피로해 보였지만 동안이었다. 파란 눈동자는 긴장과 피로에 절어 있었지만 눈가에는 주름 하나 없었다. 가까이 다가가는 동안 트렌트는 남자의 넓은 어깨와 날렵하고 강인해 보이는 몸매를 감탄의 눈길로 바라보았다. 피로로 인해 뻣뻣한 움직임, 잘생기고 단정한 얼굴, 짧게 깎아 넘긴 금발 머리의 사내였다. 트렌트에게 자기소개를 하는 목소리에서 특별한 종류의 교육을 받은 흔적이 드러났다.

'옥스퍼드 출신이구만, 젊은 친구.'

트렌트는 속으로 생각했다.

젊은이는 기분 좋게 말을 건넸다.

"트렌트 씨이신가요? 기다리고 있었습니다. 커플스 씨가 호텔에서 전화를 하셨습니다. 전 말로입니다."

"맨더슨 씨의 비서이시군요."

트렌트는 말로라는 젊은이에게 호감을 느꼈다. 육체적으로 녹초가 된 상태임에도 불구하고, 말로는 이런 계층의 또래 청년들 특유의 건전한 일상과 내면의 건강함을 보여 주고 있었다. 그러나 피곤해 보이는 눈길에는 쉽게 꿰뚫어 볼 수 없는 뭔가가 있었다. 눈앞에 없는 뭔가를 사색하고 판단할 때의 습관적인 표정인 것 같았다. 꿈을 꾸고 있는 눈빛이라기에는 지나치게 지적이며 침착하고 결의에 찬 빛이었다. 이런 눈빛을 어딘가에서 본 것 같다는 생각이 들었다.

트렌트는 말을 이었다.

"주변 분들 모두에게 끔찍한 일이겠습니다. 충격을 많이 받으신 것 같습니다, 말로 씨."

젊은이는 피곤한 목소리로 대답했다.

"조금 힘이 빠진 것뿐입니다. 일요일 밤새도록, 어제도 하루 종일 운전을 했고, 간밤에 소식을 들은 뒤에는 한숨도 못 잤습니다. 누가 잠이 왔겠어요? 한데 전 지금 검시 일정 때문에 의사에게 가봐야 합니다. 아마 내일쯤 열리겠지요. 집으로 가서 버너 씨를 찾으십시오. 기다리고 계실 겁니다. 그분이 사건에 대해서 설명하고 저택을 안내해 주실 겁니다. 비서가 둘인데 저하고 그분이지요. 미국인이고, 좋은 분입니다. 그분이 다 알아서 해 주실 겁니다. 형사도 와 있습니다. 머치 경위라고, 런던 경찰청에서 나온 분이지요. 어제 오셨습니다."

"머치! 오랜 친구 사이죠. 어떻게 이렇게 빨리 왔지?"

트렌트가 놀라 외쳤다.

"모르겠습니다. 어제 저녁, 제가 사우샘프턴에서 돌아오기 전에 도착하셔서 모두를 탐문하셨죠. 오늘 아침에는 8시부터 오셔서 지금 서재에 계십니다. 저기 저택 끝에 보이는 프랑스식 창문이 열려 있는 곳이 서재죠. 그쪽으로 가셔서 이야기를 나눠 보세요."

"그러지요."

말로는 고개를 끄덕이고 가던 길을 재촉했다. 진입로가 둥글게 감싸고 있는 두터운 잔디 위를 트렌트는 아무 소리도 내지 않고 고양이처럼 걸었다. 잠시 후 그는 저택 남쪽 끝의 열린 창가에 서서 미소를 띤 채 넓은 등판과 희끗희끗한 짧은 머리카락으로 덮인 어느 남자의 머리를 바라보고 있었다. 방 안의 남자는 탁자 위의 서류를 향해 허리를 굽히고 있었다.

"늘 이렇지."

트렌트는 푸념하듯 입을 열었다. 방 안의 남자는 소리가 들리자마자 놀라울 정도로 신속하게 돌아섰다.

"어릴 때부터 제일 간절한 소망은 이뤄지는 법이 없었습니다. 이번에야말로 런던 경찰청을 앞질렀다고 생각했는데, 런던에서 가장 덩치 큰 형사가 이미 이렇게 떡하니 자리를 잡고 계시니."

형사는 음침하게 미소 지으며 창가로 다가왔다.

"올 줄 알았어, 트렌트. 이건 자네가 좋아하는 종류의 사건이지."

트렌트는 방 안으로 발을 들이며 대답했다.

"경찰청에서 내 취향을 그렇게 생각해 준다면 내가 가장 미워하는 경쟁자를 투입하지 말았어야죠. 게다가 이미 한참 진도가 나갔다면서요. 다 알고 있습니다."

그의 시선이 방 안을 둘러보기 시작했다.

"대체 비결이 뭡니까? 원래 노루보다 날쌘 사람이긴 하지만, 어떻게 어제 저녁에 도착해서 수사를 시작할 수 있었는지 모르겠어요. 런던 경찰청에서 극비로 항공대라도 조직했습니까? 혹시 악마하고 계약이라도 한 거 아니에요? 어느 쪽이라도 내무 장관이 성명서를 발표해야 할 사안일 텐데."

머치 경위는 직업적으로 몸에 밴 무뚝뚝한 태도로 대답했다.

롤 톱 데스크 Roll Top Desk

/

뚜껑을 위쪽으로 밀어 올려
열 수 있게 되어 있는 책상.

"그보다 간단해. 해안을 따라 여기에서 겨우 이십 킬로미터 정도 떨어진 해비에서 아내와 휴가중이었어. 거기 경찰이 소식을 듣자마자 나한테 알려 주더군. 나는 이 지역 서장한테 전보를 쳤고, 즉각 책임 수사를 맡았어. 어제 저녁에 자전거로 달려와서 곧바로 수사를 시작했다네."

트렌트는 무심하게 물었다.

"말이 나온 김에, 사모님께서는 어떻게 지내십니까?"

"잘 지내, 고마워. 자네 이야기와 자네가 우리 애들과 같이 하던 게임 이야기를 종종 하지. 하지만 굳이 쓸데없는 이야기를 주절거려 가면서 눈을 굴릴 필요는 없어, 트렌트. 자네 수법은 이제 나도 환해. 평소대로 수완을 발휘해서 집 안을 둘러보고 탐문을 하라는 허락을 이 집 부인에게 얻었겠지."

"사실입니다. 이번에는 당신보다 내가 앞설 겁니다, 경위님. 애빈저 사건에서 당한 빚을 갚아 줘야죠. 하지만 인사치레를 주고받는 데 흥미가 없으시다면, 공치사는 그만두고 본론으로 들어가겠습니다."

트렌트는 탁자로 다가가서 질서 정연하게 배열된 서류를 바라본 뒤 롤 톱 데스크로 몸을 돌렸다. 그는 책상 서랍 안을 들여다보았다.

"속을 비웠군. 좋아요, 경위님. 예전처럼 게임을 해 보죠."

트렌트는 경찰청 범죄 수사과에서 높은 지위에 있는 머치 경위와 여러 번 부딪힌 적이 있었다. 머치는 조용하고, 수완 좋고, 아주

기민한 형사였다. 용기가 대단하여 위험한 범죄자를 상대한 전력이 화려했다. 그는 형사 중에서도 덩치가 큰 편이었는데 마음도 그만큼 넓었다. 트렌트와 처음 만났을 때부터 어렴풋한 공감을 느끼고 서로를 인정하는 사이였다. 젊은 트렌트로서는 뿌듯하기 그지없는 우정 비슷한 관계를 맺고 있었다. 경위는 다른 어떤 사람들보다 트렌트에게 은밀한 속내를 털어놓았고, 두 사람은 사건이 벌어질 때마다 자세한 사실 관계와 가설을 공유하며 서로 도움을 주고 있었다. 당연히 지켜야 하는 규칙과 한계도 있었다. 공식적인 통로가 아닌 경로로 얻은 정보는 언론에 공개하지 않는다는 것이 암묵적인 규칙이었다. 또한 둘 다 각자가 대표하는 기관의 명예와 위신을 위해 난관을 해결하는 데 결정적인 단서가 될 수도 있는 정보나 발상을 독점할 권리를 행사할 수 있었다. 트렌트는 이런 원칙을 수사의 스포츠 정신이라고 불렀다. 경쟁을 좋아하고 날카로운 두뇌를 지닌 트렌트와의 협조로 많은 도움을 얻고 있는 머치 경위는 흔쾌히 이 '게임'에 뛰어들었다. 언론이 먼저인지 경찰이 먼저인지 대결하는 이 게임에서 때로 머치 경위의 경험과 방법론이 승리하기도 했고 때로는 트렌트의 민첩한 두뇌와 분방한 상상력, 온갖 속임수 속에서 중요한 단서를 알아보는 선천적인 재능이 승리하기도 했다.

경위는 트렌트의 마지막 말에 기분 좋게 동의했다. 프랑스식 창문 양쪽 가장자리에 기대선 두 사람은 아지랑이가 피어오르는 평화로운 여름 풍경을 지켜보며 사건의 개요를 검토했다.

경위와 이야기를 나누던 트렌트는 얇은 수첩을 꺼내 전문가다운 솜씨로 방 안의 구조를 가볍게 스케치하기 시작했다. 수사를 할 때 별생각 없이 끄적이는 습관적인 행동이었지만, 종종 상당한 도움이 되곤 했다.

서재는 저택 한쪽 구석에 위치한 커다랗고 밝은 방이었다. 서재의 두 벽에는 큰 창문이 나 있었다. 넓은 탁자가 방 한가운데에 있었다. 창문에서 사람이 들어온다면 탁자 바로 왼쪽 벽에 있는 롤 톱 데스크를 볼 수 있을 것이다. 집 안으로 통하는 문이 왼쪽 벽 끝에 있었고 맞은편에는 넓은 두 쪽짜리 여닫이 창문이 있었다. 아름답게 조각된 높은 수납장이 문 안쪽 모서리에 서 있고 벽난로 옆 벽감에 다른 수납장이 자리하고 있었다. 트렌트로 하여금 좀 더 알아봐야겠다는 생각이 들게 하는 하루노부의 채색 풍속화가 책이 꽂혀 있지 않은 얼마 안 되는 공간에 걸려 있었다. 책들은 무더기로 사서 책장에서 한 번도 내려 온 적이 없는 듯한 모양새였다. 수수하지만 고급스러운 장정으로 늘어선 모습은 위대한 영국 소설가, 수필가, 역사가, 시인 등이 열을 맞춰 전사한 것처럼 보였다. 수납장, 탁자와 마찬가지로 오래된 참나무로 만든 의자도 몇 개 있었다. 책상 앞에는 현대식 안락의자와 사무용 회전의자가 있었다. 방은 고급스러워 보였지만 휑했다. 위치를 옮길 수 있는 물건이라고는 탁자 위의 크고 아름다운 파란색 도자기 그릇 하나, 벽시계, 벽난로 위의 시가 상자 몇 개, 책상 위의 전화뿐이었다.

"시체는 봤나?"

경위가 물었고 트렌트는 고개를 끄덕였다.

"발견된 장소도 봤습니다."

"이 사건에 대해 듣고 처음 받은 인상은 알쏭달쏭한 점이 많다는 것이었어. 해비에서 처음 소식을 들었을 때는 부랑자가 저지른 평범한 강도 살인 사건일 거라고 생각했지. 물론 이 근방에서는 평범한 사건이 아니지만. 자네도 이미 알아냈겠지만 수사를 시작하자마자 흥미로운 점 몇 가지가 보이더군. 우선 피해자는 자기 사유지 안에서, 저택과 상당히 가까운 곳에서 총에 맞아 죽었어. 범인이 절도를 시도한 흔적은 전혀 없어. 몸에 지니고 있었던 물건 중 없어진 것도 없어. 몇 가지 사실만 아니라면 자살로 여겨져. 한 가지 더. 한 달쯤 전부터 맨더슨의 상태가 이상했던 모양이야. 그와 아내 사이에 갈등이 있었다는 건 자네도 알고 있겠지. 하인들은 오래전부터 부인을 대하는 맨더슨의 태도가 바뀐 것을 눈치채고 있었는데 특히 지난주에는 거의 말도 걸지 않을 정도였다고 하네. 뚱하고 말이 없어서 다른 사람 같았다는군. 부인의 하녀 말로는 무슨 일이라도 일어날 것 같았대. 이런 사건이 터지고 나면 흔히 주변 사람들이 그러고 보니 뭔가 이상했다는 말을 하곤 하지. 어쨌든 하인들은 그렇게 말하고 있어. 어딜 보나 자살 같잖아! 자, 이번 사건이 왜 자살이 아닐까, 트렌트?"

트렌트는 창틀에 걸터앉아 무릎을 손으로 감쌌다.

"지금까지 제가 알아낸 사실들은 모두 자살이 아니라고 가리키고 있습니다. 첫째, 무기가 발견되지 않았다. 저도 수색을 해 봤고, 경위님도 수색해 봤겠지만, 시체가 있던 지점 근처에 총기의 흔적이 전혀 없었습니다. 둘째, 손목에 난 상처, 난 지 얼마 되지 않은 긁힌 자국과 멍을 보면 누군가와 몸싸움을 했다고 생각할 수밖에 없어요. 셋째, 자기 눈을 총으로 쏴 죽는 사람이 어디 있나요? 마지막으로 호텔 지배인에게서 한 가지 사실을 들었는데, 그게 이번 사건에서 가장 흥미로운 점입니다. 맨더슨은 집 밖으로 나가기 전에 옷은 다 챙겨 입었는데 틀니는 끼지 않았다는군요. 자살하면서 단정한 시체를 남기고 싶은 사람이 틀니를 어떻게 빠뜨리겠습니까?"

"마지막 부분은 나도 미처 생각을 못 했군. 뭔가 있어. 나도 몇 가지 사실들 때문에 자살 가능성은 생각하지 않고 있어. 무슨 생각이 떠오를까 싶어 오늘 아침에 이 집을 계속 돌아다니고 있었네. 자네도 그렇게 할 생각이었겠지."

"맞습니다. 추리가 필요한 사건인 것 같아요. 자, 머치 경위님, 의심의 물결에 영혼을 맡겨 보자고요. 일단 집안의 모든 사람들을 의심해 봅시다. 제가 누굴 의심하는지 말해 보죠. 당연히 맨더슨 부인을 의심합니다. 두 비서도 의심스러워요. 둘이 있다고 들었는데, 둘 중 어느 쪽에 의심의 여지가 더 많은지는 아직 모르겠습니다. 집사와 부인의 하녀도 의심스럽고, 집안의 다른 하인들, 특히 잔심부름하는 아이가 의심스럽습니다. 그건 그렇고, 하인들은 몇 명이나 됩니까? 아무리 많아도 전부 의심할 준비는 되어 있지만, 호기심 차원에서 알고 싶어요."

"재미있는 이야기군. 수사의 첫 단계에서는 그렇게 의심하는 것이 원칙이겠지. 자네도 나도 그 점을 잘 알아, 트렌트. 하지만 어젯밤과 오늘 내가 여기서 여러 사람을 만나 봤는데, 그중에서 몇몇은 용의 선상에서 제외할 수 있었어. 자네도 나름대로 결론을 내리겠지만. 집안 고용인은 집사와 부인의 하녀, 요리사, 다른 하녀 세 명이 있는데 그중 하나는 나이 어린 소녀야. 운전사는 손목이 부러져서 휴가중이고, 잡일하는 소년은 없네."

"정원사는요? 수상스럽고 음험한 등장인물, 정원사 이야기를 안 하시는군요. 의도적으로 무대 뒤에 숨겨 놓고 있네요, 경위님. 게임은 정정당당하게 하세요. 정원사를 내놓지 않으면 게임 윤리 위원회에 제소하겠습니다."

"정원은 마을에 사는 사람이 일주일에 두 번씩 와서 관리하고 있어. 벌써 이야기해 봤다네. 금요일에 마지막으로 이 집에 왔다더군."

"그럼 그가 더욱 수상합니다. 이제 저택 자체로 넘어가 보죠. 일단 맨더슨이 이 방에서 오랜 시간을 보냈다고 들었으니 여기부터 냄새를 맡아 봐야겠죠. 그리고 침실, 침실에서도 시간을 많이 보냈겠죠. 하지만 이왕 여기에 있으니 이 방부터 시작합시다. 경위님도 나와 같은 단계인 것 같은데. 침실은 벌써 살펴보셨겠지요?"

경위는 고개를 끄덕였다.

“맨더슨의 침실과 부인의 침실을 둘러봤네. 별다른 건 없더군. 맨더슨의 침실은 단순하고 소박했고 특이한 것은 없었어. 그는 소박한 생활을 고집했던 것 같아. 하인도 따로 두지 않았어. 옷가지와 신발 외에는 감옥 같더군. 자네가 봐도 똑같은 느낌을 받을 거야. 맨더슨이 어제 아침 몇 신지는 몰라도 방을 나선 그대로 두고 아무것도 건드리지 않았다고 했어. 맨더슨의 방에 달린 문을 열면 맨더슨 부인의 침실이 있는데 그 방 분위기는 전혀 달라. 부인은 예쁜 물건을 좋아하는 것 같아. 부인은 시체가 발견된 날 오전에 방을 비웠네. 살해된 남편의 방과 연결된 곳에서는 잠을 잘 수 없을 것 같다면서. 여자에게는 자연스러운 감정이지, 트렌트. 지금은 이 집의 여분의 방에서 지내고 있어.”

트렌트는 수첩에 몇 가지를 적으며 속으로 중얼거렸다.

‘이 친구야, 맨더슨 부인을 주목하고 있는 건가, 아닌가? 경찰답게 억양 없는 말투를 들어 보니 알겠지만. 부인을 먼저 만나 볼걸 그랬군. 부인에 대해 뭔가 걸리는 게 있는데 내가 눈치 못 채게 하려는 게 아니면, 부인이 무죄라고 확신하지만 내가 시간 낭비하는 걸 굳이 막을 생각은 없는 게 분명해. 뭐, 이것도 게임의 법칙이지. 흥미로워지기 시작하는데.’

하지만 트렌트는 경위에게 이렇게만 말했다.

“침실은 나중에 가 보고 이 방을 살펴보죠.”

"이 방은 서재야. 맨더슨은 여기서 집필도 하고 이런저런 업무를 했어. 집 안에 있을 때는 거의 여기서 시간을 보냈지. 아내와 사이가 틀어진 뒤에는 저녁 시간을 혼자 보냈는데, 집에 있을 때는 늘 여기 있었다는군. 하인들의 이야기에 따르면, 그가 마지막으로 살아 있는 모습이 목격된 것도 이곳이야."

트렌트는 일어서서 탁자 위에 놓여 있는 서류를 다시 훑어보았다. 머치가 설명했다.

"업무용 서한과 서류가 대부분이야. 보고서, 사업 설명서, 그런 것들이지. 개인적인 편지가 몇 장 있지만 내가 보기에 별다른 건 없어. 미국인 비서 버너는 아주 특이한 친구인데, 오늘 아침 같이 책상을 수색했어. 버너 말로는 맨더슨한테 협박 편지가 계속 왔는데 그것이 살인 사건과 관련 있지 않을까 하더군. 하지만 서류를 다 뒤졌는데 그런 편지는 없었어. 특이한 점이라고는 상당 액수의 수표 다발과 다이아몬드가 들어 있는 작은 주머니 몇 개가 발견된 것뿐이었어. 버너에게 안전한 곳에 보관하라고 당부했네. 맨더슨은 최근 투자 목적으로 다이아몬드를 사들이기 시작한 것 같은데, 비서 말로는 새로운 분야라고 했어. 이렇게 새로운 분야를 공략하는 것이 그에게는 흥미로운 일인 것 같더군."

"비서들은 어떻습니까? 말로를 방금 밖에서 만났는데, 어딜 보나 영국인이고 눈빛이 흥미로운 잘생긴 청년이더군요. 다른 사람은 미국인인 것 같고. 맨더슨은 무엇 때문에 영국인 비서를 구했을까요?"

"말로가 그 점을 설명해 줬네. 미국인 버너는 늘 곁에 붙어서 사업에 관련된 문제를 처리하는 오른팔 같은 회사 직원이야. 말로는 맨더슨의 금융 업무에는 전혀 관계가 없고 아는 것도 없어. 그의 업무는 맨더슨의 말과 자동차, 요트, 스포츠 일정 같은 것을 관리하는 일인데, 그것도 유용했겠지. 맨더슨은 지출이 많은 사람이었을 테니까. 미국인 비서는 회사 일을 하는 것만으로도 바빴을 거야. 하필 영국인을 고른 건, 맨더슨은 영국인 비서를 두는 취향이 있었어. 말로 전에도 영국인 비서가 몇 명 있었다는군."

"취향이 보이는 사람이군요. 왕족과도 같은 현대 금융 귀족의 쾌락을 돌보는 일은 아주 흥미로울 테지요. 하지만 맨더슨은 비교적 점잖은 쾌락에만 몰두했다고 들었습니다. 분명 말로는 페트로니우스• 역할을 감당하기에는 약한 사람이라는 인상이었으니까. 어쨌든 하던 이야기로 돌아가서……."

트렌트는 수첩을 보았다.

"하인들에 한해서라면, 그가 마지막으로 살아 있는 모습이 목격된 것이 이 서재라고 했는데 이게 무슨 뜻이죠?"

"아내와 잠자리에 드는 문제를 이야기하고 있었다는군. 한데 그 장면을 마틴이라는 집사가 서재에서 봤다고 하네. 간밤에 그의 이야기를 듣게 되었는데, 아주 신 나게 이야기하더군. 이런 일은 집안 하인들에게 신나는 이야깃거리가 분명하겠지."

• **페트로니우스** _ 로마의 정치가이자 작가. 네로 황제의 총애를 받았다.

트렌트는 잠시 생각에 잠긴 채 열린 창밖을 통해 햇빛이 쏟아지는 경사면을 바라보았다.

"그가 무슨 이야기를 했는지 다시 들어 볼 수 있나요?"

트렌트가 물었다. 경위는 대답 대신 종을 울렸다. 깨끗하게 면도를 한, 흠잡을 데 없이 하인다운 예의범절을 갖춘 마른 중년 남자가 나타났다.

"이쪽은 트렌트 씨, 저택을 둘러보고 탐문을 해도 좋다고 맨더슨 부인이 허락한 사람입니다. 당신이 나한테 한 이야기를 듣고 싶다는군요."

마틴은 사무적으로 허리를 굽혔다. 그의 눈에 트렌트는 신사로 보였다. 그가 생각한 대로 정녕 트렌트가 신사인지는 시간이 흐르면 알게 될 것이다.

"저택으로 오시는 것을 보았습니다."

감정이 섞이지 않은 정중한 태도였다. 말투는 느리고 또박또박했다.

"최대한 협조하라는 지시를 받았습니다. 일요일 밤의 상황을 말씀드리면 될지요?"

"부탁드립니다."

트렌트는 잔뜩 무게를 잡은 어조로 대답했다. 마틴의 말투에 웃음이 터질 것 같았다. 그는 경박한 웃음기를 얼굴에서 억지로 몰아냈다.

"제가 맨더슨 씨를 마지막으로 본 것은……."

트렌트는 나직하게 그의 말을 가로막았다.

"아니, 그 이야기는 나중에 하고. 그날 저녁 식사 후 보았던 맨더슨 씨의 모습을 전부 말씀해 주십시오. 아주 세세한 부분까지 기억을 더듬어 주세요."

"저녁 식사 후요? 알겠습니다. 식사 후 맨더슨 씨와 말로 씨가 이야기를 나누며 과수원 길을 거닐고 계시던 기억이 납니다. 뭔가 중요한 이야기를 하는 것 같았습니다. 뒷문으로 들어오시면서 맨더슨 씨가 하시던 말씀을 들었거든요. 기억을 최대한 더듬자면 이렇게 말씀하셨던 것 같습니다.

'해리스가 거기 있다면, 일분일초가 중요해. 곧장 출발하게. 아무에게도 말하지 말고.'

말로 씨가 대답했습니다.

'알겠습니다. 옷만 갈아입으면 바로 준비가 됩니다.'

그 비슷한 말씀을 하셨습니다. 부엌 창문 앞을 지나치며 하신 말씀이라 들을 수 있었습니다. 그다음 말로 씨는 침실로 올라갔고, 맨더슨 씨는 서재로 들어가서 종을 울려 저를 부르셨습니다. 아침에 우체부가 오면 부칠 편지를 주시더니, 말로 씨가 달밤의 드라이브를 가자고 하셨다면서 저더러 자지 말고 기다리라고 하셨습니다."

"이상하군요."

"저도 그렇게 생각했습니다. 아무에게도 말하지 말라고 하신 것이 기억났습니다. 저는 달밤의 드라이브라는 건 핑계라고 생각했습니다."

"그때가 몇 시였습니까?"

"10시 정도 되었습니다. 제가 대답한 후에 맨더슨 씨는 말로 씨가 내려와서 차를 준비할 때까지 기다렸습니다. 그런 뒤 부인이 계시는 거실로 가셨습니다."

"그게 이상하다는 생각이 들던가요?"

마틴은 자기 코끝을 내려다보더니 신중하게 대답했다.

"굳이 물어보신다면, 올여름 이 저택에 온 뒤로 맨더슨 씨가 거실에 들어가신 건 처음 봤습니다. 저녁을 서재에서 보내는 것을 좋아하셨거든요. 그날 저녁도 부인과 시간을 보낸 건 잠깐이었습니다. 그런 뒤 곧장 말로 씨와 같이 출발하셨지요."

"출발하는 걸 봤습니까?"

"네, 비숍스브리지 쪽으로 가셨습니다."

"그리고 맨더슨 씨를 다시 봤습니까?"

"한 시간쯤 뒤 서재에서요. 11시 15분쯤이었을 겁니다. 교회 종탑이 11시를 알리는 소리를 들었거든요. 저는 귀가 밝은 편입니다."

"맨더슨 씨가 종을 울려 당신을 불렀겠군요, 그렇죠? 가 보니 어떤 일이 있었습니까?"

"위스키병과 유리잔을 저기 수납장에서 꺼내 놓으셨는데……."

트렌트는 손을 들어 보였다.

"이 부분에서는 분명하게 묻겠습니다, 마틴. 맨더슨 씨는 술을 많이 드시는 편이었습니까? 단순히 무례한 호기심에서 여쭙는 것이 아니라는 점은 이해하실 겁니다. 수사에 도움이 될지도 모른다고 생각해서 물어보는 겁니다."

마틴은 엄숙하게 대답했다.

"잘 알고 있습니다. 경위님에게 말씀드렸지만, 얼마든지 다시 말씀드릴 수 있습니다. 맨더슨 씨는 사회적인 지위를 감안할 때 아주 금욕적인 분이었습니다. 사 년 동안 시중을 들면서 저녁에 와인 한두 잔 하시는 것 외에는 술을 입에 대시는 걸 못 보았습니다. 점심때는 거의 드시는 법이 없었고, 잠자리에 들기 전에 가끔 위스키 소다 한 잔을 드셨습니다. 습관적으로 술을 드시지 않았습니다. 아침에 소다수만 약간 남아 있는 빈 잔을 치운 적이 많았습니다. 위스키를 섞어 드신 적도 있지만 절대 많이 드시지 않았습니다. 음료 취향도 까다롭지 않았습니다. 평범한 소다수를 좋아하셨고, 예전에 시중들던 집에서 제가 개인적으로 좋아하게 된 미네랄워터를 권해 드리기도 했습니다. 쓸데없이 시중드는 사람을 기다리는 것을 싫어하셔서 음료는 직접 꺼내 드실 수 있게 저기 수납장에 보관하셨습니다. 저녁 식사 뒤에는 부르지 않으시면 제가 곁을 피해 드리는 것이 불문율이었습니다. 용건이 있어도 신속하게 처리하고 다시 혼자 계시는 것을 좋아하셨습니다. 더 필요하신 것은 없으시냐고 여쭙는 것도 싫어하셨습니다. 취향이 대단히 소박하신 분이었습니다."

"알겠습니다. 한데 그날 밤에는 11시 15분에 부르셨군요. 정확히 뭐라고 했는지 기억이 나나요?"

"그건 정확히 말씀드릴 수 있습니다. 버너 씨가 잠자리에 들었느냐고 물으셔서, 위층에 올라가신 지 꽤 됐다고 말씀드렸습니다. 전화로 중요한 연락이 올 수도 있으니 12시 반까지 누가 깨어 있었으면 좋겠다고 하셨고, 말로 씨가 용무 때문에 차를 가지고 사우샘프턴으로 갔으니 연락이 오면 본인을 깨우지 말고 전언을 받아만 달라고 하셨습니다. 그리고 새 소다수 한 병을 갖다 달라고 하셨습니다. 그게 다였습니다."

"평소와 다른 점은 못 느꼈습니까?"

"네, 없었습니다. 호출을 받고 가 보니 수화기를 귀에 대고 책상 앞에 앉아 계셨습니다. 지시를 하신 뒤에도 계속 귀를 기울이고 계셨습니다. 소다수를 가지고 돌아가니 상대방과 말씀을 나누고 계셨습니다."

"통화 내용은 기억나는 게 있습니까?"

"아주 조금입니다. 어떤 호텔에 있는 누가 어쩌고 하는 말씀을 들은 것 같은데, 저는 관심이 없어서요. 탁자에 병을 내려놓고 곧바로 물러나는 동안 잠깐 방에 있었을 뿐이었습니다. 문을 닫는데 이런 말이 들렸습니다.

'그가 호텔에 없는 게 확실한가?'

이 비슷한 말씀을 하셨습니다."

"맨더슨 씨를 마지막으로 보고 들은 게 그겁니까?"

"아닙니다. 잠시 후 11시 30분에 문을 약간 열어 놓은 채 식료품 저장실에 앉아 책을 보면서 시간을 때우고 있는데, 맨더슨 씨가 위층 침실로 올라가는 소리가 들렸습니다. 저는 곧바로 서재로 가서 창문을 닫고, 현관문도 걸어 잠갔습니다. 그 뒤에는 아무 소리도 못 들었습니다."

트렌트는 생각에 잠겼다. 그는 조심스럽게 물었다.

"전화 연락을 기다리느라 깨어 있는 동안 졸지는 않으셨겠죠?"

"그럴 리가요. 저는 그 시각에 항상 깨어 있습니다. 바다 가까운 동네에 있으면 잠이 잘 안 와서 보통 자정까지 책을 읽곤 합니다."

"연락이 왔습니까?"

"안 왔습니다."

"안 왔군요. 밤에도 따뜻한 날씨라 창문을 열어 놓고 잠드셨겠죠?"

"밤에 창문은 닫지 않습니다."

트렌트는 수첩에 마지막으로 뭔가 적었다. 그런 다음 적은 내용을 찬찬히 다시 읽었다. 일어서서 눈을 내리깔고 잠시 방을 서성거리던 그는 마틴 앞에 멈춰 섰다.

"아주 평범하고 단순해 보이는군요. 몇 가지만 분명히 하고 싶습니다. 자러 가기 전에 서재 창문을 닫았다고 했는데, 어떤 창문 말입니까?"

"프랑스식 창문입니다. 하루 종일 열어 두었거든요. 문 반대편 창문은 거의 열지 않습니다."

"커튼은? 저택 밖에서 안을 들여다볼 수 있습니까?"

"환히 보입니다. 누군가 서재 쪽에서 정원에 들어왔다면 말입니다. 날이 더우면 커튼을 치지 않으니까요. 맨더슨 씨는 밤에 바로 문 앞에 앉아서 캄캄한 바깥을 내다보며 담배를 피우시곤 했습니다. 하지만 용무가 있는 사람이라면 그쪽으로 맨더슨 씨를 만나러 가지는 않았을 겁니다."

"알겠습니다. 한 가지 더 궁금한 게 있는데요. 귀가 밝다고 하셨지요. 맨더슨 씨가 저녁 식사 후 정원에서 들어오는 소리를 들었다고 했습니다. 차를 타고 나갔다가 다시 들어오는 소리도 들으셨습니까?"

마틴은 잠시 침묵을 지켰다.

"그러고 보니 그 소리는 못 들었군요. 호출하시는 종소리를 듣고서야 돌아오신 걸 알았습니다. 현관문으로 들어오셨다면 제가 들었을 텐데요. 아마 창문으로 들어오신 모양입니다."

그는 잠시 생각에 잠겼다가 덧붙였다.

"보통 맨더슨 씨는 현관문으로 들어오셔서 모자와 코트를 현관에 걸어 놓고 복도를 지나 서재로 들어가십니다. 전화를 급히 써야 할 일이 있어서 정원을 가로질러 곧장 서재의 창문으로 들어가신 것 같군요. 중요한 용무가 있으실 때는 가끔 그러실 때도 있었습니다. 생각해 보니 모자도 쓰고 계셨고, 외투도 탁자 끝에 걸쳐져 있었습니다. 바쁠 때 그러시듯이, 지시를 내리는 목소리도 간략했습니다. 성격이 급하시고 추진력이 좋은 분이셨죠."

"아! 바쁜 기색이었다. 한데 아까는 별다른 점이 없다고 하셨잖습니까."

마틴의 얼굴에 우수에 젖은 미소가 스쳤다.

"죄송하지만, 그건 맨더슨 씨를 몰라서 하시는 말씀입니다. 그 분에게는 그런 태도가 별다를 게 없는 일입니다. 일상적인 일이었죠. 저도 익숙해지는 데 시간이 많이 걸렸습니다. 조용히 앉아서 시가를 피우면서 생각에 잠기거나 독서를 하실 때가 있는가 하면, 보는 사람이 현기증이 날 정도로 한 시간이고 두 시간이고 글을 쓰고, 구술을 하고, 동시에 온갖 곳으로 전보를 보내곤 하셨죠. 급히 통화를 해야 할 일이 있으셨다면 분명 서두르셨을 겁니다."

트렌트는 경위에게 돌아섰다. 경위는 무슨 뜻인지 알겠다는 듯한 시선으로 그의 눈을 쳐다보았다. 트렌트가 끄집어 낸 질문의 의미를 알아차렸다는 것을 보여 주기 위해, 머치 경위는 처음으로 질문을 던졌다.

"그러면 맨더슨 씨는 불이 밝혀진 열린 창가에서 탁자 위에 술잔을 놓고 전화 통화를 하고 있었겠군. 그렇소?"

"맞습니다, 머치 경위님."

형사에게 질문을 받자 마틴의 태도가 미묘하게 변하는 것이 관찰력이 뛰어난 트렌트의 주의를 끌었다. 하지만 덩치 큰 형사가 다음 질문을 던지자 상념은 사라졌다.

"술잔 말인데, 보통 자기 전에 위스키는 안 마신다고 했죠. 맨더슨 씨가 그날은 술을 마셨소?"

"모르겠습니다. 아침에 하녀가 서재를 정돈하면서 평소대로 잔을 씻었을 겁니다. 그날 저녁 술병은 가득 차 있었습니다. 제가 며칠 전에 채워 뒀거든요. 소다수를 가져가면서 넉넉히 남아 있는지 확인하려고 습관적으로 술병을 보았습니다."

경위는 구석의 높은 수납장으로 다가가 문을 열었다. 그는 무늬가 새겨진 유리로 된 술병을 가져다 마틴 앞에 놓고 조용히 물었다.

"지금 이 정도 양이면 그때와 비교해서 어떻소? 오늘 아침에 내가 본 대로인데."

술병은 반 이상 비어 있었다.

마틴의 담담한 표정이 처음으로 흔들렸다. 그는 술병을 집어 들고 눈앞에서 기울여 보더니 놀란 눈으로 다른 사람들을 쳐다보고 천천히 말했다.

"일요일 밤에 마지막으로 봤을 때보다 반 가까이 줄었군요."

"집안의 사람 중 누군가 손을 댔을 리는 없겠지요?"

트렌트는 신중하게 물었다. 마틴은 즉시 대답했다.

"절대 없습니다!"

그는 잠시 후 덧붙였다.

"죄송하지만, 제겐 너무나 의외입니다. 맨더슨 씨를 모시는 동안 이런 일은 없었습니다. 하녀들은 절대 손을 대지 않습니다. 보장할 수 있습니다. 저도 술 생각이 난다 해도 이 병에서 따라 마실 일은 없고요."

그는 술병을 다시 들어 멍하니 양을 살펴봤고, 경위는 자신의 작품을 감상하는 대가처럼 만족스럽고 평온한 눈빛으로 집사를 바라보았다.

트렌트는 생각에 잠긴 채 수첩의 새 페이지를 펼쳐 연필로 똑똑 두드렸다. 문득 그는 눈길을 들었다.

"맨더슨 씨가 그날 저녁 식사 자리에 옷을 차려입었습니까?"

"네. 재킷을 갖춘 정장을 입으셨습니다. 맨더슨 씨는 턱시도라고 부르시더군요. 집에서 식사하실 때 자주 입으시던 옷입니다."

"마지막으로 봤을 때도 같은 옷차림이었습니까?"

"재킷만 빼고요. 서재에서 저녁 시간을 보내실 때는 보통 낡은 사냥용 외투를 입으십니다. 영국인 취향에는 문양이 좀 화려하다고 느껴지는 연한 트위드 감입니다. 마지막으로 뵈었을 때도 그 외투를 입고 계셨습니다. 식사 후 위층에 올라가지 않고 갈아입을 수 있도록 이 수납장에……."

마틴은 말하면서 수납장 문을 열었다.

"낚싯대 같은 물건들과 함께 두셨습니다."

"턱시도 재킷도 이 수납장에 두었겠군요?"

"네, 그렇습니다. 하녀가 아침에 위층으로 가져가곤 했습니다."

트렌트는 느릿하게 반복했다.

"아침이라. 아침 이야기가 나왔으니 말인데, 아침에 있었던 일을 아는 대로 정확히 말씀해 주시겠습니까? 10시경 시체가 발견되기까지 아무도 맨더슨 씨가 사라진 것을 몰랐다고 들었는데요."

"맞습니다. 평소 아침에는 주인님을 깨우거나 뭘 가져다 드리는 일이 없었습니다. 부인과 침실을 따로 쓰셨지요. 보통 8시쯤 일어나서 욕실을 쓰신 뒤 9시 전에 내려오셨습니다. 하지만 9시나 10시까지 주무시는 날도 많았습니다. 부인께서는 항상 7시에 깨워 달라고 하셨습니다. 하녀가 차를 준비해서 올라가지요. 어제 아침 맨더슨 부인은 평소대로 거실에서 아침을 드셨고, 에번스가 집으로 뛰어 들어와서 충격적인 소식을 전할 때까지 집안 사람들 모두 주인님이 침대에서 주무시고 계신 줄 알고 있었습니다."

"알겠습니다. 자러 가기 전에 현관문을 잠갔다고 했는데 잠근 문은 그것뿐입니까?"

"현관문, 네. 빗장을 내렸습니다. 이 근방에서는 그 이상 신경 쓸 필요가 없습니다. 하지만 그 전에 두 개의 뒷문도 다 잠갔고, 1층 창문도 모두 닫혀 있는지 확인했습니다. 아침에도 제가 확인한 그대로였습니다."

"확인한 그대로였다. 한 가지만 더 마지막으로 짚어 보죠. 시체가 입고 있던 옷은 맨더슨 씨가 그날 입을 만한 옷차림이었습니까?"

마틴은 턱을 문질렀다.

"처음 시신을 봤을 때 제가 얼마나 놀랐는지 새삼 기억나는군요. 처음에는 옷차림 어디가 이상한지 알아차리지 못했는데, 그러다 문득 깨달았습니다. 야회복을 차려입을 때가 아니면 절대 달지 않으시는 모양의 목깃을 달고 계시더군요. 찬찬히 살펴보니 외투와 조끼, 바지, 갈색 신발, 파란 타이 외에는 전부 전날 밤에 입으셨던 옷이었습니다. 앞깃이 넓은 셔츠 같은 것 말입니다. 정장은 아침에 입으실 만한 대여섯 벌 중의 한 벌이었습니다. 하지만 오전에 입을 만한 옷을 꺼내서 안 입으시고 가까운 데 있다고 해서 전날 입은 옷을 그대로 입으신 건, 음, 전례가 없는 일이었습니다. 그것만 봐도 아침에 일어나서 얼마나 서두르셨는지 짐작할 수 있지요."

"그렇군요. 자, 궁금한 건 이게 다입니다. 모든 사실을 분명히 말씀해 주셨습니다, 마틴. 나중에 궁금한 점이 더 생기면 다시 여쭤봐도 되겠지요?"

"언제든지 불러 주십시오."

마틴은 허리를 굽혀 절하고 조용히 나갔다.

트렌트는 안락의자에 털썩 주저앉아 길게 한숨을 쉬었다.

"대단한 사람이군. 연극 한 편 보는 것보다 더 흥미로운데. 저런 사람은 본 적도 없고, 앞으로도 없을 겁니다. 마음속에 악의라고는 한 점도 없는 사람이에요. 경위님, 저런 사람을 의심하는 건 잘못이라고요."

경위는 깜짝 놀라 대답했다.

"내가 언제 저 사람을 의심한다고 했나. 트렌트, 내가 자신을 의심한다고 생각했다면 저런 식으로 말해 주지도 않았을 거라고."

"그런 생각은 안 했을 겁니다. 아주 대단하고 훌륭한 예술가라고 해도 좋을 사람이에요. 하지만 그렇게 민감한 사람은 아닙니다. 경위님이 자기를, 마틴이라는 사람을, 완벽한 직업인인 자신을 의심할 수도 있다는 생각은 머릿속에 떠오르지도 않았을걸요. 하지만 전 알아요, 경위님. 제가 법을 다루는 경찰 심리학에 정통하다는 걸 아셔야 할 겁니다. 사람들이 쉽게 간과하는 분야죠. 심문하는 내내 경위님 눈에서 수갑을 봤어요. 경위님 입술이 소리 없이 이렇게 중얼거리고 있더군요. '지금 당신이 하는 모든 말이 나중에 당신에게 불리하게 작용할 수 있다는 점을 말씀드리는 게 내 의무다'라고. 사람들 대부분이 경위님의 태도에 속아 넘어가지만 나까지 속일 수는 없을 겁니다."

머치 경위는 껄껄 웃었다. 트렌트의 헛소리는 전혀 신경 쓰이지 않았으며 그는 이런 말을 일종의 존경의 표현으로 받아들였다. 사실이 그랬기 때문에 언제나 들으면 기분이 좋았다.

"트렌트, 자네 말이 맞아. 부인할 이유도 없겠지. 나는 집사를 의심하고 있었어. 구체적인 증거가 있는 건 아니지만 하인들이 이런 범죄에 얼마나 자주 연루되는지 자네도 잘 알지 않나. 게다가 워낙 조용한 인물이니까. 자네도 윌리엄 러셀 경의 시종 사건을 기억하겠지. 침대에 든 주인을 살해하고 몇 시간도 되지 않아 아침에 평소대로 커튼을 걷으러 주인의 침실에 살금살금 들어갔던 일 말이야. 집안의 여자들도 전부 만나 봤지만 수상한 점은 조금도 없었어. 하지만 마틴은 혐의가 없다고 간단하게 말하기가 쉽지 않아. 태도가 마음에 안 들어. 난 그가 뭔가를 숨기고 있다고 생각해. 그렇다면 꼭 찾아내고 말 거야."

"그만하세요! 섣부른 예단은 안 하는 게 좋을 겁니다. 사실 관계로 돌아갑시다. 증거 말인데, 마틴이 방금 했던 이야기 중에서 사실과 부합되지 않는 점은 없습니까?"

"지금으로서는 없어. 맨더슨이 말로와 헤어진 뒤 창을 통해 서재에 들어왔을 것이라는 추측도 앞뒤가 맞아. 다음 날 아침 서재를 청소했던 하녀를 만나 봤는데, 창가 앞 양탄자 가장자리의 거친 올에 흙 자국이 있었다는군. 창 바로 바깥에 새로 깐 흙길 위에도 발자국이 있었어."

경위는 주머니에서 접자를 꺼내 자국을 가리켰다.

"맨더슨이 그날 밤 신고 있었던 에나멜 구두와 정확히 똑같은 자국이야. 침실 창가 쪽 선반 맨 위 칸에 그 신발이 있는데, 에나멜 구두는 그 칸에 단 한 켤레밖에 없어. 아침에 구두를 닦았던 하녀가 찾아 주더군."

트렌트는 허리를 굽혀 희미한 발자국을 유심히 관찰했다.

"좋습니다! 많이 알아보셨군요, 경위님. 위스키 건도 탁월하게 밝혀내셨고. 앙코르라도 외치고 싶었다니까요. 위스키에 대해서는 저도 다시 한번 생각해 봐야겠습니다."

"자네라면 이미 추측했을 거라고 생각했는데. 트렌트, 겨우 시작 단계이지만 가설을 세워 보면 어떻겠나? 절도 계획이 있었으며 두 사람 정도가 범인이고 마틴이 공모했다면? 그들은 서재와 집 안 곳곳에 어떤 물건이 있는지 다 알고 있었겠지. 범인들은 저택을 주시하고 있다가 맨더슨이 침실로 올라가는 것을 봤어. 마틴은 창문을 닫으러 왔다가 실수인 것처럼 의도적으로 살짝 열어 두지. 범인들은 12시 30분에 마틴이 잠자리에 들 때까지 기다린 다음 서재로 들어와서 우선 위스키부터 한잔해. 이때 맨더슨이 잠들지 않았고 아래층에서 범인들이 무슨 소리를 냈다고 생각해 봐. 소리를 들은 맨더슨은 도둑이 든 줄 알고 무슨 일인지 확인하러 조용히 일어나겠지. 범인들이 한창 일을 벌이는 동안 살금살금 서재로 온 거야. 범인들이 놀라 달아나자 맨더슨은 창고까지 쫓아가서 한 놈을 잡아. 몸싸움이 벌어져. 그러다 범인 중 한 명이 당황해서 이성을 잃고 일을 저지른 거야. 자, 트렌트, 반박해 보게나."

"말씀대로 해 보죠, 경위님. 어차피 경위님 자신도 믿지 않는 가설이란 걸 아니까. 첫째, 한 명이든 여러 명이든 도둑들이 남긴 흔적이 전혀 없는데다 마틴의 말에 따르면 창문은 아침에 굳게 닫혀 있었습니다. 물론 이 경우에 마틴의 증언은 그리 신빙성이 없겠지만요. 다음, 서재에서 벌어지는 소동을 들은 사람이 전혀 없습니다. 집 안이든 밖이든 맨더슨이 소리치는 것 하나 들은 사람이 없어요. 다음, 집에 남자가 버너와 마틴 둘이나 있는데도 맨더슨은 아무도 부르지 않고 직접 내려갔습니다. 형사 일을 하면서 밤에 도둑을 잡으러 가면서 속옷부터 셔츠, 목깃과 타이, 바지, 조끼, 외투, 양말, 가죽 구두까지 차려입고 말쑥하게 머리 손질을 한 것도 모자라 시계와 시곗줄까지 챙겼다는 집주인 이야기를 들어 본 적이 있습니까? 제가 볼 때는 역할에 넘치는 분장 같습니다만. 분장에서 빠뜨린 건 틀니뿐이었지요."

경위는 몸을 앞으로 내밀고 두 손을 맞잡은 채 생각에 잠겼다. 그는 마침내 말했다.

"맞아. 도둑이 들어왔다는 이야기는 말이 안 되는 가설이지. 그렇다면 하인들이 깨기 전에 집주인이 일어나서 옷을 갖춰 입고 집이 뻔히 보이는 지점에서 아침 10시에 이미 시신이 차고 뻣뻣하게 굳어 있을 정도로 이른 시각에 살해당한 이유가 무엇일까?"

트렌트는 고개를 저었다.

"살해 시각은 정확히 밝혀진 게 없습니다. 잘 아는 사람들에게 물어봤어요. 시체가 식고 사후 경직이 시작되는 시각을 무조건 관례대로 판단해서 무고한 사람이 교수대로 갈 뻔한 일이 제법 있을 겁니다. 스톡 박사가 전형적인 예죠. 나이 지긋한 개업의들이 다 그런 것 같지만요. 검시에서 스톡 박사가 헛소리를 할 것은 불을 보듯 뻔합니다. 내가 실제로 본 적이 있어요. 체온과 사후 경직의 정도로 미루어 보건대 사망한 지 오래되었을 거라고 할 겁니다. 학생 때 읽은 케케묵은 교과서에서 외운 대로 지껄이겠죠. 경위님의 경력에 커다란 장애가 될 만한 사실 몇 가지를 알려 드릴까요. 시체가 식는 속도를 빠르게 하거나 늦추는 방법은 많습니다. 그중 하나가 그늘지고 촉촉하고 푹신한 풀밭 위에 눕혀 놓는 겁니다. 사후 경직도 마찬가집니다. 몸싸움을 했거나 갑자기 감정이 격해져서 힘을 쓰다가 죽었다면 시체는 즉각 굳습니다. 이런 사례는 수십 건이 있고, 특히 이번 경우처럼 두개골에 상처가 난 경우는 더욱 그렇습니다. 그렇지 않은 경우에는 사망 이후 여덟 시간, 혹은 열 시간까지 사후 경직이 시작되지 않을 수도 있어요. 경위님, 요즘은 사후 경직만으로 범인을 추정할 수 없습니다.

제가 하고자 하는 말은 이겁니다. 사람들이 잠에서 깨어나 활동을 시작하는 시각 이후에 총에 맞았다면, 누군가 들었을 수도 있고 보았을 수도 있을 겁니다. 그러니 맨더슨은 사람들이 깨어 있지 않을 때 총에 맞았을 거라는 가정에서 출발해서 추론을 하는 게 옳아요. 이런 동네에서는 그럴 리가 없습니다. 사람들이 일어나기 시작하는 시각을 새벽 6시 30분으로 잡죠. 맨더슨은 밤 11시 반에 잠자리에 들었고, 마틴은 12시 30분까지 자지 않았습니다. 그가 침대에 누워 곧바로 잠이 들었다고 가정하면, 범행이 가능한 시간은 총 여섯 시간입니다. 긴 시간이에요. 범행 시각이 언제든, 평소 늦잠을 자는 맨더슨이 왜 6시 30분 이전에 일어나서 옷을 입었는지 그 이유부터 생각해 보는 게 좋을 겁니다. 깊이 잠들지 않는 마틴이나 버너, 맨더슨 부인, 아무도 그가 집 안을 돌아다니는 소리나 밖으로 나가는 소리를 왜 못 들었지요. 맨더슨은 조심했던 겁니다. 고양이처럼 살금살금 나간 게 분명해요. 제 눈에 이 모든 게 어떻게 보이는지 아십니까, 경위님? 정말 기묘한 수수께끼입니다."

"그런 것 같군."

경위는 동의했다. 트렌트는 일어섰다.

"이제 저는 경위님이 혼자 고뇌하시게 내버려 두고 침실을 돌아봐야겠습니다. 제가 거길 살펴보는 동안 의문에 대한 해답이 떠오르실지도 모르죠. 하지만……."

트렌트는 문간에서 휙 돌아서며 갑작스럽게 화가 난 어조로 내뱉었다.

"옷을 다 차려입은 사람이 어떻게 틀니를 잊어버릴 수가 있는지. 혹시라도 경위님이 이유를 설명할 수 있다면 저 같은 놈은 치매 초기 환자로 가장 가까운 정신 병원에 쳐 넣어 버리세요."

005 탐색

무의식 어딘가에 숨어 혼자 비밀스럽게 바삐 돌아가던 것이 행운이 찾아올 것을 암시하며 의식 속에 살짝 흘러나오는 순간이 있다. 이제 일이 잘 풀릴 거라는 설명할 수 없는 확신이 파도처럼 밀려오는 순간을 경험해 보지 못한 사람이 있을까? 운명의 기로에 서서 무작정 잘될 거라는 처절한 자기 설득도 아닌, 낙관주의자의 끈질긴 망상도 아닌, 분명히 성공하여 뭔가 대단하고 좋은 것을 이루어 낼 수 있을 거라는, 예기치 않는 순간에 풀숲에서 새가 튀어나오듯 떠오른 확신. 전투를 지휘하는 장군은 전투 당일 새벽에 승리를 쟁취할 수 있을 것이라고 확신한다. 그린에 나와 골프를 치는 사람은 이번 롱 퍼트야말로 분명 들어간다는 것을 예감한다. 서재 문밖의 계단을 올라가던 트렌트 역시 뭔가 해낼 수 있을 거라는 확신으로 가득 찼다.

정돈되지 않은 이런저런 추측과 추론이 머릿속에 부글거렸다. 몇 가지 남몰래 관찰한, 중요할 것 같은 사실들이 있었지만 아직 그 사실들을 엮을 만한 그럴듯한 가설은 없었다. 하지만 계단을 올라가면서 그는 사건의 단서가 될 만한 광명이 나타날 거라고 믿어 의심치 않았다.

침실은 양탄자가 깔린 넓은 복도 양쪽에 있었다. 아래위로 긴 창문에서 햇빛이 들어왔다. 복도는 집의 양쪽으로 길게 뻗어가다가 직각으로 꺾여 좁은 복도로 이어졌다. 그 끝에는 하인들이 자는 방이 있었다. 마틴의 침실만은 예외였다. 2층으로 올라가는 계단 중간의 계단참에 마틴의 침실로 향하는 문이 있었다. 트렌트는 문 앞을 지나가면서 안을 들여다보았다. 사각형의 작은 방은 깨끗하고 평범했다. 남은 계단을 올라가면서 그는 소리를 내지 않으려고 벽에 찰싹 붙어 한 발 한 발 조심스럽게 내디뎌 보았지만 발을 옮길 때마다 삐걱거리는 소리가 또렷이 들렸다.

맨더슨의 방은 침실 층 복도의 오른쪽 첫 번째 방이라고 들었기 때문에, 트렌트는 즉시 그쪽으로 향했다. 잠금장치를 살펴보았지만 정상이었다. 열쇠 구멍까지 관찰한 후 그는 방 안으로 들어갔다.

묘하게 장식이 없는 작은 방이었다. 부자가 쓰던 몸단장 도구는 간단하기 그지없었다. 방은 시체가 발견되었던 어제 아침의 상태 그대로였다. 정돈하지 않은 침대의 시트와 담요가 좁은 목재 침대 위에 말려 있었고, 창문을 통해 들어온 햇빛이 그 위를 밝게 비추고 있었다. 침대 옆의 작고 단순한 탁자 위에 놓인 얕은 유리그릇에는 틀니가 물에 잠겨 있었는데, 금세공 부분에 햇빛이 반사되었다. 탁자 위에는 쇠 촛대가 놓여 있었다. 골풀로 감을 댄 의자 두 개 위에 옷가지가 아무렇게나 던져져 있었다. 화장대로 사용했던 서랍장 위에도 다양한 물건들이 있었는데, 주인이 서둘러 사용했는지 이리저리 흩어진 상태였다. 트렌트는 찬찬히 물건들을 둘러보았다. 방 주인이 세수를 하거나 면도를 한 흔적이 없는 것을 알아차렸다. 그는 손가락으로 유리그릇 안의 틀니를 뒤집어 보며 미간을 찌푸렸다. 틀니가 여기 있는 이유가 신경 쓰였다.

햇빛이 가득 들어오는 작은 방은 휑하고 정돈이 안 되어 있어서 왠지 섬뜩한 느낌이 들었다. 동이 트자마자 경계심이 가득한 눈빛으로 아내가 자고 있는 안쪽 방문을 연신 흘끗거리며 정적 속에서 옷을 입는 초췌한 남자의 모습이 떠올랐다.

몸이 부르르 떨렸다. 트렌트는 다시 탐색에 집중하기 위해 침대 양쪽 벽에 있는 키 큰 수납장 두 개를 열어 보았다. 안에 있는 것은 옷가지였다. 이 방에서 잠을 자던 사람에게 편안함을 주는 옷들이 넉넉히 걸려 있었다.

맨더슨은 신발에 사치를 부리는 모양이었다. 벽에 길게 붙은 낮은 선반 두 칸에 엄청나게 많은 구두가 깔끔하게 정돈되어 늘어서 있었다. 남성용 부츠는 없었다. 좋은 구두 가죽 애호가인 트렌트는 구두를 예리한 눈으로 살펴보기 시작했다. 맨더슨은 남들보다 작고 모양이 예쁜 발에 자부심을 가진 것 같았다. 구두 모양은 특징이 뚜렷했다. 볼이 좁고 발가락 부분이 둥글었으며 재단이 훌륭했다.

위 칸의 에나멜 구두 한 켤레에서 갑자기 트렌트의 눈이 가늘어졌다.

경위가 위치를 설명해 주었던, 맨더슨이 죽기 전날 밤 신었다는 바로 그 구두였다. 한눈에 오래 신은 구두라는 것을 알 수 있었다. 최근에 광을 낸 흔적도 보였다. 구두 윗부분의 뭔가가 주의를 사로잡았다. 그는 허리를 굽히고 미간을 찌푸리며 옆에 놓인 다른 구두의 모양과 비교해 보았다. 그런 뒤 구두를 집어 들고 밑창과 윗부분의 가죽을 연결한 재봉선을 관찰했다.

그러고는 무의식적으로 희미하게 휘파람을 부르기 시작했다. 머치 경위가 있었다면 이 휘파람이 무엇을 뜻하는지 금방 알아차렸을 것이다.

습관적으로 자기 통제에 엄격한 사람들은 아는 사람만 아는 무의식적인 버릇으로 흥분을 억누르곤 한다. 경위는 트렌트가 뭔가 강렬한 단서를 찾았을 때 특정한 선율을 희미하게 휘파람으로 부는 버릇이 있다는 것을 알고 있었다. 그 곡이 멘델스존 〈무언가無言歌〉 A장조 도입부라는 걸 모를 뿐이었다.

트렌트는 구두를 뒤집어서 줄자로 치수를 재어 보고 밑창을 꼼꼼하게 들여다보았다. 양쪽 다 뒤꿈치와 안쪽 볼 사이에 붉은 흙의 흔적이 희미하게 남아 있었다.

트렌트는 바닥에 구두를 놓고 뒷짐을 진 채 창가로 향했다. 희미한 휘파람을 계속 불면서 바깥을 내다보았지만 경치는 눈에 들어오지 않았다. 갑자기 뭔가 깨달았는지 입술에서 탄성 소리가 흘러나왔다. 잠시 후 트렌트는 선반으로 돌아가 나머지 구두를 일일이 신속하게 관찰했다.

일을 끝낸 뒤, 그는 의자에 걸린 옷을 집어 들고 찬찬히 들여다본 다음 내려놓았다. 옷장으로 다가가서 안에 걸린 옷을 살폈다. 화장대 위의 어질러진 물건들이 주의를 끌었다. 그는 빈 의자에 앉아 한동안 머리를 손으로 감싸고 양탄자를 바라보며 앉아 있었다. 마침내 일어나서 맨더슨 부인의 침실로 이어지는 안쪽 문을 열었다.

넓은 방에는 부인이 서둘러 방을 비운 흔적이 역력했다. 여자 화장대에 있어야 할 물건들이 모두 사라져 있었다. 침대와 의자, 작은 탁자에는 옷, 모자, 가방, 상자 등이 없었다. 서랍에서 빠져 나와 여기저기 널려 있을 법한 장갑과 베일, 손수건, 리본 따위의 여성이 쓰는 물건들도 전혀 없었다. 마치 평소에 사용하지 않는 손님용 침실 같았다. 그러나 가구나 실내 장식에는 남달리 꼼꼼하고 까다로운 취향이 엿보였다. 불행한 결혼 생활을 하던 여인이 외롭게 꿈을 꾸고 상념에 잠겼을 방 안의 다양한 색채와 형태를 전문가의 눈으로 뜯어 보니, 부인이 예술적인 천성을 타고난 사람이라는 것을 알 수 있었다. 미지의 여인에 대한 호기심이 한층 커졌다. 그 인물이 짊어졌던 무거운 짐을 생각해 보았다. 머릿속에서 점차 사연과 모습을 갖춰 가는 인물을 생각하자니 마음이 한층 무거워졌다.

트렌트는 일단 문 맞은편 벽 한가운데에 난 길쭉한 프랑스식 창문으로 다가가서 문을 활짝 열고 철제 난간이 있는 작은 발코니로 나섰다. 아래를 내려다보니 저택 벽을 둘러싼 좁은 화단 앞에 넓은 정원이 있었다. 정원은 저 멀리 과수원까지 이어지다가 갑자기 지대가 낮아졌다. 위아래로 여닫는 다른 창문 하나가 서재의 프랑스식 창문 바로 위쪽에 자리 잡고 있었다. 방 안쪽 모서리에는 복도로 이어지는 다른 문이 있었다. 아침에 하녀가 드나들기도 하고 부인이 밖으로 나가기도 하는 문이었다.

트렌트는 침대에 앉아서 부인의 침실과 옆방의 평면도를 재빨리 수첩에 그렸다. 침대는 내리닫이창과 침실 문 사이에 위치했고, 침대 머리가 맨더슨의 침실 벽에 붙어 있었다. 트렌트는 베개를 응시하다가 침대에 가만히 몸을 눕히고 열린 문을 통해 옆방 안을 들여다보았다.

그는 잠시 그 각도에서 바라보고 있다가 일어나 침대 양옆에 붙어 있는 덮개가 달린 작은 탁자를 평면도에 그렸다. 문에서 먼 쪽 탁자에는 우아한 구리 전등이 놓여 있었고, 전선이 벽에 연결되어 있었다. 트렌트는 생각에 잠겨 전등을 바라보다가 방 안의 다른 조명 스위치 쪽으로 눈길을 돌렸다. 스위치는 여느 집이나 마찬가지로 문 안쪽 벽에 붙어 있었고, 침대에 앉은 상태에서는 손이 닿지 않았다. 트렌트는 일어서서 조명이 제대로 작동하는 것을 확인하고 만족스러운 표정을 지었다. 그런 다음 빠른 걸음으로 맨더슨의 방으로 들어간 뒤 종을 울렸다.

무표정한 얼굴의 집사가 꼿꼿한 자세로 문간에 나타났다.

"한 번 더 도움이 필요합니다, 마틴. 맨더슨 부인의 하녀에게 잠시 이야기를 나누고 싶다고 전해 주셨으면 좋겠는데요."

"알겠습니다."

"어떤 여자입니까? 영리한 사람인가요?"

"프랑스 여자입니다."

마틴은 간명하게 답하고 잠시 후 덧붙였다.

"여기서 오래 일하지 않았습니다. 굳이 물어보시니 말씀드리자면, 젊은 여자가 세상일을 알 만큼 안다는 인상을 받았습니다."

"순진한 여자는 아니라는 말씀이겠군. 그렇죠? 뭐, 겁나지 않습니다. 몇 가지 질문을 하고 싶어요."

"곧 올려 보내겠습니다."

집사는 물러갔고, 트렌트는 뒷짐을 진 채 작은 방을 서성거렸다. 예상보다 빨리 몸집이 작고 단정한 검은 옷차림의 여인이 조용히 눈앞에 나타났다.

커다란 갈색 눈을 지닌 부인의 하녀는 트렌트가 정원을 가로질러 올 때 창문을 통해 본 그에게 호감을 가졌고 수수께끼를 풀기 위해 나타난 해결사가(그의 명성은 하인들 사이에서도 유명했다) 자신을 불러 주기를 간절하게 기다리고 있었다. 주목을 받고 싶어서 신경이 잔뜩 곤두서 있었지만 그녀는 일개 하인일 뿐이었고, 사무적인 태도로 차갑게 질문하는 머치 경위 앞에서는 기를 펼 수가 없었다. 하지만 잠깐 본 트렌트는 경찰 같은 분위기를 풍기지 않는데다 멀리서 보니 가까워지기 쉬운 사람 같았다.

그러나 방에 들어서면서 생각해 보니, 처음에 좋은 인상을 주려면 여성스러운 애교로 접근하는 것은 실수일 거라는 직감이 본능적으로 들었다. 그녀는 친근한 솔직함으로 다가가기로 결정했다.

"선생님께서 저를 부르셨다고요. 저는 셀레스틴입니다."

트렌트는 사무적으로 침착하게 말했다.

"네. 제가 묻고 싶은 건 이겁니다, 셀레스틴. 어제 아침 7시에 부인에게 차를 가지고 왔을 때 침실을 잇는 방문이 열려 있었나요? 여기 이 문 말입니다."

셀레스틴은 즉각 활기를 띠었다.

"아, 네! 문은 늘 그렇듯이 열려 있었어요, 선생님. 여느 때처럼 제가 닫았답니다. 하지만 설명을 드려야 할 것 같아요. 들어 보세요! 제가 이 문으로 부인의 방에 들어오면, 아! 직접 가 보시면 되겠네요. 무슨 말인지 아실 거예요."

하녀는 문지방을 넘으며 트렌트의 한 팔을 잡고 부인의 침실로 밀어 넣었다.

"보세요! 저는 차를 이렇게 들고 침실로 들어서요. 침대에 다가갑니다. 침대에 도착하기 전에 오른쪽에 문이 보이죠? 항상 열려 있어요. 이렇게요! 하지만 보시다시피 저쪽에서 들어오면 맨더슨 씨의 방 안은 보이지 않아요. 저는 방 안을 보지 않고 그냥 문을 닫는답니다. 그렇게 지시를 받았어요. 어제도 평소와 마찬가지였어요. 전 옆방에서 아무것도 못 봤어요. 부인은 천사처럼 주무시고 계셨고요. 부인도 아무것도 못 보셨어요. 제가 문을 닫았죠. 쟁반을 놓고, 커튼을 걷고, 화장 도구 준비를 하고, 물러나요. 이렇게!"

셀레스틴은 잠시 말을 멈추고 두 손을 양옆으로 넓게 펼쳤다.

하녀의 움직임과 몸짓을 지켜보던 트렌트는 한층 심각해진 얼굴로 고개를 끄덕였다.

"이제 정확히 알겠습니다. 고맙습니다, 셀레스틴. 부인이 일어나서 옷을 입고 침실에서 아침을 드시는 동안에도 맨더슨 씨는 방에 계속 계시는 줄 알았다는 거군요."

"네."

"아무도 그를 찾지 않았다."

트렌트는 중얼거렸다.

"셀레스틴, 아주 감사합니다."

그는 바깥 침실로 향하는 문을 다시 열었다.

"별일 아니에요, 선생님."

셀레스틴은 작은 방으로 넘어가며 말했다.

"맨더슨 씨를 살해한 범인은 꼭 잡아 주셨으면 좋겠어요. 하지만 그분이 그렇게 되신 건 별로 유감스럽지 않아요."

셀레스틴은 바깥 문손잡이를 잡은 채 놀랄 정도로 격하게 휙 돌아섰다. 이를 빠드득 가는 소리가 들렸고, 작고 거무스름한 얼굴에 핏기가 떠올랐다. 모국어가 튀어나왔다.

"즈 느 르 르그레테 파 뒤 투, 뒤 투(저는 전혀 그립지 않아요, 전혀)!"

그녀는 말을 쏟아내기 시작했다.

"마담, 아! 즈 므 스테레 오 푀 풀 마담. 윈 팸 시 샤르망, 시 아도라블! 메 외 옴 콤 므시외 모사드, 부되르, 앵파시블…… 아, 농! 드 마 비! 장 아베 파르드쉬 라 테트, 드 므시외! 아! 브레! 에스 앵쉬포르타블, 투 드 멤, 케일 에그지스테 데 팁 콤 사? 즈 부 쥐레크…….(부인, 아! 저는 부인을 위해서라면 무슨 일이든 했을 거예요. 부인은 너무 매력적이고 친절하신 분이죠! 그렇지만 그분은 무뚝뚝하고 시무룩하고 냉정하셨어요! 아, 안 돼요! 제 인생에서는! 저는 지긋지긋했어요. 그분이! 정말로요! 어쨌거나 그런 사람들이 있다는 사실이 끔찍하지 않나요? 제가 단언컨대…….)"

"피니세 스 샤위(말조심해요), 셀레스틴!"

트렌트는 프랑스어로 날카롭게 말을 끊었다. 셀레스틴의 장광설에 학창시절의 기억이 갑자기 밀려왔다.

"앙 부아라 윈 센! 세 라장, 부 사베. 포 랑트레 사, 마드무아젤.

뒤 레스트, 세 비앵 애프뤼당, 크루아 무아.(사건이 또 생겼어요! 당신도 알다시피 지긋지긋하다고요. 그런 말은 침묵해야 해요, 아가씨. 게다가 정말 경솔하군요.) 정신 차려요! 이성을 찾아! 아래층 경위님이 당신이 이런 소리를 하는 걸 듣는다면, 골치 아파질 거요. 주먹도 그렇게 휘두르지 말고. 어디 부딪힐지도 몰라. 당신은…….”

엄격한 눈빛에 겁을 먹었는지 셀레스틴이 조금 진정되는 기미를 보이자, 트렌트의 목소리가 한결 부드러워졌다.

“당신은 맨더슨 씨가 사라진 게 다른 사람들보다 더 반가운 것 같은데. 맨더슨 씨가 당신 같은 여자에게 별로 눈길을 주지 않은 것 같군, 셀레스틴.”

“아 펜 실 마베 르가르데(그분은 저를 거의 쳐다보지도 않으셨다니까요).”

셀레스틴은 간단하게 답했다.

“사, 세 욍 콩블(그것참 심했네요)! 당신은 조촐한 차 모임에 어울리기에는 아까운 여잡니다. 아마 천국을 꿈꾼 적이 없이 강렬하고 평화롭고 붉은, 생명 없는 행성 밑에서 태어났으리라, 셀레스틴. 아가씨, 나는 바쁩니다. 이만 실례. 당신은 정말 아름다운 여자군요!”

셀레스틴은 이 말을 예기치 않은 찬사로 받아들였다. 놀란 마음에 제정신이 돌아온 모양이었다. 눈을 반짝이고 이를 살짝 드러내 보이며 어깨 너머로 트렌트를 돌아보더니 문을 열고 재빨리 사라졌다.

작은 침실에 혼자 남은 트렌트는 셀레스틴의 언어로 강력한 욕설 두 마디를 내뱉은 뒤 아까 하던 생각으로 돌아갔다. 그는 좀 전에 살펴본 구두를 다시 집어 들고 방 안의 의자 둘 중 하나 위에 얹은 뒤 반대편 의자에 앉았다. 주머니에 손을 넣은 채, 그는 말 못 하는 목격자 둘에 시선을 고정시키고 한참 앉아 있었다. 들릴락 말락 한 휘파람 몇 마디가 입술에서 가끔 새어 나왔다. 방 안은 고요했다. 열린 창 밖의 나무에서 새소리가 작게 들려왔다. 이따금 창틀 옆 무성한 담쟁이가 산들바람에 바스락거렸다. 하지만 방 안의 남자는 생각에 잠긴 채 꿈쩍도 하지 않았다. 표정이 차츰 무겁게 굳어져 갔다.

삼십 분 정도 그렇게 앉아 있었을까. 트렌트는 갑자기 일어섰다. 그는 구두를 조심스럽게 선반에 돌려 놓고 밖으로 나왔다.

복도 반대편에는 침실 문 두 개가 있었다. 그는 바로 맞은편 문을 열고 안으로 들어갔다. 깔끔하다고는 할 수 없는 방이었다. 지팡이와 낚싯대가 한쪽 구석에 아무렇게나 섞여 있었고, 다른 구석에는 책이 쌓여 있었다. 화장대와 벽난로 위에 놓인 다양한 잡동사니들은 하녀도 손을 대지 못했는지 정신없이 널려 있었다. 파이프, 펜나이프, 연필, 열쇠, 골프공, 오래된 편지, 사진, 작은 상자, 깡통, 유리병 등이 있었다. 섬세한 동판화 두 점과 수채화 몇 점이 벽에 걸려 있었다. 액자에 넣은 목판화 몇 장이 벽장 끝에 비스듬히 놓여 있었다. 창문 아래에는 신발과 부츠가 한 줄로 늘어서 있었다. 트렌트는 방을 가로질러 신발을 자세히 관찰했다. 그런 다음 부드럽게 휘파람을 불며 줄자로 몇 켤레의 크기를 쟀다. 일을 끝낸 뒤 그는 침대 가장자리에 걸터앉아 우울한 표정으로 방을 둘러보았다.

벽난로 위의 사진이 시선을 끌었다. 그는 일어서서 말로와 맨더슨이 말에 올라타고 있는 사진을 보았다. 다른 사진 두 장은 알프스의 유명한 봉우리에서 찍은 사진이었다. 남루한 16세기 군복 차림의 젊은이 세 사람이었는데, 그중 한 사람은 분명 아까 봤던 피곤해 보이는 파란 눈매의 청년이었다. 다른 한 장은 말로를 약간 닮은 위풍당당한 노부인의 초상이었다. 트렌트는 벽난로 위 선반의 열려 있는 상자에서 기계적으로 담배를 집어 들고 불을 붙인 뒤 사진을 응시했다. 그러다 담뱃갑 옆의 납작한 가죽 상자로 시선을 돌렸다.

상자는 쉽게 열렸다. 안에는 작고 가볍고 정교한 권총 한 자루가 있었고, 실탄도 스무 개 남짓 들어 있었다. 개머리에는 J.M.이라는 머리글자가 새겨져 있었다.

계단에서 발소리가 들렸다. 트렌트가 약실을 열고 총열 안을 들여다보는데, 머치 경위가 열려 있는 방문 앞에 나타났다.

"뭐 하는지 궁금해서……."

입을 열던 경위는 트렌트가 권총을 들고 있는 것을 보고 말을 그쳤다. 영리한 눈매가 크게 열렸다.

"누구 권총이지, 트렌트?"

머치는 심상한 어조로 물었다. 트렌트도 머리글자를 가리키며 가볍게 대꾸했다.

"이 방 주인인 말로의 물건이겠죠. 벽난로 위에 있는 걸 찾았습니다. 휴대하기 좋은 권총 같은데 마지막으로 사용한 뒤로 손질이 잘돼 있는 것 같군요. 하지만 전 총기에 대해 아는 게 없으니."

"내가 잘 알지."

경위는 조용히 대꾸하며 트렌트의 뻗은 손에서 권총을 받아 들었다.

"총기는 내 전문 분야라고 할 수 있어, 트렌트. 하지만 전문가가 아니라도 이것쯤은 알 거야."

경위는 총기 상자 안에 총을 다시 넣고 실탄 하나를 꺼내 커다란 손바닥 위에 놓았다. 그리고 외투 주머니에서 작은 물건을 꺼내 실탄 옆에 놓았다. 앞부분이 약간 뭉개지고 몇 군데 긁힌 자국이 반짝거리는 작은 납 총알이었다.

"이게 그겁니까?"

트렌트는 경위의 손바닥을 들여다보았다.

"이거야. 두개골 뒤쪽에 박혀 있었네. 스톡 박사가 한 시간 전에 꺼내서 경찰을 통해 방금 전해 왔더군. 이 반짝이는 자국은 의료 기구에 긁힌 자국이야. 다른 흔적은 이런 총열에서 총이 발사될 때 생긴 자국이고."

그는 권총을 두드렸다.

"같은 제품, 같은 구경이야. 이외에는 실탄에 이런 자국을 내는 총기가 없어."

상자 안에 든 총을 사이에 둔 채, 트렌트와 경위는 잠시 서로의 눈을 마주 보았다. 먼저 입을 연 것은 트렌트였다.

"이 수수께끼는 이상한 점투성이입니다. 미친 짓이에요. 미치광이가 저지른 소행이라는 흔적이 분명합니다. 확실한 점을 짚어 보죠. 맨더슨이 말로를 차로 사우샘프턴으로 보낸 것과 말로가 집을 떠났다가 어젯밤 늦게, 살인이 발생하고 몇 시간 뒤에 돌아온 건 분명합니다."

"현재로서는 그 점에 대해 의심할 여지가 없지."

머치는 '현재로서는'이라는 말에 살짝 힘을 주었다.

트렌트가 말을 이었다.

"한데 이 잘 닦인 권총은 다음과 같은 추론을 하게 만들죠. 말로는 사우샘프턴에 가지 않았다. 그는 밤에 저택으로 돌아왔다. 무슨 수를 썼는지 몰라도 맨더슨 부인이나 다른 사람들을 깨우지 않고 맨더슨만 깨워서 옷을 입히고 밖으로 데리고 나갔다. 그리고 그 자리에서 살인 무기가 확실한 이 권총으로 맨더슨을 쏘았다. 그런 다음 권총을 꼼꼼하게 손질하고 집 안으로 들어와서 역시 아무도 깨우지 않고 총을 상자에 넣은 뒤 경찰이 쉽게 발견할 수 있는 자리에 보란 듯이 내버려 두었다. 그런 다음 커다란 차를 타고 집을 나서서 하루 종일 숨어 있었다. 그러다가 아무것도 모르는 척 다시 돌아왔다. 몇 시에 왔습니까?"

"오후 9시가 조금 지났을 때였어."

경위는 무거운 얼굴로 계속 트렌트를 바라보았다.

"트렌트, 이 권총을 보고 그런 생각이 드는 것은 당연하고 추리도 대담하지만, 아귀가 맞지 않아. 살인이 발생한 시각에 말로는 집에서 팔십에서 백오십 킬로미터 정도 떨어져 있었어. 그는 진짜로 사우샘프턴에 갔었네."

"어떻게 압니까?"

"간밤에 내가 말로를 신문하고 행적을 추적했어. 그는 월요일 아침 6시 30분에 사우샘프턴에 도착했네."

"자기 입으로 무슨 말을 했건 그게 무슨 상관입니까? 그가 사우샘프턴에 간 걸 경위님이 어떻게 아느냐는 말이에요."

트렌트는 씁쓸하게 외쳤다.

"약을 좀 올려 줄 생각이었는데."

머치는 킬킬 웃었다.

"뭐, 자네한테 말해도 별 상관 없는 일이니. 어제 저녁 여기 도착해서 맨더슨 부인과 하인들에게 대략의 상황을 들은 뒤 내가 가장 처음 한 일이 전화국에 가서 사우샘프턴 경찰에게 연락한 거였어. 맨더슨이 잠자리에 들기 전에 아내에게 이렇게 말했다는군. 마음이 바뀌어 다음 날 배를 탈 사람에게 중요한 전갈을 받아 오라고 말로를 사우샘프턴으로 보냈다고. 별문제 없는 상황 같기는 했지만 그래도 집안 사람들 중에 직접 만나 보지 못한 건 말로뿐이었으니까. 그는 밤늦게야 차로 돌아왔어. 그래서 일단 사우샘프턴 경찰에게 몇 가지 문의를 했지. 오늘 아침에 이 회신이 왔더군."

그는 트렌트에게 전보용지를 건넸다. 트렌트는 전보를 읽었다.

요청 인물은 오늘 아침 6시 30분 자동차로 베드퍼드 호텔에 도착. 말로라는 이름으로 투숙. 호텔 차고에 자동차를 두고 직원에게 맨더슨의 차라고 말함. 목욕을 하고 아침을 먹은 뒤 외출. 부두에서 르아브르행 배가 정오에 출항하기까지 해리스라는 승객을 거듭 찾았다고 전해짐. 호텔에서 1시 15분에 점심을 먹음. 선박 회사 측은 지난주 해리스라는 이름으로 예약한 승객이 있지만 탑승하지는 않았다고 밝혔고 이를 듣고 곧바로 차로 떠남. 버크 경위.

"간단하지만 충실한 정보지."

트렌트가 전보를 두 번 읽고 돌려주자 머치가 말했다.

"말로의 증언과도 정확히 들어맞아. 해리스가 늦게라도 오지 않을까 싶어 삼십 분 정도 부두에 있다가 돌아와서 점심을 먹고 즉시 돌아오기로 결정했다고 했거든. 그는 맨더슨에게 '해리스는 배를 타지 않았다. 귀가 예정. 말로'라는 전보를 보냈고, 전보는 오후에 여기 도착해서 맨더슨의 다른 편지와 함께 놓여 있었어. 말로는 상당히 급하게 차를 몰고 돌아왔고 아주 피곤한 상태였네. 마틴에게서 맨더슨이 죽었다는 소식을 듣더니 거의 정신을 잃을 것 같더군. 끔찍한 소식을 듣고 잠까지 자지 못한 탓에 간밤에 나를 만났을 때는 녹초가 되어 있었어. 그의 증언은 완벽히 앞뒤가 맞았네."

트렌트는 권총을 집어 들고는 잠시 무심하게 탄창을 빙빙 돌렸다. 그는 마침내 입을 열더니 총을 제자리에 돌려놓았다.

"말로가 권총과 실탄을 이렇게 아무렇게나 방치한 것이 맨더슨에게는 불운이었군요. 누군가 봤다면 쉽게 유혹을 느끼지 않았을까요?"

머치는 고개를 저었다.

"생각해 보면 권총 자체로는 별다른 단서가 될 것이 없어. 영국에서도 흔한 제품이거든. 미국에서 수입된 제품인데, 요즘 호신용으로나 장난삼아 권총을 사는 사람 절반이 바로 이 제품, 이 구경을 선택해. 성능이 좋고 바지 뒷주머니에 가지고 다니기 편하니까. 질이 안 좋은 부류든 일반인이든 이 총을 가진 사람이 수천 명은 될 거야. 예를 들어……."

경위는 대수롭지 않게 말했다.

"맨더슨 본인도 똑같은 물건을 한 자루 가지고 있었어. 아래층 책상 맨 위 서랍에서 찾았는데, 지금 내 외투 주머니에 들어 있지."

"아! 혼자만 알고 계시려고 하셨군요."

"그럴 생각이었네. 하지만 자네가 이 권총을 찾았으니까, 다른 총이 있다는 것도 알고 있어야겠지. 말했지만 두 사실이 큰 도움이 될 것 같지는 않아. 집안 사람들은……."

그때 침실 문이 천천히 열렸다. 두 사람은 깜짝 놀랐고 경위는 얼른 입을 다물었다. 문간에 남자 한 사람이 서 있었다. 남자의 시선은 열린 상자 안의 권총에서 트렌트와 경위의 얼굴로 향했다. 아무 소리도 듣지 못했던 두 사람은 동시에 남자의 길고 좁은 발을 쳐다보았다. 고무 밑창이 달린 테니스화를 신고 있었다.

"버너 씨로군요."

트렌트가 말했다.

버너의 등장

“캘빈 C. 버너입니다. 처음 뵙겠습니다.”

낯선 남자는 불을 붙이지 않은 시가를 입에서 빼 들며 격식을 갖춘 말투로 자기 이름을 말했다. 영국인은 처음 보는 사람과 쉽게 친해지지 않고 딱딱하게 군다는 선입관을 가지고 있었는데, 트렌트가 보자마자 아는 체하니 약간 당황한 기색이었다.

“트렌트 씨로군요. 맨더슨 부인께 아까 들었습니다. 좋은 아침입니다, 경위님.”

머치 경위는 미국식 인사에 고개를 약간 끄덕여 보였다.

“방으로 가다가 여기서 무슨 소리가 나서 들여다봤습니다.”

버너는 스스럼없이 웃었다.

"제가 엿들은 게 아닌가 생각하셨겠죠. 그렇지 않습니다. 권총에 대해 몇 마디 들은 것뿐입니다."

버너는 마르고 키가 작은 젊은이였다. 희고 뼈대가 뚜렷하며 깨끗이 면도된 얼굴은 약간 여성스러웠고, 크고 검은 눈은 영리해 보였다. 검은 곱슬머리는 머리 한가운데서 가르마를 탔다. 보통 시가를 물고 다니는 입술은 시가를 물고 있지 않을 때는 늘 반쯤 열려 있어서 어딘가 의욕에 넘치는 묘한 분위기를 풍겼다. 하지만 시가를 피우거나 담배를 씹을 때는 이런 표정이 사라지고, 밝고 영리한 미국인이라는 본연의 인상이 되돌아왔다.

코네티컷 태생인 버너는 대학을 졸업한 뒤 증권 회사에 들어가 맨더슨의 회사 관련 업무를 자주 담당하여 그의 눈에 띄었다. 거인은 한동안 버너를 지켜보다가 그에게 개인 비서 자리를 제안했다. 버너는 믿음직스럽고 생각이 깊으며 일처리가 정확하고 체계적인 전형적인 회사원이었다. 이런 특성을 지닌 사람은 많았지만, 맨더슨이 버너를 선택한 것은 그가 행동이 빠르고 입이 무거우며 주식 시장의 움직임에 타고난 직감을 가지고 있었기 때문이었다.

트렌트와 미국인은 한동안 서로를 냉정한 눈으로 훑어보았다. 둘 다 상대에 만족한 것 같았다. 트렌트는 기분 좋게 입을 열었다.

"제가 발견한 권총이 수사에 별다른 단서가 되지 않는다는 설명을 듣고 있었습니다. 당신 나라인 미국에서 아주 사랑받는 제품이고, 영국에서도 꽤 인기를 끈다고 들었는데요."

버너는 마른 손을 내밀어 권총을 집어 들었다. 권총을 다루는 손길이 능숙했다.

"네, 그렇습니다. 경위님 말씀이 맞습니다. 미국에서는 리틀 아서라는 별명으로 불리는데, 지금 이 순간에도 수십만 명이 뒷주머니에 이것과 똑같은 총을 차고 있을 겁니다. 저한테는 너무 가벼운 느낌이지만……."

버너는 기계적으로 재킷 아래 엉덩이 쪽을 더듬더니 흉하게 생긴 총을 꺼냈다.

"손에 들어 보십시오, 트렌트 씨. 실탄이 들어있으니 조심하시고. 이 리틀 아서는 말로가 올해 여기로 오기 직전에 맨더슨 어른의 권유로 산 겁니다. 20세기에 남자가 총을 안 가지고 다니다니 말도 안 된다고 하셔서요. 아마 가게에서 권하는 대로 샀을 겁니다. 저한테 물어보지도 않고. 좋은 총이긴 하지만요."

버너는 눈을 가늘게 뜨고 가늠쇠를 들여다보았다.

"처음에는 그 친구 총 솜씨가 형편없었지만 지난 한 달 동안 제가 가르치고 연습을 시켰더니 이제 꽤 잘 쏩니다. 하지만 총을 들고 다니는 습관은 안 들더군요. 제게는 밖에 나갈 때 바지를 입는 것이나 다름없이 당연한 일인데. 저는 몇 년째 총을 지니고 다닙니다. 맨더슨 씨를 노리는 사람이 있을 것 같아서요. 그런데……."

버너는 서글프게 말을 맺었다.

"제가 곁에 없을 때 이런 일이 벌어지다니. 음, 이만 실례해야겠습니다. 비숍스브리지로 가 봐야 합니다. 요즘은 할 일이 너무 많군요. 보내야 할 전보가 산더미 같습니다."

"저도 가 봐야 합니다. 스리 넌스라는 여관에서 약속이 있어서요."

"제가 자동차로 모셔다 드리지요. 그곳 앞을 지나가거든요. 경위님도 같이 가시렵니까? 안 가요? 그럼 오십시오, 트렌트 씨. 차를 빼는 걸 도와주세요. 운전사가 쉬고 있어서 세차 외에는 전부 다 우리가 알아서 해야 합니다."

버너는 쉬지 않고 느릿하게 지껄여 대며 트렌트를 아래층으로 데려가서 집을 빠져나와 뒤쪽 차고로 향했다. 차고는 저택에서 약간 떨어져 있었고 한낮의 햇빛을 피할 수 있는 시원한 그늘 밑에 있었다.

버너는 차를 빼려고 서두르는 기색은 아니었다. 그는 트렌트에게 시가를 권하더니, 트렌트가 받아 들자 자기도 불을 붙였다. 그는 자동차 발판에 걸터앉아 무릎 사이에 두 손을 깍지 끼고 상대방을 찬찬히 응시했다. 그는 잠시 후 입을 열었다.

"트렌트 씨, 당신한테 도움이 될 수도 있는 몇 가지 정보가 있습니다. 당신의 활약은 저도 알고 있어요. 대단히 영리한 분이시라고 들었습니다. 전 영리한 사람을 상대하는 게 좋습니다. 제가 바로 본 건지는 모르겠지만 그 경위님은 좀 둔해 보이더군요. 질문에는 기꺼이 대답하려 했고, 실제로 대답을 다 해 드렸습니다. 하지만 그분이 묻지 않은 것까지 이야기할 마음은 안 생깁니다. 무슨 뜻인지 아시겠습니까?"

트렌트는 고개를 끄덕였다.

"많은 사람들이 영국 경찰에게 그런 인상을 받는 것 같더군요. 아마 사무적이고 딱딱한 태도 때문일 겁니다. 하지만 머치 경위님은 생각하시는 그런 사람이 아닙니다. 그분은 유럽 전역에서 가장 날카로운 경찰 중 한 사람입니다. 두뇌 회전이 빠르지는 않지만 상당히 유능해요. 경험도 어마어마합니다. 제 장점은 상상력인데 경찰 업무에는 경험이 상상력보다 훨씬 중요하죠."

버너는 못마땅한 듯 대답했다.

"경험이 다 뭐라고! 이건 흔히 볼 수 있는 평범한 사건이 아닙니다, 트렌트 씨. 이유를 한 가지 말씀드리죠. 맨더슨 씨는 신변에 무슨 일이 닥칠 거라는 걸 틀림없이 알고 있었습니다. 한 가지 더 말씀드리면 그분은 이번 일을 피할 수 없다고 생각하신 것 같아요."

트렌트는 버너가 앉은 발판 맞은편에 나무 상자를 당겨 앉았다.

"흥미롭군요. 무슨 말씀인지 들려주십시오."

"지난 몇 주 동안 맨더슨 씨의 태도가 전과 달라졌기 때문에 드리는 말씀입니다, 트렌트 씨. 당신도 그분이 항상 자기 통제가 엄격한 분이었다는 말은 들으셨을 겁니다. 맞습니다. 저는 항상 그분을 업계에서 가장 냉정하고 현실적인 분이라고 생각해 왔습니다. 그분의 냉정함은 어마어마했죠. 그만한 분을 본 적이 없습니다. 전 누구보다 맨더슨 씨를 잘 알았습니다. 그분이 일생을 바친 사업에서 같이 일했으니까요. 아마 가련한 부인보다 제가 그분을 더 잘 알 겁니다. 말로보다 더 잘 압니다. 그 친구는 맨더슨 씨가 사무실에서 하는 진짜 중요한 일을 못 봤으니까요. 맨더슨 씨의 친구들보다도 제가 더 잘 알 겁니다."

"맨더슨 씨에게 친구가 있었습니까?"

버너는 날카롭게 트렌트를 돌아보았다.

"무슨 말을 들으셨군요. 아니, 정확히 말하면 친구라고 할 수는 없겠죠. 매일 만나는 거물들은 많이 있었습니다. 같이 요트도 타고 사냥도 하는 사이였죠. 하지만 맨더슨 씨가 마음을 조금이라도 열어 보인 사람은 단 한 사람도 없었을 겁니다. 제가 말하려던 건 이겁니다. 몇 달 전부터 그분은 예전과 다른 모습을 보이기 시작했습니다. 뭔가 손을 댈 수 없는 나쁜 일이 머릿속에 가득 차 있는 사람처럼 우울하고 어두워지셨죠. 이런 상태가 계속되었습니다. 시내에 계실 때도, 집에 있을 때도, 뭔가 무거운 고민을 짊어진 분 같았습니다. 몇 주 전부터는 자제력까지 무너지기 시작하더군요. 말씀드리고 싶은 건 이겁니다, 트렌트 씨."

버너는 앙상한 손을 트렌트의 무릎에 얹었다.

"이걸 아는 사람은 저뿐입니다. 다른 사람들 앞에서는 그냥 음울하고 무뚝뚝한 모습을 보이셨지만, 사무실이나 다른 일터에 저와 단둘이 있으실 때 뭔가 일이 조금이라도 잘못되기라도 하면, 세상에, 그야말로 펄펄 뛰셨습니다. 이 서재에서 편지를 뜯어 읽다가 뭔가 내용이 마음이 안 들었던 적이 있는데 그때는 방 안을 서성거리면서 편지를 쓴 사람이 지금 눈앞에 있으면 어떻게 해 버리겠다는 둥 한심할 정도로 펄펄 뛰곤 했습니다. 그렇게 변한 모습을 본 적이 없었어요. 한 가지 더. 돌아가시기 일주일 전부터는 아예 일을 외면하셨습니다. 그분과 일하면서 처음 보는 모습이었어요. 일이 엉망으로 돌아가고 있는데도 편지나 전보에 답장도 하지 않았습니다. 조바심 같은 것이 계속 마음을 파먹다가 더 이상 견디기 힘든 상황이 돼 버린 것 같았습니다. 한번은 의사를 만나 보시는 게 어떻겠느냐고 권유했더니 저더러 꺼지라고 하더군요. 저 말고는 그분의 이런 모습을 본 사람이 아무도 없습니다. 그런데 서재에서 그렇게 분통을 터뜨리고 계시다가도 부인께서 들어오시면 즉각 침착하고 냉정해지곤 하셨지요."

"그게 다 누군가 자신의 목숨을 노리고 있다는 비밀스러운 조바심, 두려움 때문이었을 것이다?"

버너는 고개를 끄덕였다. 트렌트는 말을 이었다.

"그분의 마음속에서 뭔가가 잘못되고 있다는 생각을 전부터 하고 계셨군요. 당신의 이야기를 들으니 지나친 긴장으로 인한 신경쇠약 같다는 생각이 드는데요. 미국에서는 거물 사업가들에게 자주 있는 일입니까? 신문을 보면 그런 느낌이 들긴 하던데요."

버너는 솔직하게 말했다.

"그런 엉터리는 믿지 마세요. 갑자기 부자가 돼서 주체할 수가 없는 사람들이나 정신이 나가는 거죠. 맨더슨 씨 같은 미국의 거물들 중에서 누가 정신이 나갔다는 이야기를 들은 적이 있습니까? 그런 일은 없습니다. 정말입니다. 모든 사람들이 나름의 광기를 지니고 있다는 말이 있습니다만……."

버너는 생각에 잠겨 덧붙였다.

"그런 광기는 진짜 미치는 것과는 다르죠. 그건 그냥 개인적인 기벽을 가리키는 것 아니겠습니까. 고양이를 싫어한다든지, 저로 말하자면 생선 요리에는 손도 대지 않는다든지."

"음, 맨더슨 씨의 기벽은 뭐가 있었습니까?"

"많았습니다. 돈이 정말 많은 사람들이 그렇듯, 불필요한 화려한 사치는 싫어하셨죠. 값비싼 물건이나 장식품은 쓰시지 않았습니다. 자잘한 일을 남에게 맡기지도 않았고, 필요할 때가 아니면 하인들이 주위에서 돌아다니는 것도 싫어하셨습니다. 여느 사람들과 마찬가지로 옷차림에 신경을 쓰셨습니다. 특히 신발에는 죄책감이 들 정도로 어마어마한 돈을 쓰셨습니다만, 몸단장을 돕는 하인은 두지 않았습니다. 다른 사람들이 몸을 건드리는 것을 싫어하셨죠. 평생 면도도 남의 손에 맡기지 않았습니다."

"그런 말은 들은 적이 있는 것 같습니다. 왜 그랬을까요?"

버너는 천천히 대꾸했다.

"음, 맨더슨 씨의 사고방식 때문일 겁니다. 의심과 질투가 많은 성격이었다고나 할까요. 부친과 조부도 비슷한 분이었다고 들었습니다……. 마치 뼈다귀를 물면 놓지 않고 독차지하려는 개처럼, 주위 모든 사람들이 호시탐탐 자기 것을 훔칠 기회만 노리고 있다고 의심하는 성격 말입니다. 이발사가 면도날로 자기 머리를 베려는 게 아닐까 하는 의심을 실제로 하는 건 아니지만, 그럴 수도 있다는 가능성을 느끼고 사전에 차단하려고 하는 분이었습니다. 어쨌든 사업에 있어 맨더슨 씨는 다른 사람이 항상 자신의 뼈다귀를 노리고 있다고 확신하셨죠. 늘 그런 건 아니었지만 상당히 많은 경우 사실이었습니다. 그 결과 그분은 금융계에서 가장 조심스럽고 비밀스러운 인물이 돼 버렸습니다. 성공할 수 있었던 이유도 아마 그 때문이었겠지요……. 하지만 이 정도로 누군가를 미치광이라고 할 수는 없지 않겠습니까, 트렌트 씨. 절대 아니죠. 맨더슨 씨가 죽기 전에 제정신을 잃은 게 아니냐고 물으셨죠. 저는 뭔가에 대한 걱정이 너무 심해져서 신경이 쇠약해지고 있었다는 정도로 생각합니다."

트렌트는 생각에 잠겨 시가를 피웠다. 버너가 사장의 부부 문제를 얼마나 알고 있는지 궁금했다. 그는 살짝 떠보기로 했다.

"맨더슨 씨가 부인과 사이가 원만하지 못했다고 알고 있습니다만."

"그거야 그렇지만, 그런 일로 맨더슨 씨가 조바심을 치셨다고요? 절대 아니죠! 그분은 사소한 종류의 걱정거리로 무너지기에는 그릇이 너무 큰 사람입니다."

트렌트는 잘못 들은 게 아닌가 싶어 젊은이의 눈을 가만히 들여다보았다. 하지만 영리하고 진지한 눈빛 속에 어마어마한 순진함이 깃들어 있었다. 버너는 그 같은 거물이라면 남편과 아내 사이에 아무리 심각한 갈등이 있을지라도 사소한 문제에 지나지 않는다고 진심으로 믿고 있는 것 같았다.

"정확히 부부 사이에 무슨 문제가 있었던 겁니까?"

"잘 모르겠습니다."

버너는 간단하게 답하며 시가 연기를 뿜어냈다.

"말로와 종종 이야기를 나누었는데 해결책은 결국 못 찾았습니다. 처음에는……."

그는 목소리를 낮추며 몸을 앞으로 기울였다.

"맨더슨 씨가 아이를 바랐는데 아이가 생기지 않아서 실망하고 짜증이 난 거라고 생각했습니다. 말로는 오히려 반대일 거라고 하더군요. 아마 그의 생각이 맞을 겁니다. 맨더슨 부인의 프랑스인 하녀한테 들었다니까요."

트렌트는 얼른 그를 올려다보았다.

"셀레스틴!"

하녀가 그 말을 하고 싶었던 거로군, 그는 생각했다. 버너는 트렌트의 시선을 엉뚱하게 해석한 모양이었다.

"그 친구를 헐뜯으려고 하는 말은 아닙니다, 트렌트 씨. 말로는 그런 부류가 아니에요. 그가 프랑스어를 모국어처럼 하니까 셀레스틴이 호감을 가지고 같이 수다 떨기를 좋아했던 것뿐입니다. 프랑스 하인들은 영국 하인들과 그 점에서 많이 다르더군요. 하인이든 아니든……."

버너는 강조했다.

"여자가 남자 앞에서 어떻게 그런 이야기를 입에 담을 수 있는지 모르겠습니다만. 프랑스인이라 그런지 이해할 수가 없군요."

그는 천천히 고개를 저었다.

"방금 하시던 이야기로 돌아가서, 맨더슨 씨가 한동안 목숨이 위태롭다는 공포에 질려 있었던 것 같다고 하셨는데요. 누군가 협박을 했을까요? 전혀 짐작이 가지 않는데요."

버너는 생각에 잠겨 대답했다.

"공포라는 단어보다는 불안이라는 단어가 더 맞을 겁니다. 혹은 긴장이라든지. 쉽게 겁에 질리는 분이 아니었습니다. 게다가 대책도 전혀 세우지 않았습니다. 아니, 안전을 의식하는 행동을 오히려 피했죠. 뭔가가 빨리 끝나기를 바라는 사람 같기도 했습니다. 밤마다 과녁이 되기 좋게 흰 셔츠 차림으로 서재 창문 앞에 앉아서 어둠 속을 내다보고 계셨다니까요. 그분의 목숨을 노린 사람이라면……."

버너는 희미한 미소를 지었다.

"당신은 미국에서 살아 보신 적이 없으신 것 같군요. 펜실베이니아 탄광 쟁의 사건만 따져도, 아내와 아이를 먹여 살려야 하는 형편에서 굶어 죽느냐 사측의 조건을 받아들이느냐 하는 기로에 서게 만든 당사자의 몸에 총구멍을 기꺼이 내 주고 싶은 남자가 삼만 명에 달했습니다. 가장 억센 불법 체류자 삼만 명 말입니다, 트렌트 씨. 몇 년이고 원한을 잊지 않고 있다가 상대가 자신이 무슨 일을 했는지도 잊어버렸을 때 죽이러 오는 악당들도 있어요. 십 년 전 뉴저지에서 벌어졌던 일 때문에 아이다호에서 폭탄으로 사람을 죽인 예도 있습니다. 대서양이 가로놓여 있다고 안심할 수 있을 줄 아십니까? 미국에서 거물 사업가가 된다는 건 그런 위험이 따르는 일입니다. 맨더슨 씨도 미국 전역에 원한을 품은 위험인물들이 득실거린다는 걸 원래부터 잘 알고 계셨습니다. 제 생각에는 그런 사람들 몇몇이 마침내 뒤를 쫓기 시작했다는 정보를 들으신 것 같아요. 알 수 없는 것은 맨더슨 씨가 왜 그런 식으로 자신을 위험 앞에 그대로 내던졌을까, 왜 피하려 하지 않고 어제 아침 정원으로 곧장 내려가서 총에 맞으셨을까 하는 점입니다."

버너는 말을 맺었다. 한동안 두 사람은 미간에 주름을 잡은 채 희미하고 푸른 시가의 연기를 뿜어 올리며 앉아 있었다. 트렌트는 마침내 일어섰다.

"참신한 생각이었습니다. 완벽하게 이성적인 추론이고요. 사실관계에 들어맞느냐가 문제겠지요. 신문에 쓸 내용을 함부로 말씀드릴 수는 없습니다만, 이 말씀만 드리죠. 전 이번 일이 계획범죄이고 보기 드물 정도로 교묘한 범행이라고 확신합니다. 매우 고맙습니다. 언제 한번 다시 이야기하죠."

그는 손목시계를 들여다보았다.

"친구를 오래 기다리게 하는군요. 이제 가 볼까요?"

"2시라."

버너는 자기 시계를 확인하며 자동차 발판에서 일어섰다.

"뉴욕은 10시겠군요. 월 스트리트를 모르시죠, 트렌트 씨. 지금 이 순간 그쪽에서 벌어지고 있을 아비규환의 지옥을 당신이나 나나 구경할 일이 없길 바랄 뿐입니다."

007

검은 옷의 여인

바다는 산들바람이 부는 절벽 아래에서 희게 부서지고 있었다. 구름이 흘러가는 푸른 하늘에서 내리쬐는 햇빛이 땅에 생명을 불어넣고 있었다. 잠을 설친 트렌트는 8시도 되기 전에 바위 틈 오목한 후미를 찾아가 완벽한 영국 날씨를 즐기며 깨끗한 물속 깊숙이 잠수했다. 거대한 회색 바위 사이를 지나 열린 바다로 나온 그는 해안을 따라 흐르는 조류를 거슬러 잠시 헤엄치다가 기분 좋은 피로감과 활기에 넘쳐 다시 후미로 돌아왔다. 십 분 뒤 그는 자신이 해결해야 하는 사건에 대한 무거운 혐오감을 잠시나마 잊은 채 벼랑을 다시 오르며 아침에 할 일들을 머릿속으로 정리하고 있었다.

오늘은 그가 이곳에 도착한 지 이틀째 되는 날이었으며 검시 배심일이기도 했다. 비숍스브리지로 가다가 버너와 헤어진 뒤로 별다른 진전은 없었다. 오후에는 커플스와 함께 여관에서 시내로 걸어갔다. 약국에서 물건을 좀 산 뒤 사진사와 잠시 이야기를 나누고, 반신료 선불 전보를 보낸 다음 전화국에 한 가지 문의를 했다. 커플스에게는 사건에 대한 이야기를 별로 하지 않았고, 커플스 역시 별로 궁금하지 않은 것 같았다. 수사 결과나 앞으로의 진행 방향에 대해서는 한마디도 하지 않았다. 비숍스브리지에서 돌아온 뒤에는 《레코드》에 보낼 장문의 기사를 쓰고 현지 지국 편으로 송고하게 했다. 그런 다음 커플스와 저녁 식사를 했고, 베란다에서 혼자 생각에 잠긴 채 밤을 보냈다.

절벽을 올라오며, 그는 마음에 들지 않는데도 이렇게 사람을 몰두하게 하는 사건은 처음이라고 생각했다. 새로운 아침의 금빛 햇살 속에서 생각하면 생각할수록, 사건은 점점 더 사악하고 도전적으로 다가왔다. 지난밤에는 의심했던 것들과 발견한 모든 사실들이 머릿속을 어지럽혀서 몇 시간이고 잠을 이룰 수 없을 정도였다. 화창한 햇빛과 청명한 공기 속에서 몸과 마음을 맑은 바닷물에 씻고 나니, 조금씩 윤곽을 드러낸 범행의 자초지종이 새삼 사악하게 느껴졌고 지금까지 추측해 낸 범행 동기도 더욱 역겨웠다. 하지만 이제 수사에 대한 의욕이 다시 깨어났고, 범인을 쫓는 육감도 더욱 활발해졌다. 나태해지지도, 주저하지도 않으리라. 거리낄 것도 전혀 없었다. 오늘 하루가 가기 전에 범행의 윤곽이 완전히 모습을 드러낼 것이다. 아침에는 할 일이 있었다. 큰 기대를 품은 것은 아니었지만, 그는 어제 허공으로 쏘아 보낸 전보의 답장을 두근거리는 마음으로 기다리고 있었다.

호텔로 돌아가는 길은 절벽을 따라 이리저리 구부러져 있었다. 아까 바다에서 봐 두었던, 벼랑 끝이 오래전에 무너져 내린 지점 근처에 도착한 그는 절벽으로 다가가서 아래를 내려다보았다. 바다의 가장 섬세하고 아름다운 움직임인 바닷물이 바위에 부딪혀 부서지는 광경을 볼 수 있을까 해서였다. 하지만 무너진 절벽의 잔해는 보이지 않았다. 몇 미터 아래로 넓은 방만 한 거친 바위가 튀어나와 있었고, 표면에는 빳빳한 풀이 무성하게 자라고 있었다. 절벽에 붙어 있지 않은 세 면은 급한 경사로 이어졌다. 절벽이 깎아지른 듯 뚝 떨어지는 가장자리 끝에 한 여인이 앉아 있었다. 그녀는 무릎을 양팔로 안은 채 꿈꾸는 듯한 얼굴로 저 멀리 증기를 뿜으며 지나가는 여객선을 바라보고 있었다.

훈련을 통해 보는 법을 익힌 트렌트에게, 여인은 그가 지금까지 봐 온 어떤 그림보다 아름다웠다. 영국 남부 여자 특유의 하얀 피부에 바람이 키스한 듯 뺨에 살짝 핏기를 띤 옆모습은 더없이 섬세하고 부드러워 보였다. 그러나 검은 눈썹은 어딘가 엄격한 느낌을 주었고, 입술의 곡선은 묘하게 대조적인 분위기를 풍겼다. 연인의 눈썹에 대한 사랑의 시를 쓰는 짓이 어리석으냐 아니냐는 결국 그 눈썹의 아름다움에 달려 있다는 생각이 언뜻 들었다. 곧고 아름다운 콧날은 지나치게 길어 보일 수도 있는 한도를 아슬아슬하게 넘지 않았으며 코끝이 귀엽게 살짝 들려 있었다. 모자는 풀밭에 놓여 있었다. 상쾌한 산들바람이 숱 많은 검은 머리를 희롱하며 이마를 가렸던 넓은 리본 두 개를 뒤로 날리고 목덜미의 곱슬거리는 머리카락을 헤집었다. 스웨이드 가죽 구두부터 벗어 놓은 모자까지, 여인이 몸에 두른 모든 것은 검은색이었다. 윤기 없는 검은색이 발에서 목까지 온몸을 뒤덮고 있었다. 옷차림은 전체적으로 세련되고 잘 어울렸다. 표정은 꿈꾸는 듯 섬세했다. 성숙한 여성으로서 옷을 잘 차려입는 기술이 몸에 배어 있다는 것도 분명했고, 무릎을 끌어안고 앉아 있는 몸의 곡선이 말해 주듯 자신의 아름다운 몸에 대해 본능적인 기쁨을 가지고 있다는 것도 분명했다. 프랑스 취향이 엿보이는 옷차림으로 앉아 있는 모습은 현대적인 여성처럼 보였다. 그 얼굴은 절정의 계절의 태양과 바람과 바다 속에서 생육하는 모든 활기찬 생명들과 같은 빛과 환희를 머금고 있었다. 이렇게 순수하고 생기 있는 여성, 자신을 의식하지 않으면서도 자신감에 가득 차 있는 여성은 영국인일 것 같지 않았고 미국인은 더욱 아닌 것 같았다.

검은색 옷차림의 여자를 보고 깜짝 놀라 잠시 우뚝 서 있던 트렌트는 그녀 위쪽의 절벽을 지나치며 인상을 다시 곰곰이 되새겨 보았다. 언제나 그의 날카로운 눈과 민첩한 두뇌는 머리 회전이 느린 사람에게는 놀라울 정도로 사물을 세세한 것까지 쉽고 빠르게 파악하곤 했다. 한참 바라봐야 뭔가 알아차릴 수 있다면 장님이라는 것이 그의 지론이었다. 지금 그의 미적 감각은 눈을 떠서 환호를 올리며 오감의 활동을 두 배로 자극하고 있었다. 이 순간 기억에 박힌 그림 한 장은 절대 사라지지 않을 것이다.

그가 소리 없이 풀밭 위를 지나가고 있는데, 여자가 생각에 깊이 잠겨 있다가 갑자기 움직였다. 무릎 앞에서 깍지 낀 두 손을 풀고 팔다리와 몸을 고양이처럼 우아하게 죽 뻗더니, 천천히 고개를 들고 아침의 찬란함과 상쾌함을 한껏 끌어모으기라도 하려는 듯 손가락을 벌리고 두 팔을 죽 뻗었다. 몸짓의 의미는 분명했다. 그것은 자유의 몸짓이었다. 존재한다는, 소유하겠다는, 앞으로 나아가겠다는, 그리고 어쩌면 인생을 즐기겠다는 영혼의 결의를 보이는 몸짓이었다.

트렌트는 지나치는 한순간 여인을 보았고, 다시 뒤돌아보지 않았다. 여인이 누구인지 깨달을 수 있었다. 찬란한 아침과 자신 사이에 어둑한 장막이 드리워지는 기분이었다.

호텔에서 아침을 먹는 동안 커플스는 트렌트가 별로 말하고 싶은 기분이 아니라는 것을 알아챘다. 트렌트는 잠을 잘 자지 못했다는 핑계를 댔다. 반면 커플스는 새처럼 활기에 차 있었다. 검시 배심이 다가오고 있다는 기대감이 활기를 불어넣는 모양이었다. 그는 한때는 바빴던 검시 법정의 유구한 역사에 대해 학구적인 이야기를 늘어놓았고, 온갖 법률과 판례 등의 제약이 없는 이 자유로운 제도

가 얼마나 자랑스러운지 역설했다. 이 지점에서 커플스의 이야기는 오늘 오전 심리의 대상이 될 사건으로 이어졌다.

"어젯밤 저녁 식사를 마치고 저택에 가니 버너가 이번 사건에 대해 자기가 세운 가설을 이야기해 주더군. 그 친구는 대단한 젊은이야, 트렌트. 혼란스러워하긴 하지만 내가 볼 때는 그 나이 청년들에 비해 흔치 않을 정도로 세상을 똑바로 잘 알고 있어. 맨더슨이 최측근으로 발탁했다는 것만 봐도 알 수 있지. 상관의 죽음으로 발생한 복잡한 사업적 상황들을 통신선 이쪽 끝에서 자신감 있게 헤쳐 나가고 있는 것 같아. 메이블을 대신해서 내가 어떤 행동을 취해야 할지, 유언이 개시될 때까지 어떤 단계를 밟아야 하는지에 대해서도 현명한 조언을 해 주었다네. 그래서 그런지 사업상 원한을 지닌 사람이 복수를 했을 거라는 그 친구의 추정도 허황되게 들리지는 않았네. 물어보니 강력한 노동조합의 분노를 산 인물이 이런저런 공격을 받고 심지어 목숨을 잃기도 한 사례를 많이 들려주더군. 우리는 무서운 시대에 살고 있어, 트렌트. 물질과 윤리가 이렇게 균형을 잃고 사회 기반에 위협이 된 시기는 유례가 없지. 내가 볼 때 미국만큼 전망이 어두운 곳도 없어."

트렌트는 무심하게 말했다.

"광적인 물질 숭배만큼 청교도주의도 강한 나라 아닙니까."

"자네가 지금 청교도주의를 좋은 의미로 말하는 것은 아닌 것 같군."

유머 감각이 없는 커플스였지만, 그나마 유머에 가까운 말투였다.

"청교도주의 자체가 정확한 용어라기보다 편의상 갖다 붙인 말이긴 하지. 비국교파 교회로부터 자기들이 혐오하던 종교 의식과 예배들을 숙청하려던 영국 국교회파를 가리키기 위해 만들어 낸 용어라는 건 자네도 알고 있을 거야. 하지만 자네의 관찰은 역시 예리해. 맨더슨의 경우가 특히 정확한 예지. 그는 결벽, 금욕, 자제 같은 덕성을 극단적으로 지닌 인물이었으니까. 아니, 트렌트, 내가 말하는 사회의 윤리에는 훨씬 더 소중한 가치들이 많이 있어. 유한한 능력을 지닌 인간이 과학을 통해 휘두르게 된 복잡다단한 외적인 도구들에 집착하면 할수록, 우리 안에 있는 숭고한 인간성을 계발하고자 하는 열정은 차츰 식어 가고 있어. 농업의 기계화는 수확의 축제를 빼앗아 갔어. 빠른 교통 수단을 이용하는 여행은 여관과 여행의 기쁨을 앗아 갔지. 더 예를 들 필요도 없을 거야."

커플스는 토스트에 버터를 바르며 말을 이었다.

"나 못지않게 삶의 가치에 관심을 가진 사람들도 이런 극단적인 시각은 잘못되었다고 볼지도 모르지. 그래도 나는 내 관점이 옳다고 확신하고 있어."

트렌트는 식탁에서 일어섰다.

"입에 달라붙는 그럴듯한 경구가 있어야 해요. '천주교 철폐', '외국인 과세' 같은 간단한 공식으로 응축하면 수많은 사람들이 목숨을 바치겠다고 덤빌 겁니다. 그건 그렇고 배심 전에 화이트 게이블스에 가실 계획이셨죠. 시간에 맞춰 법정에 들어가시려면 지금 출발하셔야겠습니다. 저도 거기서 볼일이 있으니 같이 걸어가시죠. 금방 가서 카메라를 가져오겠습니다."

"그렇게 하지."

두 사람은 차츰 따뜻해지는 아침을 느끼며 걷기 시작했다. 어두운 숲을 배경으로 짙은 붉은색의 모습을 드러낸 화이트 게이블스의 지붕이 트렌트의 기분처럼 음울해 보였다. 마음이 무겁고, 복잡하고, 불길했다. 오늘 아침 보았던 아름다움과 생명력을 발산하던 여인에게 타격이 가해져야 한다 해도, 자신의 손으로 하고 싶지는 않았다. 어린 시절 어머니에게 배운 기사도 정신이 아직 그의 가슴에 살아 있었다. 하지만 기사도보다는 아름다운 존재에 상처를 내고 싶지 않다는 예술가로서의 거부감이 더 컸다. 그렇다고 해서 수사를 이렇게 끝낼 수 있는가? 끔찍한 범행을 눈감아 넘긴다는 것은 생각만 해도 괴로웠다. 이런 사건은 전례가 없었다. 그는 오직 자신만이 사건의 진상을 알고 있다고 확신했다. 어쨌든 오늘 중에 내 생각이 착각이었는지 아닌지 알게 되리라. 찜찜한 죄책감은 마지막 순간까지 접어 두리라. 오전에 모든 것을 알게 될 것이다.

정문으로 들어서니 말로와 미국인이 현관 앞에서 이야기를 나누는 모습이 보였다. 포치 그늘에는 검은색 옷차림의 여인이 있었다.

여인은 이쪽을 보더니 무거운 걸음으로 잔디밭을 지나 이쪽으로 다가왔다. 트렌트가 예상했던 대로 꼿꼿하고 균형 잡힌 자세에 가벼운 걸음걸이였다. 커플스의 소개를 받자, 그녀는 금빛이 섞인 갈색 눈동자로 트렌트를 따뜻하게 바라보며 환영의 인사를 건넸다. 슬픔의 가면을 쓰고 있는 창백한 얼굴에는 절벽 끝에서 보았던 후광처럼 머리 주변에 떠돌고 있던 감정들의 흔적은 없었다. 그녀는 나직하고 억양 없는 목소리로 의례적인 인사말을 했다. 그녀는 커플스에게 몇 마디 하고 나서 트렌트를 쳐다보고 말했다.

진심 어린 음성이었다.

"수사가 성공했으면 좋겠어요. 그럴 것 같으세요?"

트렌트는 부인의 입술에서 말이 떨어지는 순간 마음을 정했다.

"성공할 거라고 확신합니다, 맨더슨 부인. 사건의 전말이 확실해지면 부인을 찾아 뵙고 말씀을 드리려 합니다. 전말을 공표하기 전에 부인과 상의할 필요가 있을지도 모르니까요."

부인은 어리둥절한 표정이었다. 괴로운 빛이 잠깐 눈빛을 스쳤다.

"꼭 필요한 일이라면 그렇게 하셔야겠죠."

다음 말을 잇기 전에 트렌트는 망설였다. 부인이 경위에게 이미 말한 이야기는 되풀이하고 싶지 않다고, 다시 질문받고 싶지 않다고 했다던 것이 떠올랐다. 자신에게 조금이라도 더 오래 부인의 목소리를 듣고 얼굴을 보고 싶은 욕구가 있다는 것은 의식하고 있었다. 하지만 지금 언급해야 할 내용은 정말 머릿속을 어지럽혔던 문제였다. 너무 기묘한 부분이라 전체 구조에 아무 데도 들어맞지 않고 오히려 거기서 다른 기묘한 부분이 생겨나고 있었다. 부인이라면 즉각 설명해 줄 수 있을 가능성이 높았다. 달리 설명해 줄 수 있는 사람은 없을 것이다. 그는 마음을 다졌다.

“집 안을 둘러보게 해 주시고 그 외 수사에 필요한 기회를 제공해 주셔서 감사합니다. 한두 가지 더 여쭤 볼 수 있을까 하는데요. 대답하기 곤란한 질문은 아닐 것 같습니다만, 괜찮겠습니까?”

부인은 피곤한 눈으로 그를 돌아보았다.

“거절하는 건 어리석은 일이겠지요. 물어보세요, 트렌트 씨.”

트렌트는 서둘러 물었다.

“별것 아닙니다. 최근 남편께서 런던 은행에서 상당한 거액을 인출해서 집 안에 두셨다고 알고 있습니다. 지금도 이 집에 있고요. 혹시 왜 그러셨는지 알고 계십니까?”

부인은 놀란 듯 눈을 떴다.

“전혀 몰랐어요. 상상조차 못 한 일이에요. 듣고 깜짝 놀랐습니다.”

“왜 놀라셨습니까?”

“남편이 집 안에 보관한 돈이 거의 없었다고 생각했으니까요. 일요일 밤 자동차로 외출하기 전에, 남편은 제가 있는 거실로 들어왔어요. 짜증이 난 기색으로 혹시 돈이나 금이 있으면 다음 날까지 빌려 달라고 하더군요. 쓸 돈이 없는 사람이 아니었기 때문에 놀랐어요. 항상 지폐로 백 파운드 정도는 갖고 있는 것이 상례였는데. 제가 개인 책상을 열고 가지고 있던 돈을 전부 꺼내 줬어요. 삼십 파운드 가까이 됐을 거예요."

"왜 돈이 필요한지는 말씀하지 않으셨고요?"

"네. 주머니에 돈을 넣더니 말로가 잠시 달밤에 드라이브를 하자고 했는데 잠드는 데 도움이 될 것 같아 나간다고 했어요. 아실지도 모르지만, 요즘 남편은 잠을 잘 못 잤거든요. 그러고는 말로랑 같이 나갔어요. 일요일 밤에 돈이 필요하다는 게 이상하다고 생각했지만 곧 잊어버렸어요. 방금 물어보셔서 기억이 난 거예요."

"이상하긴 하군요."

트렌트는 먼 곳을 쳐다보았다. 커플스는 조카에게 검시 배심 준비에 대해 이야기하기 시작했고, 트렌트는 천천히 잔디 위를 걷고 있는 말로 쪽으로 향했다. 젊은이는 오늘 있을 일에 대해 이야기하게 되어 마음이 놓이는 것 같았다. 아직 피곤하고 초조해 보였지만 지방 경찰들의 거만함과 스톡 박사의 잘난 체하는 태도를 가볍게 빈정거릴 정도의 유머 감각은 남아 있었다. 트렌트가 화제를 조금씩 이번 사건 쪽으로 돌리자 말로의 말투는 다시 무거워졌다.

"버너가 제게도 말해 줬습니다."

트렌트가 버너의 추측을 언급하자 그는 말했다.

"하지만 좀처럼 믿을 수는 없군요. 이런저런 몇 가지 사실이 부합되지 않으니까요. 하지만 저도 미국에서 오래 살았기 때문에 비밀리에 극적으로 자행되는 복수극이 전혀 있을 수 없는 일만은 아니라는 건 알고 있습니다. 그쪽에서 노동 운동을 하는 사람들 중 특정 집단은 그런 특징을 갖고 있기도 하고요. 미국인들은 그런 일을 좋아하고 재주도 있는 것 같습니다. 허클베리 핀 아십니까?"

"왜 모르겠습니까!"

"음, 그 위대한 미국의 서사시에서 가장 미국적인 부분은 흑인 짐을 안전하게 탈출시키기 위해 이십 분이면 쉽게 할 수 있는 일인데도 며칠이 걸리는 아주 힘들고 낭만적인 계획을 짰다는 점입니다. 미국인이 비밀 결사나 동지애를 얼마나 좋아하는지 아시지요. 대학 동호회마다 자기들만의 비밀 신호와 악수법이 있습니다. 정치 분야에서는 반이민 운동이 있고, 큐 클럭스 클랜 같은 것도 들어 보셨을 겁니다. 유타 주에서 일어난 브리검 영의 소규모 독재를 보십시오. 피로 얼룩져 있습니다. 유타 주를 건설한 모르몬 교도들은 미국에서도 가장 금욕적인 미국인들인데, 그들이 무슨 짓을 했는지는 잘 알고 계실 겁니다. 이것은 미국적인 정신의 한 부분이에요. 미국인은 자기들끼리 그걸 농담거리로 삼지만 저는 아주 심각하게 생각하지요."

"그것이 범죄나, 혹은 반대로 향락과 연관된다면 정말 추악한 모습을 보일 수도 있겠죠. 하지만 나는 문명사회에 반기를 들고 인생을 활기차게 즐기고자 하는 의지에는 남모를 존경심을 품고 있는 사람입니다. 그건 그렇고 사건으로 돌아가서, 혹시 버너가 말한 것 같은 협박이 맨더슨 씨의 정신 상태에 어느 정도 영향을 주었을 가능성이 있다고 생각하십니까? 예를 들어 한밤중에 당신을 출장 보내는 행동은 좀 특이한 것 같은데요.”

“정확히 10시였습니다. 하지만 한밤중에 깨우셨다고 해도 전 별로 놀라지 않았을 겁니다. 지금까지 말씀드렸던 성향과 부합되는 행동이니까요. 맨더슨 씨는 극적인 전개를 좋아하는 미국적인 취향을 강하게 지닌 분이었습니다. 저항하는 세력에 대해 예기치 않은 기습을 가하고 인정사정없이 단도직입적으로 목표물을 사냥한다는 평판을 은근히 좋아하셨지요. 갑자기 해리스라는 사람에게서 정보를 받아야 한다고 결정을 내리고…….”

“해리스가 누구죠?”

“누가 알겠습니까. 버너도 못 들어본 사람이고, 무슨 용무인지도 짐작이 가지 않는다고 했습니다. 제가 아는 건 지난주 이런저런 용무로 런던에 갔을 때 맨더슨 씨의 지시를 받아 조지 해리스란 이름으로 월요일 출항하는 여객선에 객실을 예약한 것뿐입니다. 전보로 오가기에는 위험한 기밀 정보를 해리스라는 사람에게 받을 일이 갑자기 생긴 것 같았습니다. 기차가 다니지 않는 시각이라 제가 그런 식으로 출장을 갔던 겁니다.”

트렌트는 혹시 엿듣는 사람이 있나 주위를 둘러본 뒤 심각한 얼굴로 상대를 바라보았다. 그는 조용히 말했다.

“모르시는 것 같은데, 한 가지 알려 드릴 일이 있습니다. 맨더슨 씨와 차를 타고 출발하기 전에 집사 마틴이 과수원에서 두 분이 나눈 대화 마지막 몇 마디를 엿들었어요. 맨더슨 씨가 이렇게 말했다더군요.

'해리스가 거기 있다면, 일분일초가 중요해.'

말로 씨, 제가 여기 뭐 하러 온 사람인지 아시지 않습니까. 전 탐문을 하러 온 사람이니 언짢아하지 마십시오. 이런 표현을 들었는데도, 아직도 해리스와 관련된 용무가 어떤 것인지 전혀 모르겠다고 할 참입니까?"

말로는 고개를 저었다.

"전 정말 모릅니다. 전 쉽게 언짢아지는 사람도 아니고, 그런 질문은 충분히 하실 수 있다고 생각해요. 대화 내용은 형사님에게 말씀드린 대로입니다. 맨더슨 씨는 무슨 용무인지 자세히는 말해 줄 수 없다고 하셨습니다. 그냥 해리스를 찾아서 일이 어떻게 되었느냐고 물어보고, 편지나 전갈을 받아 오라고 하셨어요. 해리스가 나타나지 않을지도 모른다, 하지만 혹시 거기 있다면 '일분일초가 중요하다'고 하셨습니다. 제가 아는 건 이게 다입니다."

"부인에게 당신과 드라이브를 하러 나가겠다고 말하기 전에 나누신 대화죠. 왜 당신을 출장 보낸다는 것을 그런 식으로 숨겼을까요?"

젊은이는 답이 없다는 몸짓을 했다.

"글쎄요. 저도 모릅니다."

트렌트는 땅을 내려다보며 혼잣말처럼 중얼거렸다.

"왜…… 맨더슨 부인에게 숨겼을까?"

그는 말로를 올려다보았다. 말로는 냉정하게 덧붙였다.

"마틴에게도 숨겼죠. 그에게도 똑같이 말씀하셨다니까요."

트렌트는 갑자기 고갯짓을 하더니 생각을 떨쳐냈다. 그는 가슴의 주머니에서 편지함을 꺼내더니 작고 깨끗한 새 종이 두 장을 꺼냈다.

"이걸 봐 주세요, 말로 씨. 이 종이를 본 적이 있습니까? 어디서 온 건지 아시나요?"

말로는 한 손에 종이를 한 장씩 받아 들고 흥미로운 눈으로 쳐다보았다.

"작은 일기장에서 올해 시월 부분을 칼이나 가위로 잘라낸 것 같군요."

그는 양면을 뒤집어 보았다.

"아무것도 적혀 있지 않네요. 제가 아는 한 이 집 사람 중에 이런 일기장을 가진 사람은 못 봤습니다. 이게 왜요?"

트렌트는 애매하게 답했다.

"별 의미가 없을 수도 있습니다. 당신이 못 봤다고 해도 누군가 가지고 있을 수 있겠지요. 알아볼 거라고 생각하지는 않았습니다. 아니, 오히려 알아봤다면 놀랐겠지요."

맨더슨 부인이 다가오는 것을 보고 그는 입을 다물었다.

"아저씨가 이제 출발해야 한다는군요."

커플스도 따라왔다.

"난 버너와 같이 걸어가려네. 빨리 처리해야 할 일이 있어. 넌이 두 분과 같이 오겠니, 메이블? 먼저 가서 기다리마."

트렌트는 부인에게 돌아섰다.

"부인께 양해를 구해야겠군요. 제가 오늘 아침 여기 온 것은 마음에 걸리는 단서 몇 가지를 찾을 수 있을까 해서입니다. 배심에 참석하게 될지는 아직 모르겠습니다."

부인은 솔직하기 그지없는 눈으로 그를 쳐다보았다.

"그렇게 하세요, 트렌트 씨. 뜻대로 하세요. 우리 모두 당신을 믿고 있습니다. 말로, 잠시 기다려요. 준비를 하고 나올게요."

그녀는 저택으로 들어갔다. 커플스와 미국인 비서는 이미 정문 쪽으로 걸음을 옮기고 있었다.

트렌트는 말로의 눈을 들여다보았다.

"훌륭한 여자분이군요."

그는 나직하게 말했다. 말로도 비슷한 음성으로 대답했다.

"잘 모르는 사람도 그렇게 말씀하시겠지만, 부인은 훌륭한 정도가 아닙니다."

트렌트는 아무 대답도 하지 않았다. 그는 정원 너머 바다 쪽을 바라보았다. 평화로운 정적 속에서 서두르는 듯한 구두 징 소리가 들려왔다. 길 저편 호텔 쪽에서 한 소년이 이쪽으로 다가오고 있었다. 손에 오렌지색 전보용 봉투를 들고 있는 것이 멀리서도 똑똑히 보였다. 트렌트는 소년이 앞서 간 두 사람을 지나치는 모습을 무심한 눈으로 지켜보았다.

"그냥 생각나서 그러는 건데, 옥스퍼드 출신입니까?"

"네, 왜 그러십니까?"

"제 추측이 맞았나 그냥 궁금해서요. 그런 건 보통 쉽게 티가 나더군요."

"그런 것 같습니다. 우리 둘 다 각자 분명한 특징이 있긴 한 것 같습니다. 제가 당신을 몰랐다 해도 직업이 화가라는 것은 쉽게 알아볼 수 있었을 테지요."

"왜죠? 머리가 길어서?"

"그럴 리가요! 제가 본 화가들과 비슷하게 사물이나 사람들을 보시는 것 같아서요. 전체를 훑어본 다음에 자세히 뜯어보기보다는, 세부적인 것부터 하나하나 침착하게 시선을 주는 모습이 그렇습니다."

소년이 숨을 몰아쉬며 다가왔다. 트렌트에게 말했다.

"전보 왔습니다, 선생님! 방금 왔어요."

트렌트는 양해를 구한 뒤 봉투를 찢어 열었다. 전보를 읽는 동안 눈빛이 눈에 띄게 밝아졌다. 그 눈빛을 보자 말로의 피곤한 얼굴에도 미소가 어렸다. 그는 혼잣말 비슷하게 중얼거렸다.

"좋은 소식인 것 같군요."

트렌트는 아무것도 읽히지 않는 눈빛을 그에게 보냈다.

"소식이라고는 할 수 없어요. 사소한 제 추측 하나가 옳았다는 것이 밝혀진 것뿐입니다."

008

검시 배심

검시관은 오늘이야말로 지방 변호사로서 세상의 주목을 받게 된 날이라는 것을 충분히 의식하고 이 짧은 영광의 순간에 어울리는 행동을 보이고자 굳게 결심하고 있었다. 그는 쾌활한 성품의 덩치 큰 남자였고 자기 직업의 극적인 측면에 비상한 관심을 갖고 있었다. 맨더슨이 자기 관할에서 횡사했다는 소식을 들은 뒤로 그는 영국에서 가장 행복한 검시관이었다. 사실 관계를 질서 있게 정돈해 내는 충실한 능력도 있었고 그럴듯한 용어를 풍부하게 구사할 줄 알았기 때문에 배심원들을 찰흙처럼 주무를 수 있었다. 증거의 법률적인 해석이 미비할 때에는 은근슬쩍 넘어가는 경우도 있었다.

배심은 최근 호텔에서 연회장이나 콘서트홀로 사용하기 위해 증축한 길고 텅 빈 공간에서 열렸다. 기자들이 벌써 앞자리에 진을 치고 있었고, 증언하러 온 사람들은 검시관이 자리한 탁자 뒤쪽에 앉아 있었다. 머리에 포마드를 바르고 짐짓 점잖은 표정을 짓고 있는 배심원들은 반대편에 두 줄로 배치되었다. 나머지 공간을 가득 채운 방청객들은 기대감에 가득 차 숨을 죽인 채 엄숙한 개정 선언을 기다리고 있었다. 이런 것에 익숙한 기자들은 자기들끼리 이야기를 나누고 있었다. 트렌트의 얼굴을 아는 사람들은 그가 배심에 참석하지 않았다고 소곤거리기도 했다.

사망자의 아내가 첫 증인으로서 사망자의 신원을 확인한 뒤 건강 상태와 일상에 대한 질문에 대답했고, 생전에 남편을 마지막으로 목격했을 때의 상황을 자세하게 증언했다. 검시관은 증언이 계속되는 내내 부인에게 동정 어린 태도를 보였고, 자리에 참석한 사람들 역시 슬픔에 젖은 여인을 향해 똑같은 감정을 느꼈다. 부인은 증언을 하기 전에 두꺼운 베일을 걷어 올렸는데, 핏기 하나 없이 창백한 얼굴에도 불구하고 평정을 잃지 않는 태도가 사람들에게 독특한 인상을 주었다. 억센 인상은 아니었다. 가장 먼저 느껴지는 것은 여성스러움이었다. 증언은 간결하고 명확했다. 자신이 처한 상황에도 불구하고 감정을 자제할 줄 아는 강한 성품의 소유자라는 것이 역력히 드러났다. 한두 번 손수건을 눈에 갖다 대기도 했지만 목소리는 끝까지 낮고 분명했다.

부인의 증언은 다음과 같았다. 남편은 일요일 밤 평소대로 침실에 들어갔다. 남편의 침실은 원래 부인의 침실에 붙은 옷 방이었다. 서로 통하는 문이 있으며 밤에는 보통 열어 놓는다. 침실과 옷 방은 각각 복도로 이어지는 문이 따로 있다. 남편은 침실을 간소하게 꾸미는 취향이었고, 작은 방에서 자는 것을 좋아했다. 그가 방에 들어왔을 때 부인은 깨어 있지 않았지만 남편의 방에 불이 켜지자 잠에서 반쯤 깼다. 남편에게 말을 걸었다. 아주 졸렸기 때문에 무슨 말을 했는지는 기억나지 않는다. 하지만 차를 타고 밤 나들이를 갔다 오겠다는 말이 기억나서 재미있었느냐, 지금이 몇 시냐고 물었던 것 같다. 잠깐 잠들었던 느낌이라 시각을 물었다. 남편이 나갔다가 늦게 돌아올 거라고 생각했기 때문이다. 남편은 11시 30분이라고 대답하면서 드라이브하려다 마음이 바뀌어서 돌아왔다고 했다.

검시관이 물었다.

"이유도 말했습니까?"

"네. 이유를 설명했어요. 그 말이 똑똑히 기억나는 이유는……."

부인은 잠시 혼란스러운 기색을 보이며 말을 끊었다. 검시관은 부드럽게 재촉했다.

"왜죠?"

"남편은 사업 관련 일은 보통 저에게 말하지 않았거든요."

부인은 희미하게 도전적인 태도로 턱을 치켜들었다.

"남편은…… 제가 그런 데 관심이 없을 거라고 생각해서 최대한 그런 이야기를 피했습니다. 그래서 다음 날 배편으로 파리로 떠나는 남자에게서 중요한 정보를 받을 일이 있어서 말로를 사우샘프턴에 보냈다는 이야기를 하기에 좀 놀랐어요. 사고가 나지 않는다면 말로가 수월하게 일을 마치고 돌아올 거라고 했고요. 남편은 차를 타고 출발했다가 일 킬로미터 정도 걸어오니 오히려 기분이 더 상쾌하다고 했습니다."

"다른 이야기는 하지 않았습니까?"

"제가 기억하는 한 그게 다예요. 저는 졸려서 곧 잠들었거든요. 남편이 불을 끄는 소리를 들은 기억이 있어요. 남편이 살아 있는 모습을 본 것은 그게 마지막입니다."

"밤에는 아무 소리도 못 들었습니까?"

"네. 하녀가 아침 7시에 차를 가져왔을 때까지 한 번도 깨지 않았어요. 하녀는 평소대로 남편 방과 이어지는 문을 닫았는데, 저는 남편이 그때도 침실에 있는 줄 알았습니다. 그는 잠이 많았으니까요. 오전 늦게까지 잘 때도 있었어요. 저는 제 방에서 아침 식사를 했습니다. 10시경 남편의 시체가 발견되었다는 소식을 들었어요."

부인은 조용히 고개를 숙이고 물러가라는 말을 기다렸다.

하지만 아직 끝이 아니었다.

"맨더슨 부인."

검시관의 음성은 여전히 동정의 기색을 띠고 있었지만 약간 단호해진 목소리였다.

"비통한 상황이니만큼 지금 드릴 질문은 고통스러우실 거라고 생각합니다. 하지만 질문하는 것이 제 임무이니 어쩔 수가 없군요. 돌아가신 남편과의 관계가 사랑과 믿음이 돈독한, 원만한 관계가 아니었다는 것이 사실입니까? 부부 사이가 소원해진 것이 사실입니까?"

부인은 고개를 들고 검시관의 얼굴을 똑바로 보았다. 뺨에 핏기가 올랐다. 목소리는 차갑고 명료했다.

"꼭 필요한 질문이라면, 오해의 여지가 없도록 분명히 말씀드리겠습니다. 지난 몇 달 동안 저는 남편의 태도 때문에 매우 불안하고 슬펐습니다. 남편은 변했어요. 말수가 적어지고 절 믿지 않는 것 같았습니다. 전보다 얼굴을 자주 보이지도 않았고 혼자 있는 것을 더 좋아했습니다. 왜 그렇게 변했는지는 모릅니다. 저는 노력을 했어요. 제 자존심이 허락하는 한 최선을 다했습니다. 뭔가 알 수 없는 것이 우리 사이에 있었지만, 남편은 이야기해 주지 않았습니다. 제 고집스러운 자존심 때문에 구구절절 물어볼 수도 없었어요. 남편이 여지를 보여 주는 한 전과 다름없는 태도로 그를 대하면 언젠가는 괜찮아지겠지 하는 마음이었습니다. 이제는 무엇 때문인지 영영 알 수 없게 되었네요."

마지막 몇 문장을 말하는 동안 자제력에도 불구하고 목소리가 떨려 나왔다. 부인은 말을 마친 뒤 베일을 내리고 꼿꼿하게 선 채 침묵을 지켰다.

배심원 한 사람이 눈에 띄게 망설이다가 입을 열었다.

"그렇다면 부인과 남편 사이에 별다른 말다툼 같은 것도 없었습니까?"

"없었습니다."

아무 감정 없는 말투였지만 청중들은 맨더슨 부인 같은 사람이 감히 그런 행동을 했을 거라는 오해에 대해 따끔한 대답이 되었다고 느끼는 것 같았다.

검시관은 최근 남편을 고민하게 했던 다른 일들이 있었는지 알고 있느냐고 물었다.

맨더슨 부인은 전혀 모른다고 답했다. 검시관이 더 이상 부인을 괴롭히지 않겠다고 말하자 베일을 쓴 여인은 문으로 향했다. 잠시 그 뒤를 따르던 사람들의 시선은 다음으로 불려 온 마틴에게 옮겨 갔다.

바로 이때 트렌트가 문간에 나타나더니 성큼성큼 방 안으로 들어왔다. 그는 마틴을 바라보지 않았다. 그의 어두운 시선은 청중 사이에 난 통로를 따라 이쪽으로 재빨리 다가오는 균형 잡힌 태도의 여인을 향하고 있었다. 가볍게 목례한 채 문에서 비켜서던 그는 부인이 나직하게 그의 이름을 부르는 소리를 듣고 퍼뜩 놀랐다. 그는 복도로 한두 걸음 따라 나갔다.

부인은 묘하게 괴로운 목소리로 약하게 말했다.

"집까지 부축을 좀 해 주실 수 있을까요? 문간에 아저씨가 안 보이는데, 갑자기 어지러워서……. 공기를 쐬면 나아질 것 같습니다만…… 안 돼. 여기에는 더 못 있겠어요. 제발요, 트렌트 씨!"

트렌트가 뭐라 말하려 하자 부인은 그의 말을 막았다.

"집에 가야겠어요."

부인은 트렌트의 팔을 잡더니 마치 그를 끌고 나가기라도 하려는 듯 힘없는 손을 꽉 쥐었다. 하지만 다음 순간 팔에 무겁게 기댔다. 부인은 그렇게 기대어 고개를 숙인 채 천천히 호텔을 빠져나와 화이트 게이블스로 향하는 참나무 가로수 길을 걷기 시작했다.

트렌트는 묵묵히 걸었다. 머릿속에 생각들이 어지럽게 빙글빙글 돌면서 '바보!', '바보!' 하는 합창 소리에 맞춰 춤을 추고 있는 것 같았다. 그만이 알고 있는 모든 것, 그가 수사하면서 추측하고 의심했던 모든 것들이 머릿속을 일시에 스쳐 지나갔다. 그러나 팔을 잡고 있는 부인의 불안한 손길만은 한순간도 그의 의식에서 사라지지 않고 가슴을 기쁨으로 가득 채웠다. 곤혹스럽고 화가 치밀었다. 부인을 집까지 데려다 주고 점잖게 배려하는 태도로 거실 소파에 앉히면서도 속으로는 자신에 대해 욕설을 퍼붓고 있었다. 부인은 베일을 걷어 올리고 진심 어린 감사의 눈빛을 그에게 보내며 솔직하고 진지하게 감사 인사를 했다. 이제 훨씬 나아졌으며 차 한 잔이면 원래대로 되돌아올 것이라고 말했다. 자기 때문에 중요한 용건이 방해받은 게 아니었으면 좋겠다고 했다. 견뎌낼 수 있을 거라고 생각했는데 마지막 질문은 미처 예상하지 못했다고 민망해하며 털어놓았다.

"제 대답을 듣지 못하셔서 다행이에요."

부인은 트렌트가 마지막 질문을 못 들었다고 설명하니까 말을 이었다.

"물론 나중에 보고서에서 읽으시겠지만요. 그런 질문에 대답해야 한다는 것이 너무 충격이었고, 흉한 꼴을 보이지 않으려고 노력하다 보니 녹초가 된 것 같아요. 수많은 사람들이 문간에 서서 쳐다보고 있으니! 제 부탁을 들어주셔서 다시 감사드립니다……. 그래야 할 것 같았어요."

부인은 묘하게 말을 맺고 피곤한 미소를 지었다. 트렌트는 차가운 손가락의 감촉 때문에 손을 약간 떨며 그 자리에서 물러났다.

하인들과 시체를 발견한 사람의 증언은 기자들에게 새로울 것이 없었다. 경찰의 증언도 검시 배심 단계에서 늘 그렇듯 평범하고 애매했다. 버너에게 만족스럽게도 그의 증언이 그날 가장 큰 파장을 일으켰고, 덕분에 부인이 언급한 흥미로운 부부 문제는 사람들의 기억 저편으로 물러나 버렸다. 버너가 법정에서 증언한 내용은 대략 트렌트에게 말한 내용과 같았다. 젊은 미국인의 증언을 한마디도 놓치지 않으려고 기자들의 연필이 종이 위를 날았고, 영국과 미국의 주요 일간지에 증언 내용이 단어 하나 빠뜨리지 않고 그대로 실렸다.

검시관은 배심원단 앞에서 한 최후 연설을 통해 부인의 증언을 종합해 보면 자살 가능성도 배제할 수는 없다고 희미하게 내비쳤지만, 다음 날 여론은 검시관의 이야기에는 전혀 주의를 기울이지 않았다. 검시관 자신도 말했듯, 증거를 살펴볼 때 그럴 가능성은 희박했다. 그는 시체 주변에서 무기가 발견되지 않았다는 점을 강조했다.

"물론 이 문제는 아주 중요합니다, 여러분."

검시관은 배심원을 향해 말했다.

"이것이 이 사건의 핵심입니다. 시체도 직접 보셨을 겁니다. 의학적인 증거도 들으셨습니다. 하지만 기억을 환기시켜 드리는 차원에서 이 부분에 대한 제 기록을 읽어 드리는 게 좋을 것 같습니다. 기술적인 의학 용어는 생략하고, 쉬운 말로 증언한 내용만 전달하겠습니다. 스톡 박사가 볼 때 사망 시각은 시체가 발견되기 여섯 시간에서 여덟 시간 전으로 추정된다. 사인은 총상이었으며, 총알은 안구를 완전히 망가뜨리고 왼쪽 눈으로 들어가서 뇌를 손상시킨 뒤 두개골 아랫부분을 통해 나왔다. 외관상 자살로 추정할 근거는 보이지 않으며, 눈 밑, 혹은 근처에 총구를 댄 흔적도 보이지 않는다. 하지만 물리적으로 보자면 사망자 본인이 총을 들고 눈에서 약간 뗀 채 쏘았을 가능성도 없지는 않다. 또한 시체의 상태로 볼 때 사망 즈음에 몸싸움이 있었다고 확실하게 단언할 수도 없다. 스톡 박사는 시체가 발견된 뒤 이동되지 않았다고 보았는데, 시체는 충격으로 인해 쓰러졌다고 볼 수 있는 자세로 누워 있었다. 그러나 손목과 팔 아래쪽의 긁힌 자국과 멍은 최근에 폭행으로 생긴 것으로 보인다.

이러한 부분들을 볼 때에 버너 씨의 놀라운 증언은 근거 없는 것으로 단정할 수 없다고 생각합니다. 어떤 분들은 미국에서 사망자와 같은 높은 직책의 인물들이 그가 증언한 것과 같은 위험에 처해 있다는 것이 놀랍게 느껴지실 겁니다. 반면 어떤 분들은 미국의 산업계에서 노동 분쟁이 격한 단계에 이르기도 한다는 것을 아실 수도 있습니다. 저는 이 점에 관해 증인의 의견을 자세히 들었습니다. 하지만 버너 씨의 개인적인 추측을 여러분이 그대로 사인으로 받아들이는 것이 합당하다고 말씀드리는 것은 아닙니다. 그렇지 않습니다. 버너 씨의 증언에서 여러분이 생각하셔야 할 점은 두 가지입니다. 첫째, 사망자가 협박당했다고 말할 수 있는가, 또한 일반인보다 살해 위험에 더 많이 노출되어 있었다고 말할 수 있는가? 둘째, 증인들이 말했던 최근 사망자의 행동 변화로 미루어 볼 때 그가 사망 직전 며칠 동안 심한 불안에 시달리고 있었다고 볼 수 있는가? 나머지 증언과 종합하여 결론을 내리는 과정에서 이 점을 심사숙고하셔야 할 것이라고 말씀드리고 싶습니다."

검시관은 버너의 증언이 결정적인 단서라는 의견을 이렇게 분명히 표현한 뒤, 배심원들에게 평결을 요구했다.

009

뚜렷한 흔적

"들어오세요!"

트렌트가 소리쳤다.

커플스는 트렌트가 묵고 있는 호텔 객실에 들어섰다. 배심원단이 신원 미상의 인물, 혹은 다수의 인물들에 의한 고의적인 살인 사건이라는 예상대로의 평결을 내린 날 이른 저녁이었다. 트렌트는 흘끗 올려다보더니 에나멜을 칠한 쇠 접시에 놓인 사진들을 창가 햇빛에서 찬찬히 관찰하고 있었다. 얼굴은 창백하고 몸짓은 초조해 보였다.

"소파에 앉으십시오. 다른 의자는 스페인의 종교 재판소가 문을 닫을 때 사들인 중고품 같습니다. 이 원판은 상당히 잘 나왔네요."

트렌트는 사진이 잘 보이는 쪽으로 고개를 기울이며 불빛에 비춰 보았다.

"충분히 세척했으니 이제 말리고 이건 전부 치우죠."

트렌트가 물그릇, 접시, 선반, 상자, 병 들이 정신없이 널린 탁자를 치우는 동안, 커플스는 물건을 하나씩 집어 들더니 순수한 호기심이 어린 눈빛으로 들여다보았다.

트렌트는 커플스가 병마개를 열어 냄새를 맡는 모습을 보더니 설명했다.

"그건 정착액 제거제라는 겁니다. 원판을 급하게 처리할 때 유용하죠. 마시는 건 아닙니다. 차아인산 나트륨을 제거해 주지만, 사람 목숨까지 제거할 수 있는지 실험해 볼 마음은 없어요."

그는 잡동사니가 잔뜩 놓인 벽난로 선반에 마지막 물건을 옮겨 놓고 커플스 앞에 앉았다.

"호텔 객실이 좋은 점은 일하다가 다른 데 정신이 팔릴 일이 없다는 겁니다. 한가롭게 쉴 수 있는 곳이 아니거든요. 이런 방에 처음 와 보십니까, 커플스 씨? 전 수백 번이나 묵었습니다. 몇 년째 영국 각지에서 이런 방 신세를 지고 다녀요. 어딘가 외딴곳에 있는 멋진 호텔에 들어서서 다른 분위기의 거실을 만나게 되면 오히려 낯선 기분이 들 겁니다. 이 테이블보를 보세요. 이건 핼리팩스에서 방에 묵었을 때 제가 흘린 잉크 자국입니다. 양탄자의 그 구멍은 입스위치 호텔에서 내가 낸 거고요. 하지만 밴버리에서 내가 부츠를 던져 깨뜨린 〈고요한 연민〉 그림 위의 유리는 갈아 끼웠군요. 난 이런 데서 일이 가장 잘됩니다. 오늘 오후도 검시 배심이 끝난 뒤에 훌륭한 원판 몇 장을 완성했어요. 아래층에 훌륭한 암실이 있습니다."

"검시 배심 이야기가 나왔으니 말인데……."

커플스는 트렌트가 무슨 일로 흥분했을 때 이런 식으로 이야기를 떠벌린다는 것을 알고 있었다. 그가 대체 무엇을 하고 있는지 궁금했다.

"오전에 메이블을 돌봐 줘서 고맙다는 말을 하러 왔어. 증언을 마치고 현기증이 날 줄은 몰랐지 뭔가. 크게 동요한 것 같지도 않았고, 워낙 자제력이 있는 녀석이라서 말이야. 혼자 집에 가도록 내버려 두고 난 증언을 듣는 게 더 중요할 거라고 생각했어. 도와줄 친구가 있어서 얼마나 다행이었는지. 메이블도 감사하고 있어. 이제 완전히 정신을 차렸네."

트렌트는 두 손을 주머니에 찌르고 미간을 찌푸린 채 아무 대답이 없었다. 잠시 침묵을 지키던 그가 입을 열었다.

"조금 아까 들어오셨을 때 흥미로운 일을 하려는 중이었습니다. 고난도 수사 기법을 좀 보여 드릴까요? 머치 경위님도 아마 지금 이런 작업을 하고 있을 겁니다. 이왕이면 저 혼자 해냈으면 좋겠지만요."

그는 탁자를 떠나 침실로 사라졌다가 다양한 물건들이 놓여 있는 커다란 그림판을 들고 나왔다.

"우선 이 작은 물건들부터 소개해 드리지요."

그는 탁자 위에 그림판을 놓았다.

"이건 상아로 된 커다란 종이칼이죠. 이건 제 일기장에서 잘라 낸 종이 두 장입니다. 이건 치약이 든 병, 이건 윤기 낸 호두나무 상자. 이것들 중 몇 개는 밤이 되기 전에 화이트 게이블스의 제 주인 침실에 돌려놓아야 하는 물건들입니다. 제가 드디어 이런 짓까지 해 버렸습니다. 오늘 아침 다들 법정에 가 있을 때 빌렸는데, 주인들이 알게 되면 기분 좋게 생각하지는 않겠죠. 자, 이제 그림판 위에 한 가지 물건이 남았습니다. 손대지 않고 뭔지 알아맞힐 수 있으시겠습니까?"

커플스는 관심 가득한 눈빛으로 물건을 응시했다.

"있고말고. 평범한 유리그릇 아닌가. 손가락을 씻는 그릇 같군. 이상해 보이는 점은 없는데."

그는 한참 들여다보다가 덧붙였다.

"제가 보기에도 그렇습니다. 바로 그래서 재미있는 겁니다. 자, 이 통통한 병을 들고 마개를 열어 보세요, 커플스 씨. 안에 든 가루가 뭔지 알아보시겠습니까? 한때 당신도 잔뜩 먹어 봤을 텐데요. 아이들에게 먹이는 겁니다. 설사약으로 쓰는데, 수은과 초크로 구성되어 있습니다. 약효가 끝내주죠. 자, 이제 제가 이 종이 위에 접시를 기울이고 있을 테니까 가루를 그릇 이쪽 편에 조금 부어 주십시오. 여기…… 좋습니다! 경찰청장도 가루를 그만큼 잘 다루진 못했을 겁니다. 해 보신 적이 있죠, 커플스 씨? 딱 보니 알겠는데요. 능숙한 솜씨예요."

"그렇지 않아."

커플스는 진지하게 말했다. 트렌트는 떨어진 가루를 병에 모아 담았다.

"뭘 하려는 건지 도통 모르겠군. 내가 뭘 한 건가?"

"그릇에 묻은 가루를 이 낙타털 붓으로 가볍게 솔질하는 겁니다. 자, 다시 보십시오. 아까는 이상한 점을 못 느끼셨지요. 이제 어떻습니까?"

커플스는 다시 들여다보았다.

"신기하군! 그래, 그릇에 커다란 회색 지문 두 개가 생겼어. 아까는 없었는데."

"제가 명탐정 아닙니까. 이 유리그릇에 대해 간단히 강의를 해드릴까요? 사람이 손으로 그릇을 집어 들면 그 위에 지문이 남습니다. 눈에 보이지는 않지만 며칠, 혹은 몇 달까지 남아 있죠. 손가락 자국이 남는 겁니다. 인간의 손은 아주 깨끗하다고 해도 완전히 말라 있지 않아요. 때로는 아주 습기가 많습니다. 특히 긴장했을 때는 더욱 그렇고. 그 손가락이 차가운 표면에 닿으면 흔적을 남깁니다. 이 그릇은 최근 누군가가 습기 많은 손으로 옮긴 겁니다."

그는 가루를 다시 뿌렸다.

"여기 반대편에는 엄지손가락 지문이 또렷하게 보이죠."

그의 목소리는 평정했다. 하지만 커플스는 희미한 회색 자국을 바라보는 트렌트가 흥분에 가득 차 있다는 것을 알 수 있었다.

"이건 검지일 겁니다. 굳이 설명하지 않아도 삼각 모양이 대칭으로 배열된 와상문이라는 것을 알 수 있으실 겁니다. 이 두 번째 지문은 제상문인데, 중심에 융선이 열다섯 개 보입니다. 열다섯 개가 있다는 걸 어떻게 알고 있느냐 하면, 아까 자세히 관찰한 이 원판에 똑같은 지문 두 개를 땄거든요. 보십시오!"

그는 지는 햇빛 쪽으로 원판을 들어 올려 연필 끝으로 가리켰다.

"같다는 걸 알아보실 수 있을 겁니다. 융선의 분기점이 보이지요. 저쪽에도 똑같은 문형이 있습니다. 중심부에 작은 흉터가 있는데, 그것도 같습니다. 전문가에게 물어보면 동일한 융선 특징들이 매우 많으므로 그 그릇의 지문과 제가 이 원판으로 찍은 지문이 동일하다고 증언할 겁니다."

"한데 그 사진은 어디서 찍은 거지? 이게 무슨 의미가 있나?"

커플스는 눈을 커다랗게 뜨고 물었다.

"이 사진의 지문은 맨더슨 부인의 침실 정면 창틀 내부의 왼쪽 부분에 묻어 있던 겁니다. 창문을 뜯어 올 수는 없는 일이니, 유리 반대편에 검은 종이를 끼우고 사진을 찍었지요. 유리그릇은 맨더슨 씨 방에 있던 겁니다. 밤에 틀니를 넣어 두던 그릇입니다. 이건 갖고 올 수 있으니 이렇게 가지고 왔지요."

"혹시 메이블의 지문은 아니겠지."

트렌트는 단호하게 말했다.

"그럴 리가요! 이건 맨더슨 부인보다 손이 두 배는 큰 사람일 겁니다."

"그럼 남편 지문이겠군."

"그럴 수도 있겠죠. 한 번 더 대조해 볼까요? 가능할 겁니다."

트렌트는 희미하게 휘파람을 불면서 창백한 얼굴로 검고 고운 가루가 들어 있는 작은 병을 열었다.

"탄소 검댕 가루입니다. 종이를 일이 초 들고 있으면 이 가루가 지문의 모양을 알려 줄 겁니다."

그는 일기장에서 잘라 낸 종이를 집게로 조심스럽게 집어 들고 커플스의 눈앞에 내밀었다. 종이에는 아무 자국도 없었다. 트렌트는 가루를 종이 한쪽 면에 뿌린 뒤, 종이를 뒤집어서 반대편에 가루를 뿌렸다. 그리고 종이를 흔들어 여분의 가루를 부드럽게 털어 냈다. 그는 종이를 말없이 커플스 앞에 내밀었다. 종이 한쪽 면에 분명 아까 유리그릇과 원판의 지문과 똑같은 지문이 검게 찍혀 있었다. 커플스는 유리그릇을 들고 지문을 대조했다. 트렌트는 종이를 뒤집었다. 반대 면에는 커플스가 들고 있는 유리그릇에 회색으로 찍힌 엄지손가락과 똑같은 지문이 검게 찍혀 있었다.

"동일인이군."

트렌트는 짧게 웃음을 터뜨렸다.

"그럴 거라고 생각했지만, 이제 확실해졌어. 이제 알겠어."

그는 창가로 다가가 밖을 내다보며 나지막이 혼잣말을 하듯 중얼거렸다. 씁쓸한 목소리였다. 커플스는 영문을 모른 채 움직이지 않는 트렌트의 등만 잠시 응시하다 입을 열었다.

"아직 이게 무슨 뜻인지 모르겠네. 지문에 대한 이야기는 종종 들어 보기도 했고, 경찰이 어떻게 지문을 조사하는지 궁금하기도 했지. 흥미롭긴 하지만 이 사건에서 맨더슨의 지문이 도대체 무슨 의미가 있다고……."

"정말 유감입니다, 커플스 씨."

트렌트는 생각에 잠긴 커플스의 말을 끊고 얼른 탁자로 돌아왔다.

"수사를 시작할 때는 모든 정보를 알려 드릴 생각이었어요. 당신을 믿지 못해서 그런 것은 절대 아닙니다. 하지만 당분간만이라도 이제 입을 다물어야겠습니다. 이렇게만 말씀드리죠. 혹시 다른 사람이 알게 되면 대단히 고통스러운 결과를 초래할 수도 있는 사실을 알게 되었다고요."

트렌트는 한층 어두워진 굳은 표정으로 커플스를 바라보며 주먹으로 탁자를 쳤다.

"끔찍한 기분입니다. 지금까지는 제가 알고 있는 사실이 잘못되었기를 바라는 마음뿐이었어요. 그 사실에 기반을 둔 제 추리가 잘못되었을 가능성은 아직 있습니다. 가능성을 확인할 방법은 단 하나뿐인데, 그 수를 쓰려면 용기가 필요합니다."

그는 답답한 듯한 커플스의 얼굴을 향해 갑자기 미소를 보였다.

"됐습니다. 비극의 주인공 흉내는 그만둬야겠군요. 때가 되면 말씀드리겠습니다. 아직 이 가루 놀이를 절반도 못 했는데요."

그는 의자를 탁자로 끌어당겨 앉은 뒤 종이칼의 넓은 칼날을 시험하기 시작했다. 커플스는 놀라운 기분을 삼키며 몸을 앞으로 내밀고 호기심에 가득 찬 태도로 트렌트에게 탄소 검댕 가루병을 건넸다.

부호의 아내

맨더슨 부인은 화이트 게이블스 저택의 거실 창가에 서서 안개비가 내리는 우울한 풍경을 지켜보고 있었다. 날씨가 이 근방의 유월답지 않게 변덕스러웠다. 하얀 안개가 음울한 바다에서 들판으로 흘러오고 있었다. 칙칙한 회색으로 뒤덮인 하늘에서 물이 떨어졌는데 이따금 창틀에 툭툭 부딪히며 절망의 소리를 내고 있었다. 부인은 슬픔에 잠긴 얼굴로 어둑어둑하고 싸늘한 전경을 바라보고 있었다. 남편을 여읜 여인이 아무런 인생의 목표 없이 홀로 견디기에는 괴로운 날씨였다.

노크 소리가 들렸다. 부인은 세상의 고달픔이 그녀의 영혼에 스며들고 있다고 느낄 때마다 무의식적으로 하는 몸짓으로 자세를 가

다듬으며 들어오라고 말했다. 하녀가 와서 트렌트 씨가 찾아왔다고 알렸다. 이렇게 이른 시각에 찾아와서 죄송하지만, 급하고 중요한 문제가 있어서 부인을 만나야겠다고 했다는 것이었다. 부인은 거울로 다가가서 거기 비친 갸름한 얼굴을 쳐다보며 살짝 찡그리더니 고개를 흔든 뒤 문으로 돌아섰다. 트렌트가 들어왔다.

모습이 어딘가 달랐다. 잠을 못 자 피곤한 얼굴이었고, 늘 보이던 싹싹한 미소 대신 처음 보는 서먹서먹한 표정을 띠고 있었다. 부인은 뭔가 좋지 않은 일이 있다는 것을 직감했다.

부인이 내민 손을 잡은 뒤 트렌트가 말했다.

"요점부터 말씀드려도 되겠습니까? 12시에 비숍스브리지에서 기차를 타야 하는데 이 일을 마치기 전에는 갈 수가 없습니다. 오로지 부인과 관련된 일입니다, 맨더슨 부인. 밤새도록 일을 하고 꼬박 생각을 하느라 한잠도 못 잤는데 이제 어떻게 해야 할지 확신이 서서 이렇게 온 겁니다."

부인은 친절하게 말했다.

"너무 피곤해 보이시는군요. 앉으세요. 이 의자가 편하답니다. 분명 이번 끔찍한 사건과 신문 특파원 일 때문이겠죠? 제가 대답할 수 있다고 생각하시는 건 뭐든지 물어보세요, 트렌트 씨. 여기서 하시는 일이 제게 도움이 되면 되었지 저를 더 괴롭히는 일을 하실 분은 아니라는 걸 알고 있어요. 용건이 있어서 절 만나야 하셨다면, 꼭 해야 하는 일이기 때문에 그러셨겠죠."

트렌트는 천천히 말을 골랐다.

"맨더슨 부인, 저도 도움이 되고 싶지 괴롭혀 드리고 싶지는 않습니다. 하지만 어쩔 수 없는 상황이군요. 부디 둘만 아는 이야기로 끝났으면 좋겠습니다만. 제 질문에 대해 대답을 할지 말지는 부인이 결정하십시오. 하지만 명예를 걸고 맹세하겠습니다. 저는 오로지 부군의 죽음에 대해 제가 알아낸 사실들을 신문에 실을 것인지 말 것인지 결정할 수 있을 만큼만 여쭙겠습니다. 다른 사람은 의심조차 하지 않을 테고, 앞으로도 모를 사실입니다. 어쨌든 제가 알아낸 사실들은, 제가 입증해 냈다고 믿고 있는 사실들은, 부인에게는 엄청난 충격일 겁니다. 아니, 그 이상일 수도 있습니다. 그 점을 납득시켜 주시면 저는 이 원고를 신문사에 보내지 않을 것이고……."

그는 긴 봉투를 옆에 있는 작은 탁자 위에 놓았다.

"어떤 내용도 신문에 실리지 않을 겁니다. 그 안에는 편집자에게 전하는 짧은 메모가 있고, 《레코드》에 실을 장문의 기사가 있습니다. 제게 아무 말씀을 안 하셔도 좋습니다. 그러신다면 저는 신문사에 대한 의무상 이걸 오늘 런던으로 가지고 가서 편집자가 재량대로 사용할 수 있도록 넘길 겁니다. 일개 상상에 불과한 가능성 때문에 원고를 폐기할 수는 없는 입장이니까요. 하지만 부인이……부인 외에 확인해 줄 수 있는 사람이 없으니까요……. 제가 상상한 가설에 신빙성이 있다고 말씀해 주시면 저는 신사로서……."

트렌트가 주저했다.

"그리고 부인의 안위를 걱정하는 사람으로서 달리 선택할 방법이 없습니다. 저는 이 기사를 신문사에 넘기지 않겠습니다. 경찰에도 임의로 협조하지 않겠습니다. 무슨 말씀인지 아시겠습니까?"

신중하고 냉정하던 말투에 약간의 조바심이 스쳤다. 그를 바라보는 부인의 얼굴과 안색에는 조금도 변화가 없었다. 손은 배 위에 깍지를 낀 채 어깨와 허리를 꼿꼿이 세운 자세였다. 증인석에서 보였던 모습 그대로였다.

"잘 알겠어요."

부인은 나지막하게 말했다. 그녀는 깊은 숨을 들이쉬고 말을 이었다.

"당신이 어떤 무시무시한 사실을 찾아냈는지, 어떤 가능성을 생각하고 계시는지 모르겠지만, 이렇게 오셔서 제게 말씀해 주시는 건 고맙고 신사다운 일이라고 생각합니다. 이제 말씀해 주시겠어요?"

"제 입으로 말할 수는 없습니다. 이 비밀은 부인의 것이 아니라면 신문사의 것이니까요. 당신의 비밀이라고 생각하시면 원고를 직접 읽고 폐기하십시오. 맹세코……."

그의 목소리에 평상시의 따뜻함이 약간 내비쳤다.

"저는 이런 수수께끼 놀이를 혐오하는 사람입니다. 하지만 이 수수께끼를 만든 건 제가 아닙니다. 지금이 제 인생에서 가장 고통스러운 순간이고, 부인이 절 귀찮은 사냥개 취급을 하지 않으셔서 더욱 괴롭습니다. 첫 번째 질문은 이겁니다."

그는 애써 다시 무감각한 어조로 돌아갔다.

"검시 배심에서 남편이 돌아가시기 전의 몇 달 동안 부인에 대한 태도가 왜 바뀌었는지, 왜 말수가 줄어들고 부인을 못 믿게 되었는지 모르겠다고 증언하셨는데, 그게 사실입니까?"

맨더슨 부인의 진한 눈썹이 치켜 올라가고 눈이 불꽃처럼 이글거렸다. 그녀는 갑자기 의자에서 일어섰다. 트렌트도 동시에 일어서며 봉투를 탁자에서 집어 들었다. 대화가 끝났다고 생각해서 나가려는 태도였다. 하지만 부인은 한 손을 들었다. 뺨에 핏기가 떠올랐고 말하는 목소리는 숨이 가빴다.

"그게 무슨 질문인지 아세요, 트렌트 씨? 제가 위증을 한 게 아니냐고 물으신 겁니다."

"알고 있습니다."

그는 움직이지 않고 대답했다. 잠시 후 그는 덧붙였다.

"제가 체면치레나 돕자고 여기 온 게 아니라는 건 부인이 이미 알고 계십니다. 존경받을 만한 시민이 선서를 했다면 어떤 상황에서도 진실만을 이야기해야 한다는 것이야말로 쓸데없는 체면에 지나지 않습니다."

트렌트는 여전히 나가 달라는 말을 기다리며 서 있었지만, 부인은 말이 없었다. 그녀는 창가로 걸어갔다. 트렌트는 그녀의 어깨가 살짝 떨리다가 가라앉는 것을 괴로운 마음으로 쳐다보고 있었다.

트렌트의 얼굴을 외면한 채 음울한 바깥 경치를 바라보며, 부인은 마침내 또렷이 말했다.

"트렌트 씨, 당신은 신뢰할 수 있는 분이군요. 당신이라면 제가 남에게 알리고 싶지 않고 남의 입에 오르내리고 싶지 않은 것들을 안심하고 얘기할 수 있을 것 같아요. 뭔지는 모르겠지만 이런 일을 하시는 이유가 분명 있으시겠죠. 방금 물으신 질문에 진실하게 대답을 하는 것이 아마도 정의를 구현하는 데 도움이 되는 일일 테고요. 그 진실을 이해하시려면, 한참 전의 이야기부터 아셔야 해요. 결혼 전 이야기부터요. 제 결혼이…… 그다지 성공적인 결합이 아니었다는 건 아는 사람이 많을 겁니다. 저는 겨우 스무 살이었어요. 전 남편의 힘과 용기, 자신감을 동경했죠. 그는 제가 알던 유일한 강한 남자였어요. 하지만 얼마 지나지 않아 그가 저보다 사업에 더 관심이 많다는 걸 깨달았어요. 제가 제 자신을 속이고 눈을 가리고 있다는 것, 자신에게 불가능한 약속을 하고 자신의 감정을 의도적으로 오해하고 있다는 것은 아마 그보다 더 일찍 깨달았을 거예요. 일개 영국 소녀가 꿈꾸어 보지도 못할 만큼 어마어마한 돈을 가진 부자가 된다는 꿈에 눈이 멀어 있었으니까요. 전 그 때문에 오 년 동안 자신을 경멸해 왔어요. 남편의 저에 대한 감정은…… 그건 알 수 없어요……. 제가 하려는 말은, 남편에게는 제가 사교계에서 좋은 평판을 얻고 그 위치에 기쁘게 올라갈 것이며 사교계에서 그를 돋보이게 해 줄 수 있는 여자라는 것에 대한 믿음이 늘 있었어요.

저에 대한 환상이 깨어지고 난 뒤에도 그 믿음만은 남아 있었죠. 전 그가 가진 야심의 일부였어요. 제가 사교계에서 기대에 미치지 못한 것이 그에게는 더욱 씁쓸한 실망이었을 거예요. 그렇게 상황 판단이 빠른 남자가, 저보다 스무 살이나 많은 남자가, 평생을 큰 사업상의 책무에만 전념하며 그 외에는 아무것에도 관심을 보이지 않는 그런 남자가 음악과 책, 실리적이지 않은 것 들을 즐기며 자라 자신만의 방식에서 즐거움을 찾는 저라는 여자와 결혼하면서 불행한 결혼 생활이 될 가능성을 몰랐을 리가 없겠죠. 하지만 그는 정말 제가 아내로서 자신의 지위를 빛내 줄 수 있는 여자라고 확신했었어요. 전 그럴 수 없었고요."

이야기를 할수록 맨더슨 부인은 이제껏 트렌트에게 보여 준 적이 없었던 감정적인 모습을 보이기 시작했다. 말이 자유롭게 흘러나오면서 목소리에 며칠 동안의 충격과 자제로 인해 억눌러 왔던 자유로운 표현력이 보이기 시작했다. 그녀는 창가에서 휙 돌아서더니 그를 바라보며 말을 이었다. 아름다운 얼굴은 달아올라 활기가 있었고, 눈은 빛을 발했으며, 오랫동안 속에 담고 있던 이야기를 털어놓는 동안 손을 움직여 표현에 힘을 싣기 시작했다.

"아, 그런 사람들이라니! 늘 창조적인 활동들을 접하며 자부심을 느꼈던 사람에게 그런 세상이 어땠겠어요? 자기 직업이나 예술을 추구하면서 부자건 가난하건 자신이 믿는 신념이나 대상을 위해 싸우는 세상에서 살았던 사람에게? 제가 있던 세상에서 빠져나와, 단지 존재하기 위해서는 아주 돈이 많아야 하는, 부끄러울 정도로 돈이 많아야 하는 세상으로 들어간다는 것이 어떤 것인지 상상할 수 있어요? 중요한 것은 오로지 돈, 사람들의 머리에 가장 먼저 떠오르는 것도 돈이죠. 수백만 달러를 버는 남자들이 여가가 생겼을 때 몰두할 수 있는 것이란 스포츠뿐이죠. 일을 하지 않아도 되는 남자들은 일을 하는 남자보다 더욱 따분하고 잔인해요. 여자들은 겉치장이나 시시한 오락거리, 시시한 불장난에만 몰두할 뿐이고요. 그런 세상이 얼마나 끔찍한지 아세요? 물론 영리한 사람도 있고 좋은 취향을 지닌 사람들도 있어요. 하지만 그런 사람들조차 체할 정도로 돈에 푹 파묻혀 결국에는 마찬가지가 되죠. 공허, 공허 그 자체예요! 아, 조금 과장일 수도 있어요. 친구들도 새로 사귀고 즐거운 시간도 가졌으니까. 하지만 결국 제가 느낀 건 그뿐이에요. 뉴욕과 런던에서 보내는 사교 시즌이 얼마나 끔찍한지! 집에서 여는 파티, 요트 여행, 전부 다, 똑같은 사람들과 똑같은 공허뿐이었어요.

남편은 이런 걸 전혀 몰랐어요. 그의 일상은 공허하지 않았으니까. 그는 사교계에 사는 사람이 아니었고, 사교계 모임에 참석할 때도 늘 사업 계획이나 해결해야 할 문제들로 머릿속이 가득 차 있었어요. 내가 뭘 느끼는지 전혀 눈치도 채지 못했고, 저도 털어놓지 않았어요. 그럴 수가 없었죠. 그건 공정하지 않아요. 저도 아내로서, 그의 지위와 재산을 누리는 아내로서 제 존재를 정당화해야 한다고 느꼈어요. 제가 할 수 있는 건 사교계에 어울리는 여자라는 그의 기대를 충족시킬 수 있도록 노력하고, 또 노력하고…… 난 노력했어요. 최선을 다했어요. 하지만 해가 갈수록 더 힘들어졌어요. 난 인기 있는 안주인이 될 수가 없었어요. 내가 어떻게? 난 실패작이었지만, 그래도 노력했어요……. 이따금 몰래 휴가를 쓰기도 했어요. 계약을 어기는 기분이 들곤 했죠. 끔찍한 표현이지만 이렇게 말할 수밖에 없어요. 여행할 돈이 없는 학창 시절의 친구와 둘이서 한두 달 이탈리아로 갔을 때는 돈을 쓰지 않고 싼 곳만 찾아 다녔는데 그게 더 즐거웠어요. 평생 알고 지내던 조용한 사람들과 영국에서 지낼 때도 공연장 좌석을 일일이 신경 쓰고 싼 옷가게가 어딘지 서로 정보도 교환하면서 옛날처럼 즐겁게 지낼 수 있었어요. 결혼한 뒤 가장 즐거웠던 게 그런 때였죠. 그렇게 여행을 다녀오면 다시 나머지 시간을 살아갈 수 있는 힘이 생기곤 했어요. 내가 그렇게 옛 생활로 돌아가서 얼마나 즐거운 시간을 보냈는지 남편이 알았다면 기분이 상했겠죠.

그렇게 최선을 다했는데도 결국 그도 알아차렸어요. 일단 주의를 기울이기만 하면 뭐든지 꿰뚫어 보는 사람이었으니까. 내가 기대한 대로 사교계에서 활동하지 않는 것도 언제든 알아차릴 수 있었는데, 그는 그걸 내 잘못이라기보다 운이 나빴다고 생각한 것 같아요. 하지만 결국 그가 눈치를 챘죠. 겉으로는 아닌 척하면서도 내가 나에게 주어진 역할을 진심으로 수행하지 않는다는 걸 꿰뚫어 본 순간, 그는 전부 알아차렸어요. 돈다발에 파묻혀 사는 사람들이 싫어서 사치스럽고 호화로운 생활에 혐오와 염증을 느끼게 됐다는 걸 알아차린 거예요……. 그게 작년이었어요. 언제 어떻게 그렇게 됐는지는 몰라요. 여자들 중 누군가 말했을 수도 있겠죠. 다들 알고 있었으니까. 남편은 내게 아무 말도 하지 않았어요. 처음에는 그도 아무렇지도 않은 태도를 보이려고 했던 것 같아요. 하지만 그건 우리 둘 다에게 괴로운 일이죠. 나도 그가 알고 있다는 걸 알아챘어요. 곧 우리는 남을 대하듯이 서로에게 점잖고 공손한 태도만 보이게 됐어요. 뭐라고 말씀드려야 할까요? 그가 알아차리기 전까지 우리는 일종의…… 지적인 동반자 관계를 유지하고 있었어요. 서로에게 동의하든 동의하지 않든, 너무 깊게 다가가지 않고 이런저런 것들을 숨김없이 이야기할 수 있는 그런 사이. 결국 그마저도 사라진 거예요."

부인은 간단하게 말을 맺었다.

"그가 죽기 전 몇 달 동안 그런 상태였어요."

그녀는 힘든 일을 마치고 긴장을 풀듯 창가에 있는 구석 소파에 몸을 묻었다. 한동안 둘 다 침묵을 지켰다. 트렌트는 머릿속에 떠오르는 복잡한 상념들을 정리하느라 바빴다. 그는 맨더슨 부인의 솔직함과 생기 넘치는 표현력에 감탄했다. 말하고 싶다는 충동에 휩쓸려 자기 자신을 있는 그대로 내보이는 활기찬 모습에서 격정을 표현하는 진짜 여인을 발견할 수 있었다. 그는 얼마 전 공상과 숨김없는 감정에 젖어 있던 여인의 진짜 모습을 우연히 보았던 것이다.

두 모습 다 세상이 알고 있는, 창백하고 자제력이 강하며 품위 있는 여인과는 아주 달랐다. 그녀 내면의 어두운 아름다움이 공포스럽게 느껴졌고 트렌트의 흥분한 눈에는 그것이 불멸의 미처럼 보였다. 당면한 문제에 집중하고 있는데도 불구하고, 이런저런 상념들이 꼬리를 물고 의식 속에 흘러들어 왔다. 그녀는 단순히 아름다움 때문이 아니라 그 아름다움이 강렬한 천성과 결합되어 있기에 독특했다. 영국의 미인들은 얌전하기만 했고, 정열에 불타는 여자들은 자신의 아름다움까지 불태워 버린 듯했다. 지금껏 그가 아름다운 여인에게서 이런 종류의 매력을 발견하지 못한 것은 그 때문이었다. 지성의 면에서 봐도, 램프의 모양과 상관없이 흐릿한 불꽃보다는 밝은 불꽃이 좋았다.

'논쟁의 여지는 있지만 말이지.'

이성이 말했다. 본능이 응답했다.

'맞아, 내가 홀려 있다는 점만 빼면.'

더 깊은 본능이 외쳤다.

'집어치워!'

그는 다시 그녀의 이야기에 억지로 집중했다. 억누를 수 없는 확신이 순식간에 커져 갔다. 그녀의 이야기는 그럴듯했지만 이걸로는 충분하지 않았다.

"말씀하시려던 것보다, 혹은 제가 알고 싶었던 것보다 더 많이 말씀하시게 한 것 같습니다."

트렌트는 천천히 말했다.

"그런데 잔인하지만 핵심적인 질문이 한 가지 있습니다."

그는 차가운 물에 뛰어들려는 잠수부처럼 긴장한 자세를 취했다.

"맨더슨 부인, 부인에 대한 남편의 태도가 변한 것이 존 말로와 아무 관계가 없다고 말씀하실 수 있습니까?"

두려워하던 반응이 나타났다.

"아!"

부인은 고통스럽게 외마디 비명을 지르며 고개를 들고 두 손바닥을 벌린 채 자비를 구하듯 팔을 앞으로 내밀었다. 다음 순간 손은 붉게 달아오른 얼굴을 덮었다. 부인은 팔꿈치 옆의 쿠션에 몸을 내던졌다. 왕관처럼 풍성한 검은 머리카락과 몸이 흐느낌으로 들썩거렸고, 한쪽 발이 비탄에 젖어 품위를 잃고 안쪽으로 굽혀져 있었다. 흐느끼는 소리가 심장을 칼로 찌르는 것 같았다. 높은 탑이 갑자기 무너지듯 부인은 폐허처럼 무너져 무력하게 울고 있었다.

트렌트는 창백하고 침착한 얼굴로 일어섰다. 그는 무의식적으로 윤기 나는 작은 탁자 정확히 한가운데 봉투를 놓았다. 그는 문으로 걸어가서 밖으로 나간 뒤 소리 없이 문을 닫았다. 몇 분 뒤 그는 화이트 게이블스를 뒤로하고 빗속을 걷고 있었다. 갈 곳은 없었다. 눈앞에는 아무것도 보이지 않았다. 부인의 치욕을 바라보는 동안 치밀어 오르는 충동을 억누르고 짓밟느라 온 영혼까지 흔들린 것 같았다. 그녀의 발치에 몸을 내던지고, 용서를 빌고, 온갖 말들을 해 버리고 싶었다. 무슨 말을 해야 할지는 몰랐지만 혀끝까지 하고 싶은 말이 차올랐다. 자신의 자존심을 평생 되돌릴 수 없을 정도로 망가뜨리고, 그를 사로잡은 광적인 충동에 무력하게 무릎을 꿇고 싶었다. 남편의 시체를 아직 땅에 묻지도 않고 다른 남자를 사랑하는 여인에게 열정의 말을 쏟아내고, 여인의 비탄을 자신에 대한 경멸 속에 묻어 버리고 싶었다.

그녀의 눈물이 가진 마력은 그의 마음속에서 살아 움직이게 둬서는 안 되는 것을 순식간에 흔들어 깨웠다. 필립 트렌트는 아직 젊은이였고, 나이보다 마음이 더욱 젊었다. 감수성을 날카롭게 유지하는 생활 방식과 활화산 같은 성정 때문에 그는 대부분의 사람들의 청년 시절에 한 번씩 찾아오는 만남에 대한 준비가 제대로 되어 있지 않았다. 트렌트는 자신을 향해 냉혹하게 말했다. 이런 경우에는 대체로 도덕성과 의지력을 실험하고는 헛되이 끝나고 마는 거지.

실리지 않은 기사

몰로이 경에게.

사무실에서 만나지 못할까 봐 메모를 남깁니다. 원고에 나와 있듯, 나는 누가 맨더슨을 살해했는지 알아냈습니다. 내 임무는 완수했으니 이것을 어떻게 사용할지는 당신이 판단할 문제입니다. 경찰의 의심을 받지 않고 있는 사람을 범인으로 몰아 사실상 살인자로 지목하는 내용이므로, 범인이 체포되기 전에 기사를 실을 수는 없을 것이며 유죄 판결이 나오기 전에 내용을 공개하는 것도 불법일 것입니다. 그 이후 공개 여부는 알아서 결정하십시오. 제가 드린 사실 관계 몇 가지는 그 전에 사용해도 무방할 것입니다. 모두 당신이 판단할 문제입니다. 우선 이 원고를 경찰청에 연락해서 보여 주시겠습니까? 전 이것으로 맨더슨 살인 사건에서 물러납니다. 처음부터 손을 대지 않는 것이 좋았으련만. 다음은 제 원고입니다.

P. T.

말스톤, 6월 16일.

☆☆☆

복잡한 심경으로 이 글을 시작한다. 맨더슨 살인 사건 관련하여 《레코드》에 보내는 세 번째이자 마지막 원고가 될 것이다. 홀가분한 심경이다. 앞선 두 건의 원고에서는 정의를 위하여 내가 확인한 몇 가지 사실을 감추고 있었다. 내용이 기사화된다면 특정한 인물이 경계를 하고 도주할 우려가 있었기 때문이다. 그는 보기 드문 대담함과 두뇌를 지닌 인물이다. 지금부터 이 사실들을 밝히기로 한다. 이제부터 기록하는 배신과 비틀린 두뇌의 이야기는 몹시 혐오스럽다. 범죄의 수수께끼는 내가 해결했다고 믿고 있으나, 그 아래 숨은 동기에는 더 깊고 역겨운 것이 숨어 있어 사악하다는 느낌이 남는다.

화요일 아침 일찍 이곳에 도착했을 때의 상황은 첫 번째 기사에서 설명한 바 있다. 시체가 어떻게 발견되었고 어떤 상태였는지 기술했고, 범행을 둘러싼 수수께끼를 설명했으며, 현지에서 오가는 한두 가지 추론도 언급했다. 사망자의 가정사와 그가 살해되기 전날 밤의 행적도 자세히 설명했다고 본다. 사건과 얼마나 관계가 있을지는 모르지만, 맨더슨의 술병에 대한 작은 의문도 언급했다. 마지막으로 살아 있는 것이 목격된 시점에 비해, 평소 밤에 마시던 양보다 훨씬 많은 양의 위스키가 술병에서 사라진 것이다. 검시 배심일인 다음 날, 나는 법정에서 오간 이야기들의 개요만 간략하게 정리해서 넘기고《레코드》의 다른 특파원에게 심층 취재를 부탁했다. 이 글을 쓰고 있는 지금도 검시 배심일은 끝나지 않았다. 그러나 나는 수사를 끝냈고, 이를 통해 맨더슨 살인 사건의 범인으로 경찰의 조사를 받아야 할 인물을 찾아냈다.

맨더슨이 평소보다 훨씬 이른 시각에 일어나서 밖으로 나간 뒤 죽음을 맞았다는 핵심적인 수수께끼 외에도, 신문을 읽은 수천 명의 독자들은 이번 사건에서 두 가지 작은 의문점을 느꼈을 것이다. 첫 번째 의문은 시체가 저택에서 삼십 미터도 떨어지지 않은 지점에서 발견되었는데, 집안 사람들 중에 밤에 비명이나 다른 소리를 들은 사람이 아무도 없었다는 점이다. 맨더슨의 입에 재갈이 물려 있지 않았다. 손목에는 범인과 몸싸움을 벌인 흔적이 있다. 권총은 적어도 한 번 이상 발사되었다. (적어도 한 번이라는 표현을 쓰는 것은, 총기를 이용한 살인 사건에서 몸싸움이 동반되었다면 총이 빗나가는 경우가 많기 때문이다.) 집사 마틴은 잠을 깊게 들지 못하고 귀가 밝으며, 시체가 발견된 헛간 쪽으로 똑바로 나 있는 그의 침실 창문이 그날 밤 열려 있었다는 사실을 알았을 때 이 의문은 더욱 강해졌다.

처음부터 주의를 끌었던 두 번째 의문점은 맨더슨이 침대 옆에 틀니를 놓아두었다는 사실이었다. 아침에 일어나서 넥타이부터 시계, 시곗줄까지 복장을 완벽하게 갖추고 침실을 나서면서, 몇 년 동안 입에 물고 다닌데다 남의 눈에 잘 띄는 위턱 앞니 전체에 해당하는 틀니를 놓고 나간 것이다. 급하게 나간 것 같지는 않았다. 설사 서둘렀다 해도 다른 것은 잊을지언정 틀니를 잊을 리는 없다. 틀니를 사용하는 사람이라면 누구나 일어나자마자 틀니를 착용하는 것이 천성처럼 몸에 밴다는 데 동의할 것이다. 틀니는 겉모습은 말할 것도 없고 식사는 물론 말하는 데까지 영향을 미친다.

그러나 이 기묘한 의문은 당장 아무런 실마리가 되지 않았다. 그저 뭔가가 어둠 속에 도사리고 있으며 맨더슨이 어떻게, 왜, 누구의 손에 죽었는가 하는 수수께끼보다 더한 수수께끼가 있다는 의심을 일으켰을 뿐이다.

서두는 이 정도로 해 두고, 지금부터 수사를 시작한 지 몇 시간 만에 알아낸 사실을 서술하고자 한다. 이 사실은 교묘한 수법으로 위장되어 있던 사건의 전말을 찾는 결정적인 단서가 되었다.

맨더슨의 침실은 실내 장식이 금욕적일 정도로 단순하지만 수많은 옷가지와 신발을 구비하고 있다는 점과 부인의 방과 어떻게 연결되어 있는지는 이미 설명한 바 있다. 지인에게 전해 들은 대로 구두를 진열한 두 칸의 긴 선반 중 위쪽에 맨더슨이 사망 전날 밤 신었다는 에나멜 구두가 있었다. 그 전에 나는 선반을 죽 훑어보았다. 별다른 단서를 기대해서가 아니라 개인적으로 구두에 남다른 관심이 있는데 모두 훌륭하게 재단된 구두들이었기 때문이었다. 한데 이 구두는 다른 구두와 달리 약간 독특한 점이 있어 곧장 눈길을 끌었다. 끈으로 묶는 정장용 구두였는데, 가볍고 밑창이 얇았으며 앞코에 덧댄 가죽이 없었다. 다른 구두들과 마찬가지로 만듦새는 훌륭했다. 오래된 구두였고 자주 신은 흔적이 있었지만, 윤기를 내고 다른 구두처럼 안에 구두 골을 넣어 놓으니 아주 깔끔해 보였다. 나는 끈으로 매는 부분이 발등에서 솟아오르는 지점의 가죽이 약간 벌어져 있다는 사실에 관심이 갔다. 이렇게 발에 딱 맞는 구두를 신으면 걸을 때 무리가 많이 오기 때문에, 바닥과 연결되는 솔기를 특히 튼튼하게 꿰매야 한다. 한데 양쪽 다 솔기가 벌어져서 아래쪽 가죽이 상해 있었다. 양쪽 다 삼 밀리미터도 채 되지 않는 미세한 틈이었고 구두를 벗어 놓으면 찢겨 나간 부분이 다시 오므라들기 때문에, 구두를 잘 아는 사람이 아니라면 눈에 띄지 않을 정도였다. 윗면과 밑창을 연결한 솔기도 약간 느슨해져 있었는데, 이것은 더욱 눈에 띄지 않았고 일부러 찾지 않으면 알아볼 수 없는 흠이었다. 구두를 잘 살펴보니, 양쪽 다 발가락 부분과 발 바깥쪽의 이음새가 많이 벌어져 있었다.

이 관찰을 통해 알 수 있는 사실이 있다. 구두에 비해 발이 큰 사람이 구두를 신었다는 것이다.

맨더슨이 항상 좋은 구두를 신고 작고 좁은 발에 자부심을 느끼며 잘 관리해 왔다는 것은 한눈에도 분명해 보였다. 선반에 놓인 구두 중에 비슷한 흔적이 있는 구두는 단 한 켤레도 없었다. 발이 죄는 구두를 억지로 신은 흔적은 전혀 없었다. 맨더슨이 아닌 누군가가 이 구두를 최근에 신었던 것이다. 가죽이 최근에 벌어진 것으로 보였기 때문이다.

맨더슨이 죽은 뒤에 누가 구두를 신었을 가능성은 없었다. 시체가 발견된 지 고작 스물여섯 시간밖에 되지 않았다. 게다가 그럴 이유가 없다. 맨더슨이 살아 있을 때 누가 구두를 빌려 신다가 망쳤을 가능성도 거의 없었다. 다른 구두가 저렇게 많으니 이 구두를 고를 확률이 낮기 때문이다. 또한 집에 남자는 집사와 비서 둘뿐이다. 하지만 그 순간에는 이런 가능성들을 깊이 생각해 볼 사이도 없이 온갖 생각들이 정신없이 내달리기 시작했다. 이런 사건을 수사할 때는 생각이 흘러가는 대로 내버려 두는 것이 효과적이다. 그날 아침 일찍 말스톤에서 기차에서 내린 뒤로, 나는 한순간도 주의를 흩뜨리지 않고 맨더슨 사건에 골몰해 있었다. 그러다 갑자기 괴물이 눈을 뜨고 활보하는 순간이 찾아온 것이다.

조금 더 알기 쉽게 설명하자면 업무나 취미 활동에서 까다로운 문제를 접하는 사람들에게 익숙한 심리 상태다. 복잡한 상황을 해결할 수 있는 핵심적인 실마리를 우연히, 혹은 노력으로 발견하는 순간, 두뇌가 자발적으로 신속하게 실마리에 맞춰 다른 생각들을 정렬하는 것이다. 심지어 핵심적인 실마리가 어떤 의미가 있는지

의식적으로 깨닫기도 전에 순식간에 모든 사실들이 재배치된다. 내가 의식적으로 '맨더슨이 아닌 다른 사람이 이 구두를 신었다'라고 생각하기도 전에, 이 새로운 추론에 정합되는 온갖 생각들이 머릿속에 훌쩍 날아 들어온 것이다.

맨더슨은 그날 밤 평소와 달리 위스키를 많이 마셨다. 시체가 발견되었을 때 그답지 않게 옷차림이 허술했다. 소맷동은 외투 안으로 밀려 올라가 있었고, 신발끈도 아무렇게나 묶인 상태였다. 아침에 일어나서 세수를 하지 않았고 간밤에 입었던 저녁용 셔츠와 목깃, 속옷을 그대로 입었던 것도 평소와 달랐다. 시계를 가죽 안감이 대어져 있지 않은 외투 주머니에 넣은 것도 마찬가지였다. (첫 번째 기사에서 자세히 설명한 바 있지만, 시체를 검안할 때는 나도 그렇고 어느 누구도 이 사실을 중요하게 생각하지 않았다.) 부부 사이를 감안할 때, 맨더슨이 부인에게 그날 저녁에 한 일에 대해 자세히 말한 것도 아주 묘했다. 평소 자러 가기 전에는 부인에게 거의 말을 걸지 않았기 때문이었다. 맨더슨이 틀니를 침실에 놓아둔 것도 이상한 일이었다.

그날 오전의 신문에서 읽고 관찰에서 얻은 온갖 다양한 기억 속에서 이 모든 생각들이 머릿속에 한꺼번에 떠올랐다. 구두를 뒤집는 순간, 앉아서 기사를 읽는 시간보다 더 짧은 순간에 떠오른 생각들이 그 점을 확실히 증명해 준 것이다. 근거 없이 떠오른 구체적인 명제를 의식적으로 생각해 보니 처음에는 말도 되지 않는 소리로 느껴졌다.

'그날 밤 집에 있었던 것은 맨더슨이 아니다.'

저녁에 집에서 식사를 하고 말로와 차로 집을 나선 사람은 분명 맨더슨이었다. 집안 사람들이 가까운 곳에서 그를 보기도 했다. 그러나 11시에 집에 온 사람이 과연 맨더슨이었을까? 이 질문 역시 말도 안 되는 것 같았다. 하지만 나는 이 생각을 접을 수가 없었다. 새벽에 해가 떠오르듯 한 줄기 희미한 불빛이 광활한 생각의 지평을 밝히기 시작했다. 마침 정말 해도 떠오르고 있었다. 맨더슨 흉내를 낸 사람이 맨더슨답지 않은 일들을 한 이유는 무엇인지 알아내기 위해, 나는 그대로 앉아서 방금 떠오른 생각들을 하나씩 짚어 보기 시작했다.

맨더슨의 볼이 좁은 신발을 누군가 억지로 신었을 만한 동기를 짐작하는 데는 오래 걸리지 않았다. 경찰은 발자국을 조사한다. 그러나 문제의 인물은 자기 발자국을 남기지 않는 데서 그치지 않았다. 그는 맨더슨의 발자국을 남기고 싶던 것이다. 내 추측이 맞는다면, 이 모든 계획은 그날 밤 맨더슨이 범죄 현장에 있었다는 믿음을 심기 위한 것이었다. 게다가 그는 발자국을 남기는 데 그치지 않고 구두를 남겨 둘 생각이었다. 실제로 그렇게 했다. 시체가 발견된 뒤 하녀는 맨더슨이 늘 구두를 두었던 침실 문밖에서 구두를 발견하고 닦은 뒤 오전에 선반에 넣어 두었다.

새로운 실마리의 불빛을 곰곰이 생각해 보니 이번 사건에서 가장 괴상하게 느껴졌던 틀니의 수수께끼가 곧바로 풀렸다. 틀니는 입에서 분리할 수 있는 물건이다. 내 추측이 맞는다면, 문제의 인물은 구두를 신은 이유와 마찬가지로 맨더슨이 집 안에 있었고 침실에서 잠자리에 들었다는 것을 아무도 의심하지 못하도록 틀니를 집으로 들고 와서 침실에 놓아둔 것이다. 이렇게 생각하면 진짜 맨더슨은 가짜 맨더슨이 집으로 들어오기 전에 죽었다고 추론할 수 있었다. 이를 입증하는 몇 가지 사실이 더 있다.

한 예로, 지난 기사에서 묘사되었던 옷의 위치가 그랬다. 내 추측이 맞는다면, 맨더슨의 구두를 신은 사람은 분명 맨더슨의 바지, 외투, 사냥용 재킷을 가지고 있었을 것이다. 마틴은 서재의 전화 앞에 앉아 있었던 사람이 그 재킷을 입고 있는 것을 보았다. 누구나 알아볼 수 있는 이 옷이 범인의 계획에서 핵심적인 요소인 것이 분명했다. 마틴이 언뜻 보고 그를 맨더슨으로 생각할 것이라는 점을 계산한 것이다.

그때 나는 이전에 간과했던 한 가지를 깨달았다. 맨더슨이 그날 밤 집에 있었다는 것을 전혀 의심하지 않은 탓에 나나 다른 모든 사람들이 이 점을 놓치고 있었다. 마틴은 그 인물의 얼굴을 보지 못했다. 부인도 마찬가지였다.

검시 배심에서 증언을 듣지 못했지만 보고서에 기록된 증언으로 볼 때 맨더슨 부인은 그 인물을 아예 본 적이 없었다. 그럴 수가 없었다. 이유는 이제 설명하겠다. 부인은 반쯤 잠에서 깨어 그 남자와 이야기를 나눈 것뿐이며, 내용도 한 시간 전에 살아 있던 남편과 하던 이야기의 연속이었다. 마틴은 전화기 위로 웅크리고 앉아 있는 남자의 등밖에 보지 못했다. 분명 습관적으로 하던 자세를 흉내 내었을 것이다. 또한 남자는 맨더슨의 챙 넓은 모자를 쓰고 있었다! 뒤통수와 목에는 흉내 내기 어려운 많은 특징이 있다. 미지의 인물이 맨더슨과 비슷한 체구였다면, 재킷과 모자, 흉내 내는 재주 외에는 다른 변장이 필요 없었을 것이다.

나는 이 지점에서 잠시 그 남자의 냉정함과 교묘함을 생각해 보았다. 흉내를 잘 내고 배짱이 두둑하다면 너무나 쉽고 안전한 계획이라는 것을 알 수 있었다. 이 두 가지만 갖춘다면, 예기치 못한 사건이 발생하지 않는 이상 정체가 밝혀질 위험은 없었을 것이다.

내가 결정적인 구두를 앞에 놓고 죽은 사람의 침실에 앉아서 추론해 낸 정황들로 다시 돌아가 보자. 그가 현관문 대신 창문으로 들어온 이유는 독자들도 알아차렸을 것이다. 문으로 들어오면 홀 바로 맞은편 부엌에 있던 마틴이 분명 소리를 들었을 것이기 때문에 그와 마주칠 수도 있었다.

위스키 문제도 있었다. 그때까지 난 이 점을 별로 중요하게 생각하지 않았다. 여러 식구가 있는 집에서는 술이 온갖 희한한 이유로 없어지게 마련이다. 하지만 그날 저녁처럼 사라진 것은 분명 이상했고, 마틴도 어안이 벙벙했다. 다시 생각해 보니 아마도 그런 상황에서는 친구를 찾듯 술병으로 손을 뻗을 것 같았다. 방금 사람을 죽이고, 시체의 옷을 벗기고, 지금부터 필사적으로 연기까지 해야 하는 그런 상황이라면. 분명 마틴을 부르기 전에 술을 마셨을 것이다. 계획을 쉽게 성공시키고 난 뒤 더 마셨을지도 모른다.

하지만 그는 그만두어야 할 때를 알고 있었다. 계획에서 가장 어려운 부분이 남아 있었기 때문이다. 여러 이유로 그에게 이것은 핵심적인 부분이었다. 맨더슨의 방으로 들어가서 그가 거기서 잔 것처럼 증거를 두어야 하는 것이다. 그런데 반쯤 열린 문밖에서 부인이 잠을 깨어 그를 발견할 위험이 있었다. 가능성이 크지는 않지만 그래도 얼마나 조마조마한 상황인가! 부인의 침대에서 바라보는 각도만 잘 피하면, 일어나서 문으로 가는 모습밖에 보이지 않는다. 머리가 문 옆 벽 쪽으로 향하는 부인의 침대에 누워서 맨더슨의 침실 쪽을 바라보니, 맨더슨의 침대 머리맡에 있는 수납장밖에 보이지 않았다. 게다가 이 남자는 집안 사정에 환하기 때문에 맨더슨 부인이 잠들어 있을 거라고 생각했을 것이다. 남편과 아내 사이가 서먹하다는 사실도 계산에 넣었을 것이다. 연결된 방에서 잠을 자는 등 겉으로 드러나지 않도록 계속 노력하고 있었지만, 부부를 조금이라도 아는 사람들은 속사정을 알고 있었다. 그는 맨더슨 부인이 문소리를 듣더라도 남편이 옆방에 있다는 것을 신경 쓰지 않기를 바랐을 것이다.

이러한 가정을 바탕으로, 나는 미지의 인물이 침실로 올라가서 작업에 착수하는 모습을 상상해 보았다. 가장 두려워하던 소리가 들려왔을 때 그가 받았을 충격을 생각해 보니 내 가슴이 철렁하는 것 같았다. 옆방에서 잠이 덜 깬 부인의 목소리가 들려온 것이다.

검시 배심에서 부인은 자신이 무슨 말을 했는지 잘 기억나지 않는다고 말했다. 남편에게 드라이브가 좋았느냐고 물어본 것 같다고 했다. 이때 문제의 인물은 무엇을 하고 있었을까? 내가 볼 때 이 점이야말로 의미심장한 부분이다. 화장대 앞에서 얼음처럼 굳어 자기 심장이 쿵쿵거리는 소리를 들으며 맨더슨의 목소리를 흉내 내어 부인의 질문에 대답했을 뿐만 아니라 묻지도 않은 것에 대한 설명까지 했다. 순간적으로 떠올라서 말로를 사우샘프턴에 보냈으며 그날 아침 증기선 편으로 파리로 떠나는 남자에게서 중요한 정보를 받아오라고 보냈다고 덧붙인 것이다. 아내와 오랫동안 대화가 없던 남자가 왜 굳이 아내가 별 흥미도 없을 이런 자세한 이야기를 해야 했을까? 왜 말로에 대해 자세히 말했을까?

이 정도 이야기를 했으니 추론을 다음과 같이 명확하게 정리하고자 한다. 말로의 자동차가 출발한 10시부터 11시 사이 맨더슨은 총에 맞았다. 아무도 총소리를 듣지 못했으니 저택에서 멀리 떨어진 장소였을 것이다. 시체는 집으로 운반되어 헛간 옆에 버려졌고 겉옷이 벗겨졌다. 11시경 맨더슨이 아닌 남자가 맨더슨의 신발과 모자, 재킷 차림으로 정원 창문을 통해 서재에 들어왔다. 그는 맨더슨의 검은 바지, 조끼, 외투, 입에서 꺼낸 틀니, 살인 무기를 지니고 있었다. 그는 이 물건들을 숨긴 뒤 집사를 부르고 모자를 쓴 채 문

쪽으로 등을 돌리고 전화 앞에 앉았다. 마틴이 방에 있는 동안 그는 통화에 열중했다. 그런 다음 침실이 있는 위층으로 올라가서 말로의 방에 조용히 들어간 뒤, 범행에 사용된 말로의 권총을 원래대로 벽난로 선반의 상자 안에 돌려놓았다. 그런 다음 맨더슨의 방으로 가서 신발을 문밖에 놓아두고 옷가지를 의자 위에 던져 놓고 침대 옆 그릇에 틀니를 놓고 침실에서 옷과 신발, 넥타이를 골랐다.

준비를 충분히 한 것 같으니 이쯤에서 잠시 멈추고 중요한 문제를 짚어 보기로 하자.

과연 이 가짜 맨더슨은 누구일까?

지금까지 이 인물에 대해 알아낸 사항, 혹은 거의 확실하게 추론할 수 있는 정황을 종합하여, 나는 다음과 같은 다섯 가지 결론을 이끌어 냈다.

1) 그는 죽은 사람과 가까운 사이이다. 마틴 앞에서 연기할 때나 부인에게 말할 때 실수를 하지 않았다.

2) 그는 맨더슨과 비슷한 체구다. 특히 머리를 가리고 헐렁한 옷을 입고 앉았을 때 등의 모습을 결정짓는 키와 어깨 폭이 비슷하다. 발은 맨더슨보다 약간 크다.

3) 그는 흉내 내기와 연기에 상당한 재능이 있다. 어쩌면 관련된 경험이 있을지 모른다.

4) 그는 맨더슨의 집안 사정을 세세한 것까지 알고 있다.

5) 그에게는 일요일 밤 자정이 지난 시각까지 맨더슨이 살아서 이 저택 안에 있었다는 정황을 꾸며내야 하는 절박한 이유가 있었다.

이상이 확실하거나 거의 정확하다고 생각한 사항이었다. 이 이상은 알 수 없었다. 하지만 이것으로 충분했다.

지금부터 존 말로에 대해 위의 각 항목별로 내가 본인에게서, 혹은 다른 경로를 통해 알아낸 사실을 순서대로 서술하겠다.

1) 그는 맨더슨의 개인 비서로서 사 년 동안 측근 역할을 했다.

2) 두 사람은 키가 180센티미터로 거의 같다. 둘 다 덩치가 좋고 어깨가 넓다. 맨더슨보다 이십 년 정도 어린 말로는 좀 더 마른 편이고 맨더슨은 단단한 체구였다. 말로의 신발은 여러 켤레 직접 조사해 본바 맨더슨의 신발보다 한 치수 길고 폭이 넓다.

3) 수사 첫날 오후 위에 기술한 결과를 얻어 낸 뒤, 나는 옥스퍼드 연구원으로서 연극에 관심이 많은 지인에게 다음과 같은 전보를 보냈다.

약 십 년 전 옥스퍼드에 재학했던 존 말로와 관련된 연극 정보 극비 요청. 긴급.

다음 날 아침(검시 배심일 아침) 친구가 보낸 전보가 도착했다.

말로는 삼 년 동안 옥스퍼드 대학 연극회 회원이었고 한때 회장이었음. 바돌프, 클레온, 머쿠쇼 역을 맡았음. 코미디 풍자 무대에서 연기와 흉내로 인기. 몇몇 장난 사기극을 주도함.

이 유용한 정보를 얻어낸 전보를 치게 된 계기는, 말로의 침실 벽난로 위에서 그와 두 친구가 폴스태프의 세 종자로 분장하고 찍은 사진을 발견했기 때문이었다. 사진에는 〈윈저의 즐거운 아낙네들〉의 구절이 적혀 있었고, 옥스퍼드 소재 사진관의 문장이 찍혀 있었다.

4) 맨더슨과 같이 일하는 동안 말로는 한집에서 가족처럼 살았다. 하인을 제외하면 맨더슨 일가의 집안 사정을 그렇게 자세히 알 기회가 있었던 사람이 없었다.

5) 말로가 월요일 아침 6시 30분에 사우샘프턴의 한 호텔에 도착해서 상사가 지시한 용건을 수행했다는 사실은 의심의 여지가 없었다. 상사가 실제 이런 지시를 했다고 확인할 수 있는 경로는 말로 본인과, 가짜 맨더슨이 침실에서 맨더슨 부인에게 한 이야기뿐이다. 그 뒤 말로는 차로 말스톤에 돌아와 살인 사건 소식을 듣고 엄청난 놀라움과 충격을 보였다.

이상이 말로에 대한 사실들이다. 이제 위 5번의 사실을 가짜 맨더슨에 대한 5번 결론과 결부시켜 생각해 볼 필요가 있다.

우선 한 가지 중요한 사실을 지적하고 싶다. 차에 오르기 전에 맨더슨이 사우샘프턴을 언급하는 것을 들은 사람은 말로뿐이었다. 집사가 엿들은 내용과 어느 정도 일치한다. 말로는 출발하기 전에 여행이 은밀하게 계획되어 있었으며 왜 굳이 드라이브를 하러 간다고 거짓말을 했는지는 모르겠다고 했다. 그러나 이 점은 별다른 주의를 끌지 않았다. 말로에게는 6시 30분에 사우샘프턴에 도착했다는 확실한 알리바이가 있었기 때문이다. 집사 마틴이 잠자리에 든 12시 30분 이후 저질러진 것이 분명한 살인 사건에 그가 연루되어 있다고 의심하는 사람은 없었다. 그러나 드라이브의 중간에 돌아와서 사우샘프턴 관련 이야기를 마틴과 부인에게 한 것은 맨더슨이었다. 그는 심지어 사우샘프턴의 호텔에 전화를 걸어 말로를 출장 보냈다는 사실을 뒷받침하는 질문까지 했다. 마틴이 서재에 들어왔을 때 맨더슨은 바로 이 통화에 몰두하고 있었다.

이제 이 알리바이를 생각해 보자. 맨더슨이 그날 밤 집 안에 있었다면, 그리고 12시 30분 이후 집을 떠나지 않았다면, 말로는 살인에 직접 가담했을 가능성이 없다. 이것은 말스톤과 사우샘프턴 사이의 거리 때문이다. 말로가 맨더슨의 전갈을 지니고 알려진 대로 10시에서 10시 30분 사이에 차로 출발했다면 6시 30분까지 쉽게 갈 수 있는 거리다. 그러나 아무리 늦어도 자정 전에 말스톤을 출발하지 않는다면, 평균적인 출력을 지닌 4기통 15마력 노섬벌랜드로 6시 30분까지 사우샘프턴에 간다는 것은 물리적으로 불가능하다. 그날 내가 맨더슨의 서재에서 찾아보았듯이 차를 아는 사람이 도로 지도를 펴 놓고 계산을 해 본다면, 겉으로 알려진 사실에 기반할 때 말로에게는 절대 혐의를 둘 수 없다는 데 동의할 것이다.

그러나 사실이 알려진 것과 다르다면? 만약 맨더슨이 11시에 이미 죽어 있었고 그 시각에 말로가 화이트 게이블스에서 그를 흉내 내고 맨더슨의 침실로 올라갔다면, 말로는 어떻게 다음 날 아침 사우샘프턴에 나타날 수 있었을까? 그렇다면 말로는 남의 눈에 띄지 않고 소리도 안 들리도록 몰래 집을 빠져나와서 자정 전에 차를 타고 출발했어야 한다. 한데 귀가 밝은 마틴은 12시 30분까지 식료품 저장실에서 문을 열어 둔 채로 앉아 전화벨 소리에 귀를 기울이고 있었다. 사실상 침실 층으로 이어지는 유일한 계단참에 보초가 서 있었던 것이나 다름없었다.

이 난관과 함께 우리는 수사의 마지막 핵심 단계에 접어든다. 나는 앞서 지적한 사항들을 염두에 두고 검시 배심 전날 남은 시간 내내 많은 사람들과 이야기를 나누며 내 추리의 연결 고리를 일일이 확인해 보았다. 마틴이 12시 30분까지 깨어 있었다는 사실이 유일한 약점이었다. 깨어 있으라고 지시한 것은 말로의 알리바이를 입증하기 위한 계획의 일부분이라는 것이 명백하니 분명 어딘가에 해답이 있을 것이라고 생각했다. 그 해답을 찾지 못하면, 내 추리는 무용지물이었다. 마틴이 침실로 올라갔을 때쯤 맨더슨의 침실에 들어갔던 남자는 이미 몇 킬로미터 밖의 사우샘프턴으로 향하는 도로를 달리고 있었다는 것을 증명해 내야 했다.

나는 가짜 맨더슨이 자정 전에 어떻게 집을 빠져나갔는지 설명할 수 있는 상당히 좋은 가설을 이미 가지고 있었다. 지금까지 내가 설명한 내용을 이해했다면, 독자들 중에서도 짐작한 사람이 있을지 모른다. 하지만 나는 이제부터 하려는 일을 다른 사람에게 알리고 싶지 않았다. 만일 작업중에 들킨다면 내가 어느 쪽을 의심하고 있는지 숨길 방법이 없었다. 나는 다음 날까지 기다렸다가 검시 배심이 진행되는 동안 일에 착수하기로 했다. 검시 배심은 호텔에서 열리게 되어 있었기 때문에 사건의 핵심 인물들이 모두 화이트 게이블스에 없을 것이다.

작업은 순조로웠다. 호텔에서 심리가 시작될 때 나는 이미 화이트 게이블스에서 열심히 작업을 하고 있었다. 나는 카메라를 가지고 있었다. 그리고 경찰이 잘 알고 널리 사용하며 나도 종종 사용하는 방식에 따라 증거를 찾기 위해 수색을 했다. 방법은 여기서 소개할 수 없지만, 맨더슨의 침실 서랍장 오른쪽 맨 위 서랍에서 커다랗고 또렷한, 생긴 지 얼마 안 되는 지문 두 개를 찾아 사진을 찍을 수 있었다. 밤에 커튼이 쳐진 채로 항상 열려 있는 맨더슨 부인의 침실 프랑스식 창문 유리에서도 다섯 개를 찾았다(다른 사람이 최근에 남긴 작은 지문들도 아주 많았다). 맨더슨의 틀니가 놓여 있던 유리그릇에서도 세 개를 찾았다.

나는 화이트 게이블스에서 유리그릇을 가지고 나왔다. 말로의 침실에서도 몇 가지 물건을 가지고 왔다. 매일 사용하는 몸단장 도구에는 지문이 수없이 많이 묻어 있었지만, 그중에서 가장 또렷한 지문이 찍힌 것을 골랐다. 말로가 내 앞에서 잘라낸 휴대용 일기장 조각에 자기도 모르는 사이 남긴 훌륭한 지문도 이미 가지고 있었다. 종잇조각을 보여 주면서 혹시 알아보겠느냐고 물었던 것이다. 그는 몇 초 동안 종이를 들고 있었는데 지문을 남기기에 충분했다. 나중에 이 지문도 검출할 수 있었다.

저녁 6시, 배심원이 한 사람 혹은 그 이상의 범인에 의한 살인이라는 평결을 내린 지 두 시간이 지났을 무렵 일을 마쳤다. 창문에 찍혀 있던 큰 지문 다섯 개 중 두 개와 유리그릇에 찍혀 있던 세 개는 말로의 왼손이 남긴 지문이라는 것을 알 수 있었다. 창문에 찍힌 나머지 지문과 서랍에 찍힌 지문 두 개는 그의 오른손 지문이었다.

8시에는 비숍스브리지의 사진사 H.T. 코퍼의 사진관으로 가서 말로의 지문 사진을 십여 장 만들었다. 내 앞에서 말로가 자기도 모르는 사이 남긴 지문과 자기 침실 물건에 남긴 지문은 내가 다른 곳에서 찾은 지문들과 분명히 일치했으며, 이를 통해 말로는 달리 들어갈 용무가 없는 맨더슨의 침실과 들어갈 용무가 더욱 없는 맨더슨 부인의 침실에 들어갔다는 사실을 입증할 수 있었다. 이 원고가 발표될 때 지문 사진도 같이 실을 수 있기를 바란다.

9시에는 호텔 방에 돌아와서 원고를 쓰기 시작했다. 내 이야기는 이것으로 끝이다.

다음과 같은 추론을 덧붙이면서 끝을 맺고자 한다. 살인이 발생한 날 밤 맨더슨으로 가장한 남자는 맨더슨의 침실에 있었다. 그는 마틴에게 말했듯이 맨더슨 부인에게도 말로가 지금 사우샘프턴으로 가는 중이라고 말했다. 그는 방에서 할 일을 마친 뒤 불을 끄고 옷을 입은 채 침대에 누워 맨더슨 부인이 잠들 때까지 기다렸다. 그런 다음 일어나서 시체에 입힐 옷가지와 신발을 겨드랑이에 낀 채 양말 바람으로 몰래 맨더슨 부인의 침실을 가로질렀다. 그는 커튼 뒤로 들어가서 창문을 손으로 약간 더 열고 발코니의 철 난간을 넘어서 매달렸다. 푹신한 잔디밭은 발에서 삼십 센티미터 정도밖에 떨어져 있지 않았다.

모든 과정은 그가 맨더슨의 침실에 들어간 뒤 삼십 분 안에 끝났을 것이다. 마틴의 증언에 따르면, 맨더슨이 침실에 들어간 시각은 11시 반이었다.

그 뒤의 상황은 독자와 경찰 당국의 추측에 맡긴다. 시체는 다음 날 아침 허술한 차림으로 발견되었다. 말로는 6시 30분에 사우샘프턴에 차를 타고 도착했다.

나는 말스톤 호텔의 객실에서 이 원고를 끝맺는다. 지금은 새벽 4시. 런던행 12시 기차로 비숍스브리지를 출발하여 도착하는 즉시 신문사에 원고를 넘길 예정이다. 경찰청 범죄 수사과에 내용을 전달하기 바란다.

필립 트렌트

02

괴로운 나날들

'맨더슨 사건 보수로 보내신 수표를 반송합니다.'

트렌트는 뮌헨에서 제임스 몰로이 경에게 편지를 썼다. 《레코드》에 간략한 보고서를 써 보내는 것으로 특파원 활동을 별 재미없이 마무리한 뒤 곧장 뮌헨으로 건너간 것이다.

'제가 보내 드린 내용은 이 액수의 10분의 1을 받을 가치도 없습니다. 이유는 묻지 마십시오. 이번 일로 단 한 푼의 보수도 받지 않겠다는 결심을 하지 않았다면, 아무 양심의 가책 없이 챙겼을 겁니다. 괜찮으시다면 원고료는 일반 원고처럼 분량에 따라 계산하여, 사람들에게 돈을 내놓으라고 협박하지 않는 자선 단체에 보내 주십시오. 그런 단체가 과연 있는지는 모르겠습니다만. 오랜 친구 몇몇을 만나고 생각을 정리하러 여기 왔는데, 한동안 열심히 움직여야 하는 일거리를 찾아야겠다는 생각이 가장 먼저 드는군요. 그림은 전혀 그릴 수가 없습니다. 울타리 하나 그릴 수가 없어요. 절 어딘가에 특파원으로 보내 주시겠습니까? 좋은 모험거리를 찾아 주시면 재미있는 기사를 보내 드리죠. 그런 뒤에야 차분히 정착해서 일을 할 수 있을 것 같습니다.'

제임스 경은 도시와 시골이 온통 폭동에 휩싸인 쿠를란드와 리보니아에 가 보라고 전보로 지시했다. 이곳저곳 떠돌아다녀야 하는 일이었고, 두 달 동안 트렌트는 행운을 찾아 돌아다녔다. 운은 평소에 비해 썩 나쁘지 않았다. 그는 드라기예프 장군이 볼마르의 거리에서 열여덟 소녀에게 살해당하는 장면을 목격한 유일한 특파원이 되었다. 그는 방화와 집단 폭행, 총살, 교수형을 보았다. 악정에서 탄생한 어리석은 광경 앞에서 그의 영혼은 매일 새로운 고통을 느꼈다. 며칠 밤을 위험 속에서 지냈다. 식음을 전폐하는 날도 있었다. 그러나 대책 없이 연모하는 여인의 얼굴이 아침저녁으로 눈앞에 떠오르지 않는 날은 없었다.

이 열정이 끈질기게 계속된다는 사실에 씁쓸한 자부심도 느껴졌다. 하나의 현상으로서 호기심도 들었다. 그것은 놀랍고 새로운 깨우침이었다. 이전에는 없었던 경험이었다. 그것은 그가 기록에서 접한 인간의 경험 중에서 미심쩍다고 느꼈던 것들을 증명해 주었다.

서른두 살이나 된 그가 이런 감정의 세계에 전혀 무지하다고 할 수는 없었다. 그러나 지금껏 그가 배워 알고 있던 것들은 아무런 노력과 대가 없이 얻은 것들이었고, 고통스러운 기억도 남기지 않았다. 사랑의 현실에 맞닥뜨린 지금, 그는 아직도 불가사의한 기억에 괴로워하고 있었다. 그는 여성의 특정한 약점을 묘하게 존경했고 특정한 강점에는 두려움을 가지고 살아왔다. 자기 안에 무언가가 숨어 있고, 때가 되면 그가 먼저 부르지 않아도 목소리가 들릴 거라는 막연한 믿음을 가지고 있었다.

그러나 그것이 이렇게 불길한 형태로 나타날 거라고는 생각해 본 적이 없었다. 메이블 맨더슨을 향한 감정에는 놀라운 것이 두 가지 있었다. 하나는 모든 감정의 광적인 급변이었고, 또 하나는 끝없는 절망감이었다. 이전까지 그는 짝사랑으로 평생을 괴로워한다는 이야기를 소년의 망상으로 치부하며 웃어 넘겼던 사람이었다. 이제 자신이 틀렸다는 것을 알게 되어 그 사실 속에서 괴롭게 살아가고 있었다.

상상 속에서 여인은 언제나 낭떠러지 앞에서 처음 보았을 때의 모습이었다. 눈에 띄지 않게 지나치려는 순간 그를 놀라게 했던 몸짓, 새로 얻은 자유에 대한 열정적인 기쁨의 손짓은 미망인이 된 것이 고통에서의 해방이었음을 어떤 웅변보다 또렷이 보여 주었고, 그것이 사랑하는 남자와의 행복으로 통하는 출구였는지도 모른다는 끔찍한 의심을 확고하게 해 주었다. 언제 그런 의심이 처음 들었는지는 알 수 없다. 의심의 씨앗은 아마 말로를 처음 만났을 때 뿌려졌을 것이다. 키 큰 젊은이의 눈에 띄는 힘과 우아함, 그 외모와 품위 있는 태도는 배우자가 없는 여자이건 있는 여자이건 누구나 매력을 느끼게 할 거라는 생각이 반사적으로 들었다. 말로에 대한 이런 인상이 커플스에게 들었던 맨더슨 부부의 결혼 생활과 결합해서 그의 무의식 속에 단단히 자리 잡은 것 같았다. 살인자의 정체를 알아낸 뒤 범행 동기를 찾기 시작했을 때, 이미 그런 생각은 움직일 수 없는 사실처럼 느껴졌다. 동기, 동기! 얼마나 필사적으로 암울한 생각에서 애써 고개를 돌리고 다른 동기를 찾아 헤맸던가! 트렌트와 같은 정열에 사로잡힌 말로가 부인의 불행한 진실을 알고 보스웰• 같은 죄 많은 길을 택했을지도 모른다는 생각. 그러나 수사를 계속하고 이후 사건에 대해 생각하면 생각할수록, 달리 말로가 그런 행동을 할 만한 구체적인 동기는 찾을 수가 없었다. 트렌트로서는 알 수 없는 강한 유혹, 양심의 가책이 마비된 대담한 영혼을 다급하게 짓눌렀을 유혹밖에 생각할 수가 없었다. 트렌트가 관찰한 그 젊은이는 정신이 나간 사람도, 천성이 사악한 사람도 아니었다. 그렇다고 혐의를 벗어날 수는 없었다. 한 여자를 위해 살인을 저지른다는 것은 드문 범죄가 아니지 않나! 현대의 부유층은 격정적인 욕구도 거의 없고 범죄를 탐지하는 기법을 충분히 알고 있기 때문에 이런 범죄가 드물지만, 그렇다고 전혀 하지 않는 것은 아니다. 범죄를 계획하고 실행하기 위한 두뇌와 대담함을 가지고 있으며 자신의 계획에 도취되어 있다면 얼마든지 가능하다.

그는 가슴을 졸이며 메이블 맨더슨이 남편의 살인 계획에 대해 알고 있었을 거라는 두려운 생각을 이성적으로 물리치려 수없이 애썼다. 그녀는 일이 벌어진 뒤 알아차렸으리라는 것은 의심의 여지가 없었다. 말로에 대한 질문이 직접적으로 튀어나오자 그의 앞에서 무너지던 잊을 수 없는 그녀의 모습이, 두 사람 사이에 사랑이 없을지도 모른다는 마지막 희망을 앗아가 버렸다. 어쨌든 부인은 그가 남긴 원고를 읽고 진실을 알게 되었을 것이다. 그 만남 이후에도 말로는 경찰의 용의 선상에 오르지 않았다. 그녀는 원고를 파기하고 연인의 목숨을 위협하는 비밀을 지켜 주겠다던 트렌트의 말을 믿고 있을 것이다.

한편으로는 부인이 살인 계획을 알고 있으면서 침묵을 지켰을지도 모른다는 무시무시한 생각이 머릿속을 떠나지 않았다. 그녀는 무언가를 의심했을 수도 있고, 뭔가 짐작했을지도 모른다. 처음부터 음모를 알고 있었던 게 아닐까? 말로가 부인의 방을 통해 도망쳤다는 사실을 알고 처음으로 범행 동기를 짐작했던 순간은 잊을 수가 없었다. 그때 부인을 못 본 상태였던 그는 망설이지 않고 그녀 역시 공범일 거라고 생각했다. 격정적인 히스테리 환자, 애증에 잔인한 여자, 뒤에서 남 조종하기를 즐기는 여자, 어쩌면 범행까지 조종하는 여자를 상상했다.

그는 그녀를 보고, 이야기를 나누고, 힘든 순간에 그녀를 도왔

● **보스웰** _ 스코틀랜드의 여왕이었던 메리(1542~1587)의 남편을 살해하고 그녀와 결혼했다.

다. 처음 만난 이후, 그런 의심은 사악하기 그지없는 불경처럼 느껴졌다. 그는 그녀의 눈과 입술을 보았다. 그녀가 가진 기운을 호흡했다. 트렌트는 진정한 사악함은 공기처럼 떠다니기 때문에 냄새를 맡을 수 있다고 생각하는 사람이었다. 하지만 그는 그녀와 함께 있으면 그녀가 얼마나 좋은 사람인지 확신할 수 있었다. 그런 인상은 낭떠러지 위에서 그녀가 속박에서 벗어난 기쁨에, 공감에 굶주리고 아이 없이 지낸 세월에서 놓여난 기쁨에 자신을 잊어버렸을 때 받은 인상과 조금도 모순되지 않았다. 트렌트는 부인이 그런 절망 속에서 말로에게 마음을 주었지만 그의 사악한 계획은 전혀 모르고 있었을 것이라고 믿었다.

그러나 아침저녁으로 지독한 의혹이 되살아났다. 말로가 맨더슨의 침실에서 모종의 준비를 했을 때 부인도 그 자리에 있었던 것이나 다름없었다. 그가 집에서 도망친 것은 부인의 침실 창문을 통해서였다. 과연 그는 신중함을 잃어버리고 그녀에게 계획을 털어놓았을까? 아니면 남편 행세를 하고 나서 부인이 잠든 동안 도망쳤을까? 트렌트는 후자를 더 믿고 싶었다. 부인이 검시 배심에서 증언했을 때 말로의 변장에 대해 알고 있었던 것 같지는 않았다. 그녀의 진술은 정직하게 들렸다. 혹, 부인이 방 안의 발걸음 소리와 일이 끝났다는 속삭임을 기다리고 있었던 것은 아닐까? 늘 코웃음을 쳤지만 결코 완전히 억누를 수 없는 질문이었다. 겉보기에 선량하고 솔직하고 부드러워 보이는 그녀의 마음속에도 이렇게 음침한 잔인함과 기만이 숨어 있는 것이 가능할까?

혼자 있을 때 이런 질문은 머릿속을 떠나지 않았다.

좋은 보수를 받으며 육 개월 동안 제임스 경이 제시한 일을 한 뒤, 트렌트는 파리로 돌아와서 한층 나아진 기분으로 다시 작업을 시작했다. 의욕이 되돌아왔다. 프랑스인, 영국인, 미국인, 예술가, 시인, 기자, 경찰, 호텔 지배인, 군인, 변호사, 사업가, 기타 등등의 다양한 친구들과 어울리는 생활은 생각보다 즐거웠다. 그는 타인의 관심사에 동조하는 특유의 능력으로 학생 시절처럼 사람들의 마음을 얻었다. 영국인에게는 쉽지 않은 능력이었다. 한 프랑스 가정에 맞아 들여지는 드문 경험도 다시 체험했다. 젊은 친구들에게도 깊은 신뢰를 얻었다. 십 년 전의 청년들이 그랬듯이 그들 역시 예술과 인생의 비밀을 발견했다고 확신하고 있었다.

프랑스 가정집은 예전에 지내던 곳과 비슷했다. 심지어 벽지와 가구도 같았다. 그러나 청년들은 유감스럽게도 십 년 전과 달랐다. 훨씬 깊이가 얕고 유치했으며 영리하지도 않았다. 그들이 씨름하는 우주의 비밀은 예전 청년들이 씨름하던 비밀처럼 중요하지도 흥미롭지도 않았다. 그런 생각으로 한탄하던 그는 어느 날 식당 옆자리에서 당시 그 청년 중 한 사람이었던, 여유롭고 편안한 생활로 망가진 뚱뚱한 남자의 얼굴을 알아보았다. 당시 서너 명의 친구들과 어울려 다니며 자기들을 '신新 파르나소스 산의 은자'로 일컫던 친구였다. 그들은 은자에게는 원칙상 어울리지 않는 옥외 카페 등에서 이야기를 나누곤 했다. 원칙이란 깨어지라고 있는 법이다. 그들은 시는 자유로워야 한다고 목소리를 높였었다. 하지만 신 파르나소스 산의 은자는 이제 내무부에서 일하고 있었고 훈장도 받았다. 그는 트렌트에게 프랑스가 가장 필요로 하는 것은 강력한 통치라는 의견을 피력했다. 또한 특정한 간첩 행위에 지불한 정확한 금액도 알고 있었다. 트렌트가 한 번도 들어 본 적이 없는 일들이었다.

변한 것은 관료가 된 친구들과 자기 자신이지 젊은이들은 똑같다는 오랜 진실을 그는 새삼 깨달았다. 자신이 정확히 어떤 중요한 것을 잃어버렸는지는 알 수 없었다. 어쩌면 저 쾌활함 같은 극히 단순한 것인지도 모른다.

유월 어느 아침, 뤼 드 마르티르의 언덕을 내려오고 있는데 기억에 남아 있는 얼굴이 다가왔다. 트렌트는 얼른 눈길을 돌렸다. 버너를 다시 만나고 싶지는 않았다. 이제 슬슬 창조적인 작업의 마력으로 상처가 치유되어 가는 상황이었다. 사랑하는 여인에 대한 생각도 점점 줄어들고 있었고 아픔도 차츰 사그라졌다. 사흘 동안의 기억이 되살아나는 것은 원치 않았다.

그러나 좁고 곧은 길에는 피할 곳이 없었다. 미국인은 곧장 그를 알아보았다.

버너가 마음에서 우러나오는 반가운 기색을 보이자 트렌트는 민망한 마음뿐이었다. 그도 버너를 좋아했기 때문이다. 두 사람은 식사를 함께 하게 되었다. 주로 버너가 이야기를 하고 트렌트는 귀를 기울였다. 차츰 분위기가 무르익자 트렌트는 진심으로 즐거워져서 가끔 질문이나 의견을 한마디씩 던지기도 했다. 버너라는 사람을 좋아하기도 했지만, 모르는 이야기가 계속 튀어나오는 대화 자체도 즐거웠다.

버너는 맨더슨사의 유럽 지국장으로 파리에서 상주하면서 자기 직책과 미래의 전망에 만족하는 모양이었다. 일에 대해 이십 분이나 쉬지 않고 떠들었고 일 이야기가 끝나자 그제야 트렌트의 근황에 대해 물었다. 일 년 동안 영국을 떠나 있었다는 이야기를 듣더니, 맨더슨이 죽은 직후 말로는 아버지의 사업에 뛰어들어 아주 번창시켰고 사업을 실질적으로 지휘하고 있다는 소식을 전해 주었다. 두 사람은 긴밀한 관계를 유지하며 여름휴가를 같이 보낼 계획도 짜고 있는 모양이었다. 버너는 친구의 사업 수완에 진심으로 감탄하고 있었다.

"존 말로는 총명함을 타고난 친구예요. 그 친구가 경험까지 겸비하게 된다면 절대 적으로 두고 싶지 않습니다. 나 같은 놈은 언제든지 한 손으로 주무를 거예요."

버너가 이야기를 계속하는 동안 트렌트는 점점 당혹스러워지는 기분으로 귀를 기울였다. 자신의 상황 판단에 뭔가 아주 잘못된 부분이 있었다는 것이 분명해졌다. 정작 중요한 인물에 대한 이야기는 전혀 나오지 않았던 것이다. 버너는 말로가 아일랜드 여자와 약혼했다는 소식을 전하며 매력적인 여자라고 침이 마르게 칭찬했다.

트렌트는 식탁 아래에서 양손으로 힘껏 깍지를 끼었다. 무슨 일이 벌어졌을까? 생각이 마구 흐트러지고 있었다. 마침내 그는 용기를 내어 단도직입적으로 질문을 던졌다.

버너도 아는 것이 별로 없었다. 맨더슨 부인은 남편이 죽은 뒤 정리가 끝나자마자 곧장 영국을 떴으며 이탈리아에서 한동안 살았다고 했다. 얼마 전에 런던으로 돌아갔지만 메이페어에 있는 저택에서 살지 않고 시골인 햄프스테드에 작은 집을 산 것으로 알고 있으며 사교계에는 별로 얼굴을 보이지 않는 모양이라고 말했다.

"어마어마한 돈이 흥청망청 써 줄 사람을 기다리고 있는데."

버너는 어딘가 서글픈 듯한 목소리로 말했다.

"난로에 태워도 좋을 만큼 돈을 쌓아 놓고 아무것도 안 하시네요. 맨더슨 씨의 재산 절반 이상이 부인에게 넘어가지 않았습니까. 얼마든지 세상에서 떵떵거리면서 살 수 있는데. 미인이기도 하고, 제가 만나 본 여자 중에 가장 훌륭한 분입니다. 하지만 원래부터 남들처럼 돈을 쓰는 법은 모르셨지."

말투가 독백으로 변해 갔다. 트렌트는 점점 혼자만의 생각에 빠져들고 있었다. 버너는 일이 있어서 일어나 봐야겠다고 양해를 구했고, 두 사람은 화기애애하게 헤어졌다.

삼십 분 뒤 트렌트는 작업실에 들어와서 신속하고 기계적으로 짐을 꾸리기 시작했다. 무슨 일이 있었는지 알고 싶었다. 어떻게든 알아내야 했다. 부인에게 접근하지는 않을 것이다. 마지막으로 그를 만났을 때의 굴욕감을 되새기게 하고 싶지 않았다. 직접 얼굴을 볼 일도 없을 것 같았다. 그래도, 알아야만 했다! 커플스가 런던에 있다. 말로도 거기 있다……. 어차피 파리도 이제 염증이 났다.

떠올랐다 사라지는 이런 생각들 아래에, 눈에 보이지 않는 팽팽한 끈이 심장을 인정사정없이 잡아당기고 있었다. 그 끈의 존재를 부정할 수 없다는 것을 깨달은 순간 그는 씁쓸하게 욕설을 내뱉었다. 아무짝에도 쓸모없는 헛짓거리, 한심한 짓!

스물네 시간 뒤, 허약하게 자리 잡았던 파리 생활의 뿌리가 뽑혀 나갔다. 그는 납빛의 도버 해협 위로 우뚝 솟은 번들거리는 성채 같은 절벽을 바라보고 있었다.

머릿속에서 부글거리는 온갖 충동 가운데 본능적으로 행동 방침을 정하고 있었지만 일은 처음부터 별로 진전이 없었다.

우선은 버너보다 상황을 잘 알고 있을 커플스를 만나야겠다고 마음먹었다. 그러나 커플스는 여행중이라 한 달 뒤에나 돌아올 예정이었다. 귀가를 재촉할 명분은 없었다. 말로는 최소한 상황 탐색이 끝나기 전에는 만날 생각이 없었다. 트렌트는 햄프스테드의 맨더슨 부인 집을 찾아가는 어리석은 짓은 절대 하지 않겠다고 다짐하고 있었다. 집에 찾아갈 배짱도 없었을뿐더러 몰래 주변을 어슬렁거리는 모습이 부인의 눈에 띄는 상상만 해도 얼굴이 달아올랐다.

그는 호텔에 머물면서 작업실을 빌렸다. 커플스가 돌아오기를 기다리면서 애써 일에 몰두해 보았지만 허사였다.

그렇게 일주일이 지난 뒤 한 가지 생각이 떠올라 실행에 옮겼다. 부인은 마지막으로 만났을 때 음악을 좋아한다고 했다. 트렌트는 그날 저녁부터 규칙적으로 오페라를 관람하러 다니기 시작했다. 부인을 볼 수 있을지 모른다. 조심하는데도 불구하고 부인의 눈에 띄면, 서로 못 본 척할 수도 있었다. 누구나 오페라 관람 정도는 하는 법이니까.

그는 매일 저녁 혼자 극장에 가서 객석에 앉아 있는 사람들을 최대한 빨리 훑어보았고, 부인이 오지 않았다는 것을 확인하곤 했다. 이런 습관은 찜찜한 흥분은 물론 은근한 만족감도 주었다. 그 역시 음악을 사랑했고, 음악이 흐르는 동안만큼은 더없는 평화를 느낄 수 있었기 때문이었다.

어느 날 밤 극장에서 화려한 관객들을 헤치고 들어가는 도중, 그는 팔에 무언가 와 닿는 것을 느꼈다. 그는 놀랄 만큼 확신에 가득 찬 마음으로 뒤를 돌아보았다.

그녀였다. 슬픔과 불안이 사라진 얼굴이었다. 화려한 이브닝드레스 차림으로 미소 짓는 모습은 마치 얼굴에 환히 불을 밝힌 것 같았다. 그녀 역시 약간 숨을 가쁘게 쉬고 있었다. 인사를 건네는 부인의 눈동자와 뺨에 대담한 빛이 스쳤다. 인사는 간단했다.

"트리스탄은 한 음도 놓칠 수 없어요. 당신도 마찬가지겠죠. 막간에 제가 있는 곳으로 와 주세요."

그녀는 박스석의 번호를 알려 주었다.

폭발

그녀와 재회한 후의 두 달은 트렌트의 인생에서 떠올릴 때마다 몸서리쳐지는 기억이었다. 그동안 부인을 대여섯 번 만났지만, 만날 때마다 냉랭한 우정과 계산적으로 줄다리기를 하는 그녀의 태도에 당혹스러웠고 미칠 듯이 초조했다. 그들은 단순한 지인도 아니었고 친근감이 싹트는 관계도 아니었다.

그들이 재회한 날 놀랍게도 부인은 그가 어린 시절부터 알아 왔던 쾌활한 월러스 부인과 함께 극장에 와 있었다. 맨더슨 부인은 이탈리아에서 돌아온 뒤 트렌트가 예전부터 알고 지냈고 마음도 잘 맞는 지인들과 어울리기 시작한 것 같았다. 같은 동네에 살게 된 것이 인연이 되었다고 했다. 트렌트의 친구 몇몇도 맨더슨 부인과 이

웃이었다. 그날은 그답지 않게 얼굴을 붉히고 안절부절못하며 발트 제국에서의 모험담을 주절거리던 끔찍한 기억만 어렴풋이 남아 있었다. 가끔은 월러스 부인만 바라보며 이야기를 하기도 했다. 박스석으로 찾아갔을 때 맨더슨 부인은 통로에서 보였던 미묘하게 동요하는 기색을 전혀 내비치지 않았다. 부인은 여행 이야기, 런던에 자리 잡은 이야기, 둘 다 공통으로 알고 있는 사람들 이야기를 유쾌하게 했다.

오페라 후반부에 박스석에 남아 부인 뒤쪽에 앉아 있는 동안, 트렌트의 눈에는 그녀의 뺨의 선과 풍성한 머리칼, 어깨와 팔의 선, 쿠션 위에 놓인 손만 보일 뿐 다른 것은 아무것도 의식할 수 없었다. 그렇게 바라보고 있노라니 검은 머리카락이 그를 치명적인 모험으로 끌어들이는, 길도 없고 깊이를 가늠할 수도 없는 매혹적인 숲처럼 보이기 시작했다……. 오페라가 끝나고 트렌트는 창백한 얼굴로 침울하게 격식을 차리며 부인과 작별했다.

다음번에 부인을 본 것은 둘 다 손님으로 초대된 시골 별장이었다. 그때에는 그도 마음의 준비가 되어 있었다. 그는 부인의 태도에 맞춰서 점잖게 처신했다. 하지만…….

하지만 그는 당혹과 회한, 열망에 찬 고뇌의 나날을 보내고 있었다. 부인의 태도에서는 아무것도 읽을 수가 없었다. 부인이 원고를 읽었다는 것, 화이트 게이블스에서 그가 던진 마지막 질문 속에 들어 있던 의미를 이해했다는 것은 의심할 여지가 없었다. 한데 어떻게 아무 상처도 주지 않은 세상 모든 남자들을 대하듯 솔직하게 그를 대할 수 있을까?

겉으로 드러나는 태도에서는 내색하지 않았지만, 트렌트는 부인이 상처 입었고 그의 말뜻을 이해했다는 것을 직감적으로 꿰뚫어 볼 수 있었다. 몇 번 잠시 따로 이야기할 기회가 있었다. 부인이 그 화제에 접근할 때마다 그는 직감적으로 눈치채고 두려움 때문에 이야기를 다른 곳으로 돌렸다. 그는 두 가지 결심을 했다. 첫째는 런던에서 해야 하는 일이 끝나면 곧장 멀리 달아나겠다는 것이었다. 부담감이 너무 심했다. 더 이상 진실을 알고 싶어 애가 타지도 않았다. 그는 자신이 실수했다는 것을, 상황을 잘못 파악하여 부인의 눈물을 오해하고 남을 비방하는 어리석은 글을 남겼다는 것을 확신하고 있었다. 그 사실을 굳이 부인에게 확인받고 싶지 않았다. 말로가 맨더슨을 살해한 동기에 대해서도 더 이상 생각하지 않았다. 커플스가 런던에 돌아왔을 때도 그는 아무것도 묻지 않았다. 자신이 남편에게 묶여 있다고 생각하는 이상 그녀는 남편과의 불화를 절대 인정하지 않을 거라고 힘주어 말하던 커플스의 말이 아직 기억에 남아 있었다. 그의 말이 옳았다. 트렌트는 블룸즈버리에 있는 커플스의 커다란 묘지 같은 집에서 맨더슨 부인을 만났고, 저녁 내내 베를린에서 온 고고학 교수와 이야기를 나누었다.

또 다른 결심은 부인과 단둘만 있지 않겠다는 것이었다.

그러나 며칠 뒤, 다음 날 오후 집으로 찾아와 달라는 부인의 편지를 받았을 때 트렌트는 굳이 거절할 핑계를 찾지 않았다. 이것은 공식적인 도전이었기 때문이었다.

예법대로 차를 대접한 뒤, 부인은 트렌트가 늘어놓는 일상적인 화제에 자연스럽게 어울리기 시작했다. 부인이 그를 몰아세우고 심각한 대화를 하려다가 마음을 바꾼 게 아닌가 하는 희망이 일기 시작했다. 그녀는 어디를 보나 태연한 얼굴로 미소 짓고 있었다. 오페라 극장에서의 그날 밤 이후 여러 번 떠올랐던 브런즈윅의 공주에 대한 옛이야기가 떠올랐다.

'그녀의 입술은 영혼을 뒤흔드는 수만 가지 마력을 지녔네.'

부인은 아름다운 응접실을 두루 구경시켜 주고 이런저런 골동품상에서 발견한 전리품들을 하나씩 들어 보이며 가게를 들락거리고 물건을 발견해 값을 깎은 뒷이야기를 웃으면서 늘어놓았다. 트렌트는 예전에 다른 집에서 그녀가 자신이 좋아하는 곡을 연주하는 것을 들은 적이 있다며 연주해 달라고 청했다. 그녀는 선선히 수락했다.

부인의 연주 솜씨는 완벽했고, 전에 들었을 때보다 더 깊은 감정으로 가득 차 있었다.

"부인께서는 타고난 음악가입니다. 연주를 듣기 전부터 알고 있었습니다."

트렌트는 연주가 끝나고 마지막 음이 잦아들자 조용히 말했다.

"기억도 안 나는 어린 시절부터 연주를 했어요. 제게는 아주 큰 위안이 된답니다.”

부인은 미소 지으며 그를 반쯤 돌아보았다.

“언제 제게서 음악을 느끼셨죠? 아, 오페라 관람할 때겠군요. 하지만 그것으로는 알 수 없지 않나요?”

“네.”

그는 방금 끝난 음악의 감흥에서 헤어 나오지 못하고 멍하니 말했다.

“처음 봤을 때부터 알았습니다.”

문득 트렌트는 자기가 무슨 말을 했는지 깨닫고 그 자리에서 얼어 버렸다. 처음으로 과거가 되살아난 것이다.

잠시 침묵이 흘렀다. 맨더슨 부인은 트렌트를 바라보다 얼른 시선을 피했다. 그녀의 뺨에 핏기가 오르기 시작했다. 그녀는 휘파람을 불려는 듯 입을 오므렸다. 하지만 다음 순간 부인은 도전적으로 어깨를 움직이더니 갑자기 피아노 의자에서 일어서서 트렌트 맞은편의 의자에 앉았다.

“제가 하고 싶었던 말을 꺼내 주시는군요.”

부인은 신발 끝을 바라보며 천천히 입을 열었다.

“오늘 여기로 오시라고 청한 이유가 있어요, 트렌트 씨. 전 더 이상 참을 수가 없었어요. 화이트 게이블스에서 그렇게 떠나신 뒤로, 전 당신이 그 일과 관련해서 절 어떻게 생각하든 상관없다고 애써 다짐했답니다. 다른 사람들에게 무슨 말을 하고 다닐 분도 아니고, 원고를 폐기하는 이유도 말씀하셨으니까요. 전 그게 무슨 문제냐고 저 자신에게 물었어요. 하지만 문제라는 대답이 돌아왔답니다. 아주 큰 문제라고. 왜냐하면 당신의 생각은 사실이 아니니까요."

부인은 눈을 들고 그의 시선을 침착하게 바라보았다. 트렌트는 아무 표정 없는 얼굴로 부인의 눈을 마주 보았다.

"부인을 알게 되면서 저도 더 이상 그렇게 생각하지 않게 되었습니다."

"고마워요."

맨더슨 부인은 갑자기 얼굴을 빨갛게 붉혔다. 그리고 장갑을 만지작거리며 나직하게 말을 이었다.

"전 당신이 진실을 아셨으면 해요. 당신을 다시 만나게 될지 알 수는 없었지만, 언젠가 만나게 된다면 꼭 이 이야기를 해야겠다고 생각했어요. 이해심이 많은 분인 것 같아서 힘들지 않을 거라고 생각했지요. 결혼 생활을 해 본 여자라면 필요할 때 이런 문제를 입에 올리는 것이 결혼 전만큼 어렵지 않아요. 그런데 이렇게 다시 만나고 보니 역시 어렵네요. 트렌트 씨 때문인 것 같아요."

"왜 그렇습니까?"

그는 조용히 물었다.

"모르겠어요. 알 것 같기도 해요. 당신이 그런 일은 전혀 생각해 본 적도, 상상해 본 적도 없는 것처럼 절 대하셔서 그럴 거예요. 전 당신을 만나면 제게 지난번 마지막 질문을 던졌을 때처럼 딱딱하고 무시무시한 눈길로 바라볼 거라고 생각하고 있었거든요. 기억하시죠? 화이트 게이블스에서. 한데 다른 사람들과 똑같이 대하시더군요. 그냥…….”

부인은 망설이며 손바닥을 폈다.

“그냥 잘 대해 주셨어요. 그래서 오페라 극장에서 처음 이야기를 나눈 뒤에는 집으로 돌아오면서 날 못 알아본 게 아닐까 생각했어요. 그러니까, 얼굴은 기억하는데 누구인지는 기억 못 하는 거요.”

자기도 모르게 짤막한 웃음이 입에서 새어 나왔다. 하지만 그는 아무 말도 하지 않았다.

그녀도 씁쓸하게 미소 지었다.

“아니, 제 이름을 말하지 않으셔서 기억 못 하는 게 아닐까 생각했답니다. 하지만 그다음 번 아이어턴에서 만났을 때 이름을 부르시기에 아시는구나 했죠. 그러는 동안 몇 번이나 말을 꺼내려고 했는데 못 했어요. 당신이 그 이야기를 원치 않는다는 생각도, 꺼내려고 하면 다른 이야기로 화제를 돌리는 것 같다는 느낌도 조금씩 들었고요. 제 말이 맞지 않나요? 말해 주세요.”

트렌트는 고개를 끄덕였다.

“왜죠?”

그는 침묵을 지켰다.

"음, 그러면 우선 제 이야기부터 할 테니까, 다 듣고 왜 그랬는지 말씀해 주세요. 당신이 이 화제를 원치 않는다는 걸 깨닫고 나니까 어느 때보다 더 결심이 굳어졌어요. 설사 당신이 싫어하신다 해도 전 말해야겠어요. 당신이 생각한 대로 제게 죄가 있다면 그렇게 할 수 있을 리가 없잖아요. 당신은 제가 이렇게까지 결심한 줄 모르고 오늘 이 집에 들어오셨겠지요. 그래도 이제 들어 주세요."

망설이던 기색은 완전히 사라져 있었다. 부인의 말투는 열성적이었고, 오랫동안 그녀를 괴롭혀 온 오해를 뿌리 뽑고자 하는 열의에 넘쳐 대화를 주도하고 있었다.

"당신이 어디서 실수하셨는지 말씀드리고 싶어요."

트렌트는 무릎 사이에 두 손을 깍지 끼고 혼란스러운 표정으로 계속 그녀만 쳐다보았다.

"제 말이 한 점의 거짓도 없는 진실이라는 걸 믿어 주셔야 해요, 트렌트 씨. 혼란과 비밀, 오해, 자연스러운 실수가 겹친, 있는 그대로의 진실이에요. 먼저 그런 결론을 내렸다고 해서 당신을 원망한 적은 단 한 번도 없다는 걸 알아주세요. 당신은 제가 남편과 사이가 좋지 않았다는 걸 알고 있었고, 그런 경우 종종 어떤 일이 벌어지는지도 아시잖아요. 제가 말하기도 전에 남편이 나에 대해 감정이 상해 있었다는 것도 알았을 거예요. 그걸 설명하려던 제가 어리석었죠. 사실 진실을 깨닫기 전만 해도 저 자신도 그렇게 믿고 있었어요. 제가 사교계에서 두각을 나타내지 못해서 남편이 실망했다고 말씀드렸죠. 음, 그건 맞아요. 사실이에요. 하지만 당신은 믿지 않는 것 같더군요. 당신은 제가 한참 걸려 알아차린 것을 단번에 추측하셨으니까. 제가 너무나 비이성적이라고 생각해서 차마 떠올리지도 못하고 있던 것. 네, 남편은 존 말로를 질투했어요. 당신이 알아내신 거예요.

그런데 당신이 그 말을 했을 때 저는 바보처럼 굴었어요. 제겐 엄청난 충격이었답니다. 모든 굴욕과 긴장이 마침내 끝났다고 생각하고 있었으니까, 남편의 망상도 그와 함께 죽었다고 생각했으니까. 남편의 비서가 제 애인이 아니냐고 물으셨죠, 트렌트 씨……. 이 말은 해야 해요. 제가 왜 그렇게 무너져서 흉한 꼴을 보였는지 이해하셔야 하니까요. 당신은 제 반응을 자백으로 받아들였어요. 저한테 부정의 죄가 있다고. 어쩌면 살인에 동의했거나 공범일지도 모른다고 생각하셨을 거예요……. 제겐 정말 상처였어요. 하지만 그 상황에서 당신이 달리 생각할 수가 있었을까요. 아마 그럴 수 없었겠죠."

지금까지 부인의 얼굴에서 시선을 떼지 않고 있던 트렌트는 이 말에 고개를 숙였다. 그가 바닥만 내려다보고 있는 동안 부인은 말을 이었다.

"하지만 그날 제가 그런 모습을 보인 건 단순히 충격과 괴로움, 미치광이 같은 의심 때문에 겪어야 했던 모든 고통의 기억 때문이었어요. 정신을 차려 보니 이미 당신은 가고 없더군요."

부인은 일어나서 창가의 책상으로 다가가더니 서랍을 열쇠로 열고 밀봉된 긴 봉투를 꺼냈다.

"당신이 두고 간 원고예요. 몇 번이나 읽었답니다. 다른 사람들처럼 저도 당신이 이런 일에 얼마나 머리가 비상한지 항상 신기했어요."

장난기 어린 희미한 미소가 잠시 떠올랐다가 사라졌다. 부인은 말을 이었다.

"아주 탁월한 추리였어요, 트렌트 씨. 제 이야기라는 것조차 잊을 정도로 재미있었답니다. 이 말씀은 꼭 드리고 싶은데, 한 여자의 평판이 땅에 떨어지지 않도록 빛나는 실적을 포기한 당신의 관대하고 신사적인 행동에 제가 얼마나 감사하는지 몰라요. 당신의 추측이 사실이었다면 이걸 경찰에게 넘기는 순간 사실이 모두 밝혀졌겠죠. 트렌트 씨, 전 당신이 어떤 행동을 하셨는지 알고 있어요. 당신의 의심을 받고 심장이 터질 것 같았던 순간에도 그것만은 늘 감사했습니다."

감사의 말을 할 때 부인의 목소리는 약간 떨렸고 눈이 빛났다. 하지만 트렌트는 알지 못했다. 그는 아직도 고개를 숙이고 있었다. 말이 들리지도 않는 것 같았다. 부인은 무릎 위에 손바닥을 위로 한 채 펼친 그의 손바닥에 봉투를 올려놓았다. 부드러운 손길에 그는 고개를 들었다.

"부디……."

그는 천천히 입을 열었다. 부인은 그의 앞에 서서 손을 들었다.

"아뇨, 트렌트 씨. 먼저 제가 말을 끝내게 해 주세요. 이제야 속을 털어놓게 돼서 얼마나 마음이 놓이는지 몰라요. 말을 꺼냈다는 뿌듯함이 가시기 전에 빨리 이야기를 끝내고 싶습니다."

그녀는 일어났던 자리에 다시 앉았다.

"지금부터 아무도 모르는 이야기를 할까 해요. 숨기려고 최선을 다했지만, 우리 부부 사이에 무슨 일이 생겼다는 건 다들 알고 있었을 거예요. 하지만 남편이 무슨 생각을 하고 있는지 아는 사람은 아무도 없었을 거예요. 절 아는 사람들은 제가 그런 짓을 할 거라고는 상상도 못 할 겁니다. 남편의 망상은 정말 근거 없고 어처구니없는 생각이었어요. 제가 어떤 상황이었는지 말씀드리죠. 말로 씨가 우리 집에 처음 왔을 때부터 저는 그와 친하게 지냈어요. 영리한 분이었지요. 남편은 늘 그가 자기가 아는 어떤 사람보다 예리한 두뇌의 소유자라고 말하곤 했어요. 제 눈에는 그냥 소년처럼 보였답니다. 제가 나이가 조금 더 많기도 하고, 그가 야심이 없는 면이 귀엽게 보여서 더욱 그렇게 느꼈을 거예요. 하루는 남편이 말로의 가장 좋은 점이 뭐라고 생각하느냐고 묻기에 별생각 없이 이렇게 대답했죠.

'예의 바른 게 좋아요.'

남편이 기분 나쁜 표정을 지어서 난 놀랐어요. 한참 있다가 이러더군요.

'그래, 말로는 신사지. 맞아.'

남편은 날 쳐다보지도 않더군요.

그 뒤로는 그런 이야기를 나눈 적이 없었지요. 일 년 전이었어요. 말로는 한 미국 여자와 열렬히 사랑에 빠졌죠. 전 예상하고 있던 일이었어요. 하지만 한심하게도 하필 우리가 만난 많은 여자들 중에 가장 한심한 여자를 골랐더군요. 돈 많은 집에서 멋대로 자란 딸이었죠. 아주 예쁘고, 교육도 잘 받았고, 스포츠에 능숙하며 자기 자신의 즐거움 말고 다른 건 전혀 관심이 없는 여자였어요. 제가 아는 여자 중에 가장 제멋대로고 정말 약삭빠른 여자였어요. 다른 사람들도 그런 점을 다 알고 있었으니 말로도 아마 들었을 텐데, 그래도 완전히 빠져 버렸답니다. 여자가 실제로 어떻게 했는지는 모르지만 상상은 돼요. 물론 그 여자도 말로를 좋아했지만, 제 눈에는 그를 가지고 노는 게 뻔히 보였답니다. 정말 한심한 관계라 짜증이 많이 났어요. 하루는 레이크 조지 근처의 별장에 있을 때 제가 같이 배를 타자고 말로를 불러냈어요. 전에는 둘만 오래 있었던 적이 없었어요. 보트에서 제가 이야기를 꺼냈죠. 저는 아주 좋게 말했다고 생각하는데, 말로는 잠자코 들었지만 한마디도 믿지 않았어요. 제가 앨리스를 오해하고 있다고 건방진 소리까지 하더군요. 가진 게 거의 없다는 걸 알고 있었기 때문에 앞으로 어떻게 살 거냐고 물었더니, 그 여자가 자길 사랑해 준다면 출세할 수도 있다고 했어요. 그 친구만 한 능력과 인맥이라면 가능했겠죠. 두루 아는 사람도 많고 인기도 있는 친구니까요. 얼마 지나지 않아 현실을 깨닫게 됐지만…….

호숫가에 돌아오자 남편이 배에서 내리는 걸 도와줬어요. 말로에게 뭐라고 농담도 했던 기억이 나요. 말로에 대한 남편의 태도는 변하지 않았어요. 남편이 말로와 저 사이를 어떻게 생각하고 있었는지 알아차리는 데 그렇게 오래 걸린 게 그 때문이겠죠. 그날 밤 남편은 말수가 적고 조용했어요. 화를 내지는 않았어요. 그런 오해를 하게 된 뒤로 늘 차갑고 무표정했죠. 저녁 식사 후에 나한테는 단 한 마디밖에 하지 않았어요. 말로가 켄터키의 농장에서 산 말 이야기를 하고 있었는데, 남편이 나를 보더니 이러더군요.

'말로가 신사인지는 몰라도 말 거래에서는 양보가 없더군.'

이 말에 놀랐지만, 그때는 남편이 무슨 생각을 하는지 몰랐어요. 우리 둘이 같이 있는 모습을 남편이 두 번째로 봤을 때도요. 말로가 그 여자에게 약혼을 축하해 달라는 귀여운 편지를 받은 아침이었죠. 아침 식탁에서 얼굴이 좋지 않기에 어디가 아픈 줄 알고 나중에 그의 사무실에 가서 무슨 일이냐고 물었어요. 말로는 아무 말 없이 편지만 내밀고 창가로 돌아서더군요. 그 여자와 관계가 끝난 건 반가웠지만, 한편으로는 안쓰러운 마음이었죠. 제가 뭐라고 말했는지는 기억이 나지 않는데, 정원을 내다보고 있는 말로의 팔에 손을 대고 있었던 기억은 나요. 그때 남편이 서류를 들고 열린 방문 앞에 나타났어요. 남편은 우리를 흘끗 보더니 그냥 돌아서서 조용히 서재로 들어갔어요. 난 남편이 내가 말로를 위로하는 말을 듣고 자리를 피해 준 거라고 생각했죠. 말로는 남편이 나타났다 사라진 걸 보지도 못하고 듣지도 못했고요. 그날 아침 남편은 내가 외출해 있는 동안 서부로 떠났어요. 그때도 전 몰랐어요. 업무 일정이 있으면 종종 그렇게 훌쩍 떠나곤 했으니까요.

일주일 뒤 그가 돌아온 뒤에야 난 상황을 깨달았답니다. 남편은 창백하고 낯선 표정이었어요. 날 보자마자 말로가 어디 있느냐고 묻더군요. 묻는 말투를 듣는 순간 모든 것을 깨달았어요.

난 입을 떡 벌렸어요. 분해서 어쩔 줄을 모르겠더군요. 다른 사람이 내가 공공연히 남편과 헤어지고 다른 사람에게 갈 수 있는 여자라고 말했다면 차라리 신경을 안 썼을 거예요. 오히려 내가 그럴 수도 있다고 맞장구를 쳤을 테니까. 하지만 그 근거 없는 의심이라니……. 남편이 신뢰하는 남자와…… 은밀하게. 눈앞이 캄캄하더군요. 자존심이 상해 몸이 부르르 떨렸어요. 난 남편이 의심하고 있다는 걸 알아차린 내색을 절대 하지 않기로 그 자리에서 결심했어요. 지금까지와 똑같이 행동하겠다고 다짐했죠. 마지막까지 그렇게 했고요. 우리 사이에 절대 무너뜨릴 수 없는 벽이 쌓인 건 알고 있었고 설사 남편이 용서를 구하고 내가 용서했다 해도 돌이킬 수 없었을 겁니다. 그러나 단 한 번도 그런 변화를 느끼고 있다는 걸 겉으로 내보이지 않았답니다.

그렇게 계속된 거예요. 다시 그때로 돌아가면 절대 못 할 것 같아요. 남편은 저와 둘만 있을 때는 차갑고 냉정하고 말이 없었고, 되도록 그런 자리를 만들지 않으려고 했어요. 절대 자기 속을 털어

놓지 않았지만, 난 느꼈죠. 그도 내가 느꼈다는 걸 알고 있었을 거예요. 둘 다 고집스러웠죠. 남편은 말로에게 오히려 전보다 더 친근하게 굴었어요. 왜 그랬는지 누가 알겠어요? 그가 복수 같은 걸 계획하는 게 아닌가 하는 생각도 들었지만, 그건 그냥 제 상상이었고요. 분명 말로는 남편이 무슨 의심을 하는지 몰랐을 거예요. 그와 전 계속 좋은 친구 사이였지만, 그가 실연한 뒤로 개인적인 이야기는 나누지 않았어요. 하지만 예전과 다르게 그를 피한다거나 하지는 않았죠. 그러다 우린 영국으로 건너와서 화이트 게이블스로 갔고, 그런 뒤…… 남편은 그렇게 죽은 거예요."

부인은 마무리를 짓듯 오른손을 내밀었다.

"나머지는 다른 사람들보다 더 자세히 아실 거예요."

그녀는 묘한 눈빛으로 트렌트를 올려다보았다.

그 눈빛이 무슨 의미일까 하는 궁금증이 일었지만 언뜻 스쳐가는 생각일 뿐이었다. 그의 가슴은 고마움으로 넘실대고 있었다. 얼굴에 활기가 돌아왔다. 부인을 다시 만나면서 이미 화이트 게이블스에서 상상만으로 쌓아 올린 추론을 의심하게 되었듯이, 이야기를 마치기 한참 전부터 그는 그녀의 말이 사실이라는 것을 느끼며 기뻐하고 있었다.

"어떻게 사과의 말을 꺼내야 할지 모르겠습니다. 헛된 의심으로 독단적이고 터무니없는 실수를 저질러서 얼마나 부끄럽고 창피한지 표현할 말이 없습니다. 네, 의심했습니다. 당신을! 제가 얼마나 어리석은 바보인지 잊고 있었습니다. 가끔 혼자 있을 때면 그 실수가 떠올라서 저 자신에게 경멸을 퍼붓곤 했습니다. 진실이 무엇인지 생각해 보았고, 스스로를 변명하려고도 했습니다."

부인은 얼른 말을 막았다.

"무슨 말씀을! 그런 말씀 하지 마세요, 트렌트 씨. 수수께끼의 해답을 제게 건네주시기 전에 당신은 저를 단 두 번밖에 못 보셨잖아요."

부인의 얼굴에 다시 묘한 표정이 떠올랐다 사라졌다.

"당신 같은 분이 저 같은 여자의 얼굴에 커다랗게 결백하다는 글씨라도 적혀 있는 것처럼 행동하시는 게 더 우습죠. 겨우 두 번 만난 사람이지만 절대 나쁜 짓을 했다고 생각할 수 없다는 식으로."

트렌트는 약간 격하게 내뱉었다.

"저 같은 사람이라니, 무슨 뜻입니까? 제가 정상적인 본능조차 없는 사람이라는 뜻입니까? 당신이 타인의 눈에 단순하고 속이 들여다보이는 인간이라는 뜻은 아닙니다. 캘빈 버너가 펼쳐 놓은 책 같다고 표현할 만한 사람 말입니다. 그럴듯한 증거가 있는데도 당신을 모르는 사람이라면 사악한 짓을 저지를 여자가 아니라고 생각할 거라는 말도 아닙니다. 단지 내가 하려는 말은, 당신을 봐 왔고 당신이 풍기는 기운을 호흡하고서도 당신을 내가 상상한 그런 범죄에 결부시킬 수 있는 남자는 바보라는 뜻입니다. 자신의 감각을 믿지 못하는 바보……. 제가 그 화제를 피하려고 했다는 말씀은, 사실입니다. 그건 도덕적인 비겁함이었습니다. 당신이 그 문제를 분명하게 해명하고 싶어 한다는 것을 알면서도, 상처를 줬던 제 실수를 입에 올리는 것이 두려웠습니다. 전 그런 일이 없었던 것처럼 행동하려고 노력했습니다. 당신이 아무 말 없이도 절 용서해 주시길 바랐습니다. 전 이런 자신을 용서할 수가 없고, 절대 용서하지 않을 겁니다. 하지만 당신이 알아주신다면……."

그는 갑자기 말을 끊고 조용히 덧붙였다.

"방금 드린 말씀을 사죄로 받아 주시겠습니까? 잘못에 비해 옹색하기 그지없지만…… 흥분할 생각은 없었습니다."

그는 민망하게 말을 맺었다.

맨더슨 부인은 웃었다. 그 웃음에 마음이 가벼워졌다. 이제 그도 폭포처럼 쏟아지는 그녀 특유의 명랑한 웃음을 잘 알고 있었다. 오직 그 소리가 듣고 싶어서 그녀를 웃기려고 한 적도 많았다.

"하지만 전 당신이 흥분하는 모습을 보는 게 좋아요. 한참 허공에 떠 있다가 갑자기 땅에 쿵 떨어지는 모습이 재미있거든요. 아, 우리 둘 다 웃고 있네요. 어떻게 이야기해야 할까 그렇게 걱정했는데, 이렇게 유쾌하게 해명이 끝나다니. 이제 끝났어요. 이런 이야기는 다시 하지 말기로 해요."

트렌트도 진심으로 마음을 놓은 말투였다.

"저도 그랬으면 좋겠습니다. 이렇게 친절하게 대해 주시니 하는 말이지만, 저도 당신에게 번개로 절 거듭 내리쳐 달라고 고집할 만큼 고결한 놈은 아니거든요. 이제 전 가 봐야겠습니다, 맨더슨 부인. 이런 이야기를 하다가 다른 화제를 꺼내는 건 아무래도 어색할 테니까요."

그는 일어섰다.

"맞아요. 아니, 잠깐! 한 가지 더 있어요. 아까 하던 이야기의 일부예요. 말이 나온 김에 조각들을 전부 맞춰 보는 게 좋겠어요. 다시 앉아 보세요."

부인은 트렌트의 원고가 들어 있는 봉투를 탁자에서 집어 들었다.

"난 이 원고에 대해 이야기하고 싶어요."

트렌트는 눈썹을 치켜올리며 묻는 듯한 얼굴로 그녀를 보았다.

"그러시다면, 저도 마찬가집니다. 저도 아주 궁금한 게 한 가지 있어요."

그는 천천히 말했다.

"말씀하세요."

"원고의 내용은 전부 제 머릿속에만 있던 상상에 불과했습니다. 왜 원고를 사용하지 않으셨습니까? 제가 당신에 대해 오해했다는 것을 깨닫기 시작했을 때, 부인이 침묵하는 것은 한 남자의 목에 밧줄을 거는 행동을 차마 할 수 없어서라고 해석했습니다. 그가 무슨 짓을 했건 말입니다. 그런 기분은 저도 이해할 수 있고요. 맞습니까? 부인이 말로의 행동을 정당화하거나 용서할 수 있는 뭔가를 알고 계실 수도 있다는 가능성도 생각해 봤습니다. 아니면 인간적인 동정 때문이 아니라 살인 사건 재판 때문에 이목을 끄는 것이 싫어서 그럴 수도 있다고도 생각했습니다. 이런 사건에서 핵심 증인은 사실상 증언을 강요받는 경우가 많으니까요. 교수대 그림자만 보아도 치욕을 당한다는 기분이 들 수도 있는 일입니다."

맨더슨 부인은 미소를 굳이 감추지 않고 봉투로 입술을 톡톡 두드리고 있었다.

"한 가지 당신이 생각하지 못한 가능성이 있는 것 같은데요, 트렌트 씨."

"그럴 리가."

그는 어리둥절했다.

"당신이 제게 그랬듯이 말로에 대해서도 오해하고 있었다는 가능성은 생각해 보지 않으셨나요? 아니, 아니. 증거가 완벽했다는 말씀은 하실 필요 없어요. 저도 알고 있으니까. 하지만 무엇에 대한 증거였나요? 말로가 그날 밤 남편 흉내를 내고 제 방 창문으로 도망쳐서 알리바이를 만들었다는 증거였죠. 당신의 원고를 거듭 읽어 보았는데, 트렌트 씨. 그것만큼은 의심할 여지가 없었어요."

트렌트는 눈을 가늘게 뜨고 부인을 응시했다. 잠시 침묵이 흘렀지만 그는 아무 말도 하지 않았다. 맨더슨 부인은 생각을 정리하는 듯 치맛자락을 가다듬었다.

그녀는 마침내 입을 열었다.

"당신이 저한테 준 원고를 이용하지 않은 것은, 그 사실이 말로에게 치명적으로 작용할 가능성이 매우 높아서였어요."

"이해합니다."

트렌트는 억양 없는 목소리로 말했다.

부인은 이성적인 눈길로 그를 올려다보았다.

"저는 그가 결백하다는 걸 알고 있었기 때문에 그런 위험에 처하게 할 수는 없었어요."

다시 침묵이 흘렀다. 트렌트는 부인의 말을 곱씹어 보는 척하며 턱을 문질렀다. 속으로는 이런 생각이 오가고 있었다. 올바르고 적절한 행동이었다. 여성적인 행동이었고, 그녀가 여성스러운 것이 더 좋았다. 명료한 이성적 판단보다 친구의 인간성에 대한 믿음을 우위에 두는 것은 얼마든지 용납되는 일이다. 그러나 어딘가 마음에 걸렸다. 믿음을 나타내고자 한다면 저렇게 단정적인 표현을 쓰지 않는 게 좋을 텐데. 결백하다는 것을 '알고 있다'는 표현은 비합리적이다. 그녀답지도 않았다. 이성을 통해 불쾌한 현실을 직시해야 할 때 비이성을 선택하는 것은 여성적인 습성이고 맨더슨 부인에게 그런 습성이 있다 해도, 그녀는 다른 어떤 여자보다 더 좋은 표현으로 포장할 줄 아는 사람이었다.

그는 마침내 말했다.

"그러니까 말로는 자기 자신이 저지르지도 않은 범죄에 대한 혐의를 받지 않기 위해 그렇게 필사적인 방식으로 알리바이를 만들었다는 말이군요. 자신이 결백하다고 스스로 말했습니까?"

부인은 답답하다는 듯 짧게 웃었다.

“날 그럴듯한 말로 속여 넘겼다고 생각하세요? 아니, 그렇지 않아요. 그저 그의 짓이 아니라고 확신할 뿐이에요. 아! 말도 안 된다고 생각하시는 거 알아요. 하지만 당신도 생각해 보면 얼마나 비합리적인 분인가요, 트렌트 씨! 방금 진지한 말투로, 절 만나고 제가 풍기는 기운을 호흡하고서도 절 의심했다는 게 어리석었다고 하지 않았나요?”

트렌트는 의자에 앉은 채 퍼뜩 놀랐다. 그녀는 그를 흘끗 보고 말을 이었다.

“대단히 고맙습니다만, 이제 다른 사람의 기운에 대해서도 변호를 해 보죠. 전 지금 당신이 저에 대해 알고 있는 것 이상으로 말로에 대해 많은 걸 알고 있어요. 몇 년 동안 계속 봐 왔으니까요. 모든 걸 안다고 말하지는 않겠어요. 하지만 그가 잔인한 범죄를 저지를 수 없는 사람이라는 건 압니다. 그가 살인을 계획한다는 건 당신이 불쌍한 여자의 돈을 빼앗는다는 것만큼 생각할 수조차 없는 일이에요, 트렌트 씨. 당신이 누군가를 죽이는 건 상상할 수 있어요……. 죽어 마땅한 사람이 있고, 죽이지 않으면 당신이 죽는 상황이라면 그럴 수 있겠죠. 저도 그런 상황이라면 사람을 죽일 수 있을 거예요. 하지만 말로는 어떤 도발을 당하든 그런 일을 할 수 없는 사람이에요. 그는 어떤 상황에도 화를 내지 않고, 인간 본성을 냉정한 아량으로 위에서 내려다보면서 모든 일에서 그럴 만한 이유를 찾아내는 사람이랍니다. 겉으로만 그런 척하는 게 아니에요. 그건 그라는 사람의 한 부분이에요. 그걸 내세우지는 않지만 분명 그에게는 항상 그런 면이 보였어요. 가끔 그런 부분이 짜증 날 때도 있었지만……. 언젠가 미국의 집단 폭력 이야기가 나왔을 때, 그가 그 자리에 있었던 적이 있어요. 그는 아무 말 없이 무표정한 얼굴로 앉아서 듣지 않는 척하고 있더군요. 하지만 그에게서 혐오가 밀려오는 게 느껴졌어요. 그는 육체적인 폭력을 혐오하고 싫어해요. 어떤 면에서는 아주 특이한 사람이랍니다, 트렌트 씨. 예기치 못한 짓을 저지를 것 같은 인상을 주는 사람이었어요……. 그런 느낌 아세요? 그날 밤 일어난 사건에서 그가 어떤 역할을 했는지는 저도 알 수 없어요. 하지만 그에 대해 조금이라도 아는 사람이라면, 그가 계획적으로 누군가를 살해했다는 것은 믿지 않을 거예요."

부인의 머리가 말을 마무리하듯이 움직였다. 그녀는 다시 소파에 앉아 침착하게 그를 바라보았다.

열심히 귀를 기울이던 트렌트는 말을 받았다.

"그럼 두 가지 가능성으로 돌아갈 수밖에 없군요. 지금까지는 그리 깊게 생각할 가치가 없다고 생각했습니다만. 당신의 말을 받아들인다 해도, 그가 자기방어로 사람을 죽였을 수는 있습니다. 혹은 우연한 사고였거나."

부인은 고개를 끄덕였다.

"원고를 읽으면서 저도 그 두 가지 경우를 생각했어요."

"그러면 저와 마찬가지로 두 경우에서 그가 취할 수 있는 가장 자연스럽고 안전한 길은 무엇인가 잘못되면 경찰에게 범인으로 낙인찍힐 수 있는 위장 계획을 세울 것이 아니라 앞으로 나서서 사실을 밝히는 것이라는 생각도 해 보셨겠지요."

부인은 피곤한 목소리로 말했다.

"네. 저도 머리가 아플 만큼 생각해 봤어요. 누군가 살인을 저질렀는데 그가 감싸 주려던 게 아닌가 하는 생각도 해 봤죠. 하지만 그것도 신빙성이 없어 보였어요. 전혀 실마리가 보이지 않아서 결국 그냥 내버려 뒀죠. 확실한 건 말로는 살인범이 아니라는 것, 당신이 알아낸 사실을 공개하면 판사와 배심원이 분명 그를 범인이라고 생각할 거라는 것뿐이었어요. 언젠가 당신을 만나게 되면 꼭 이 이야기를 해야겠다고 저 자신에게 약속했는데, 이제 그 약속을 지키게 돼서 후련해요."

트렌트는 손에 턱을 괴고 양탄자를 응시하고 있었다. 진실을 추적하는 흥분이 차츰 차오르고 있었다. 말로의 성품에 대해 맨더슨 부인이 말한 내용을 전적으로 받아들일 생각은 없었다. 하지만 부인은 확신을 가지고 말했다. 그런 확신을 아무렇지도 않게 무시할 수는 없었다. 트렌트 자신의 추론도 많이 흔들렸다.

그는 고개를 들었다.

"방법은 한 가지뿐이군요. 말로를 만나야겠습니다. 신경이 쓰여서 이런 식으로 사건을 내버려 둘 수는 없어요. 전 진실을 찾을 겁니다. 제가 화이트 게이블스를 떠난 날 말로는 어떻게 행동했습니까?"

"그 뒤로는 저도 그를 만난 적이 없어요."

맨더슨 부인은 간략하게 답했다.

"당신이 떠나고 저는 며칠 동안 아파서 방 안에 틀어박혀 있었어요. 내려와 보니 그는 변호사와 법적인 일을 처리하러 런던으로 떠났더군요. 장례식에도 참석하지 않았어요. 그 직후 전 외국으로 떠났고요. 몇 주 뒤 변호사를 도와 최선을 다해 일을 마무리했다는 편지가 왔어요. 친절하게 대해 줘서 고맙다고 정중하게 감사 표시를 하고 작별 인사도 적혀 있더군요. 앞으로 무슨 일을 할 건지는 적혀 있지 않았어요. 남편의 죽음에 대해서도 아무 말이 없는 게 특히 이상하게 느껴졌고요. 답장은 하지 않았어요. 상황을 알고 있으니 쓸 수가 없더군요. 그날 밤 그가 남편으로 위장했던 일을 생각할 때마다 소름이 끼쳤으니까. 그를 다시 보고 싶지도 않았고 소식도 듣고 싶지 않았어요."

"그럼 소식은 전혀 모르십니까?"

"네. 하지만 버턴 아저씨가 알고 계실 거예요. 커플스 아저씨 말예요. 얼마 전 런던에서 말로를 만나서 이야기를 나눴다고 하셨거든요. 전 화제를 다른 데로 돌렸지만요."

부인은 잠시 말을 멈추고 장난기 어린 미소를 지었다.

"전 당신이 만족스럽게 구상해 낸 연극의 현장에서 물러난 뒤에 어떻게 생각했는지가 더 궁금한데요? 말로가 어떻게 됐을 거라고 생각하셨어요?"

트렌트는 얼굴을 붉혔다.

"정말 궁금하십니까?"

"묻고 있잖아요."

그녀는 조용히 대꾸했다.

"한 번 더 부끄럽게 만드시는군요, 맨더슨 부인. 좋습니다. 말씀드리죠. 제가 여행을 마치고 런던으로 돌아오면 당신은 말로와 결혼해서 외국에 살고 있을 거라고 생각했습니다."

부인은 전혀 동요하지 않고 생각에 잠긴 어조로 말했다.

"그의 돈과 제 돈을 합쳐도 분명 영국에서는 편하게 살지 못했겠죠. 당시 그는 사실상 무일푼이었으니까."

트렌트는 그녀를 쳐다보았다. 이후 그녀는 그가 '입을 떡 벌렸다'고 표현했다. 부인은 약간 당황스러운 듯 웃었다.

"세상에, 트렌트 씨! 제가 무슨 무시무시한 얘기라도 했나요? 알고 계셨을 텐데……. 다들 알고 있는 줄 알았어요. 워낙 여러 번 설명해서……. 재혼할 경우 저는 남편이 남긴 유산을 전부 잃게 돼요."

이 말을 들은 트렌트의 반응은 묘했다. 순간 그의 얼굴에 놀라움이 가득 찼다. 놀라움은 차츰 긴장으로 변했다. 멍하니 쳐다보는 동안, 그는 마치 수술을 기다리면서 잔뜩 긴장한 환자처럼 관절이 하얗게 될 정도로 의자 팔걸이를 꽉 붙잡고 있었다. 그러나 그는 평소보다 낮은 어조로 이렇게 말했을 뿐이었다.

"전혀 몰랐습니다."

부인은 손가락에 낀 반지를 만지작거리며 침착하게 말했다.

"그러셨군요. 그리 드문 일은 아녜요, 트렌트 씨. 전 오히려 기뻐요. 그 일이 점점 알려지면서 저 같은 입장에 있는 여자가 감내해야 하는 사람들의 관심을 피할 수 있게 해 주었으니까요."

트렌트는 엄숙하게 말했다.

"그렇겠지요. 그리고…… 다른 관심은요?"

부인은 무슨 말이냐고 묻는 듯 그를 바라보았다.

"아!"

그녀는 웃었다.

"다른 종류의 관심은 더욱 없어요. 저처럼 이기적인 성품에 취향과 습관도 사치스럽고 가진 거라고는 아버지께서 물려주신 유산 조금밖에 없는 미망인과 결혼하겠다는 어리석은 남자는 한 명도 없었답니다."

그녀는 고개를 저었다. 이 몸짓의 무언가가 트렌트의 남아 있던 자제력을 송두리째 날려 버렸다.

"한 명도 없었다고요, 세상에!"

그는 격하게 벌떡 일어나 그녀 쪽으로 한 걸음 다가갔다.

"인간의 열정이 항상 돈 냄새에 좌지우지되는 게 아니라는 걸

제가 보여 드리겠습니다. 여기서 제 문제를 매듭짓고 싶습니다. 저보다 나은 수많은 남자들이 당신에게 하고 싶었던 말을, 용기가 없어서 하지 못했던 말을 하겠습니다. 그런 남자들은 우스운 꼴이 될까 봐 하지 못했겠지만, 난 할 수 있습니다. 어차피 오늘 오후에는 이런 기분에 익숙해졌으니까요."

그는 말을 속사포처럼 쏟아내며 웃음을 터뜨리고 손을 내밀었다.

"보십시오! 쉽게 보기 힘든 진풍경이니까! 당신을 사랑한다는 남자가, 어마어마한 돈을 버리고 내게 와 달라고 감히 청하는 남자가 여기 있습니다!"

부인은 두 손으로 얼굴을 가렸다. 띄엄띄엄 끊기는 목소리가 들렸다.

"제발…… 그런 식으로 말씀하지 마세요."

"가기 전에 하고 싶은 말을 다하게 해 주십시오. 제겐 중요한 일이니까요. 악취미일 수도 있겠으나, 기꺼이 무릅쓰겠습니다. 제 심정을 털어놓고 싶습니다. 고백을 해야겠어요. 진심입니다. 당신을 처음 봤을 때부터 계속 괴로웠습니다. 말스톤의 절벽에 앉아서 두 팔을 바다로 뻗고 있는 모습을 보았을 때부터. 그 순간부터 당신의 아름다움만이 제 가슴을 가득 채웠습니다. 당신 옆을 지나치는 순간 그 공간에 있던 모든 생명이 바람과 햇빛 속에서 당신에 대한 노래를 부르는 것 같았습니다. 그 노래는 아직 제 귓가에 남아 있습니다. 하지만 당신의 아름다움뿐이었다면 공허한 기억에 지나지 않았을 겁니다. 당신이 내 팔에 손을 내맡기고 호텔에서 집까지 갔을 때…… 그때 무슨 일이 있었던가요? 당신의 강렬한 마법이 완전히 저를 사로잡았고, 무슨 일이 있어도 평생 그날을 절대 잊지 못한다는 것만은 분명합니다. 그날까지 제가 잔잔한 호수의 풍경에 감탄했다면, 그날 이후 저는 호수의 신성한 마력을 느꼈습니다. 다음날 아침 잔잔한 수면에서 파문이 일고 그녀가 나타났습니다. 원고를 들고 당신의 집에 가서 육체적인 고통을 느낄 만큼 쓰라린 의혹을 던졌을 때, 저는 창백하고 따뜻한 가면이 벗겨진 당신의 모습을 보았습니다. 감동으로 눈을 반짝이면서 눈빛과 손이 살아 움직이는 모습을 보았을 때, 당신과 같은 존재가 그토록 오랫동안 공허한 생활 속에서 자신을 낭비하고 있었다는 것을 깨달았을 때, 그때 제 안에서는 광기가 솟구치고 영혼이 요동했습니다. 지금에야 말하고 있는 것을 털어놓고 싶었습니다. 당신이 날 사랑해 주지 않는다면 내 인생은 완전해지지 않을 것입니다. 당신의 검은 머리칼과 마법 같은 목소리에 나는 영원히 사로잡혀……."

"그만하세요!"

부인은 갑자기 고개를 젖혔다. 얼굴이 붉게 달아올랐고, 두 손은 옆의 쿠션을 꽉 붙잡고 있었다. 그녀는 숨을 몰아쉬며 띄엄띄엄 빠르게 중얼거렸다.

"절 상식에서 벗어나게 하시는군요. 도대체 무슨 뜻으로 이런 말씀을 하시나요? 이제 당신이 어떤 분인지도 모르겠어요. 완전히 다른 분 같아요. 우린 어린애가 아니잖아요. 잊으셨어요? 꼭 첫사랑에 빠진 어린 소년 같으시네요. 이건 어리석고 비현실적이에요. 당신은 지금 현실을 잊고 계실지 몰라도, 저는 잊지 않았어요. 더 이상 듣지 않겠습니다. 도대체 어떻게 된 거예요?"

그녀는 거의 흐느끼다시피 하고 있었다.

"당신 같은 남자한테서 이렇게 감상적인 말이 나오다니. 자제심은 다 어디로 갔나요?"

"사라졌습니다!"

트렌트는 소리치더니 갑자기 웃음을 터뜨렸다.

"멀리 사라졌어요. 조금 있다가 저도 따라 사라지겠습니다."

그는 진지하게 부인의 눈을 바라보았다.

"이제 상관없어요. 당신의 어마어마한 재산이 먹구름처럼 제 가슴에 드리워 오랫동안 감히 입 밖에 내지 못했습니다. 그 짐이 너무나 무거웠습니다. 자랑스럽지 못한 감정이었죠. 솔직히 말하면 전 겁쟁이였습니다. 당신이 어떻게 생각할까 두렵고 세상이 어떻게 생각할까 두려웠던 겁니다. 하지만 이제 구름이 물러가고 이렇게 말씀을 드리고 나니 거리낄 것이 없습니다. 진심을 있는 그대로 말씀드렸으니 평화로운 마음으로 현실을 직시할 수 있어요. 감상적이든 뭐든 내키는 대로 생각하십시오. 이성적인 이야기가 아니라는 건 사실이니까. 불쾌했다면 잊어 주십시오. 하지만 당신에게는 우스꽝스러웠을지 몰라도 저는 진지했다는 것만은 믿어 주세요. 전 당신을 사랑하고 존경한다고 말씀드렸고, 앞으로도 세상에서 가장 소중한 사람으로 간직할 것입니다. 이제 그만 가 보겠습니다."

하지만 그녀는 그에게 손을 뻗었다.

014

편지를 쓰다

트렌트가 말했다.

"꼭 원한다면, 시키는 대로 쓰죠. 하지만 차라리 당신이 없을 때 쓰고 싶은데. 그래도 꼭 써야 한다면 별보다도, 찬송하는 천사의 손보다도 흰 편지지를 가져다줘요. 당신의 주소가 찍히지 않은 종이를 말하는 겁니다. 지금 내가 아주 큰 희생을 하고 있다는 걸 잊지 말아요. 평생 이렇게 내키지 않는 편지는 처음이네요."

그녀는 그에게 '상'을 주었다.

"뭐라고 쓸까요?"

트렌트는 종이 위에 펜을 들며 물었다.

"여름날 같은 사람이라고? 뭐라고 할까요?"

"원하는 대로 쓰세요."

그녀가 친절하게 알려 주었다.

그는 고개를 저었다.

"내가 쓰고 싶은 말은…… 지난 스물네 시간 동안 만난 모든 남자, 여자, 아이 들에게 해 주고 싶었던 말은…… '메이블과 내가 약혼했다. 구름 위에 떠다니는 것 같다'는 말뿐입니다. 하지만 그건 형식적인, 어떻게 보면 불길한 편지의 서두로는 적절한 말이 아니겠지요. '친애하는 말로 씨' 정도로 하죠. 다음은?"

"관심이 있을 만한 원고가 있어서 보내 드립니다."

"너무 시시하지 않습니까? 이건 그를 편하게 해 주려는 편지가 아니라 강한 인상을 줘야 하는 편지인데. 거창한 단어를 써야죠."

"왜 그래야 하죠? 일상적인 편지가 아니라는 건 알지만 그렇다고 굳이 그럴 필요는 없잖아요? 변호사나 사업가에게서 편지를 많이 받는데, 늘 친전이니 배상이니 하는 단어를 늘어놓더군요. 직접 만나면 그런 말을 안 하면서. 내가 보기엔 우스워요."

"그 사람들한테는 전혀 우스운 게 아닙니다."

트렌트는 속이 후련한 듯 펜을 놓고 자리에서 일어섰다.

"내가 설명하죠. 머리를 쓰기 싫어하는 영국인은 일상적인 대화에서 사소하고 단순한 단어만 사용합니다. 긴 단어는 어색한 겁니다. 어색한 것은 아주 우습거나 아주 엄숙하게 느껴지죠. '선견지명' 같은 단어를 유럽 내 다른 나라에서 사용하면 아무도 신경 쓰지 않아요. 하지만 영국에서는 이게 대단한 금언이 됩니다. 연설이나 기사에서 이런 표현을 읽으면 사람들은 기분 좋게 미소 짓습니다. 세상에서 제일 훌륭한 표현이라도 읽은 양. 왜? 대단한 단어로 이루어져 있으니까요. 하지만 아주 뻔한 표현입니다. '용어 부정확'이라는 표현도 있죠. 그런 말을 들으면 얼마나 신 나게 웃습니까! 그냥 단어 두 개가 거창해서 그래요. 심각한 글을 쓸 때도 마찬가집니다. 그냥 거창한 단어만 찾아다니죠. 변호사는 이런 식으로 말하지 않습니까? '본 대행인이 통고받은 지시에 준거하여' 어쩌고저쩌고. 그런 말을 들으면 고객들은 변호사가 돈 값을 하는 것처럼 느끼는 거죠. 웃지 마세요! 엄연한 사실입니다. 영국을 제외한 유럽 사람들은 그렇지 않아요. 항상 표현보다는 의미를 고민합니다. 그래서 가게 주인이나 농부도 영국 대부분의 사람들에게는 그리스어처럼 들리는 어휘를 자유자재로 쓰는 겁니다. 파리에서 택시 기사로 일하는 친구와 식사를 한 적이 있어요. 중앙 우체국 건너편의 작고 지저분한 식당이었는데, 손님은 주로 짐꾼이나 택시 기사 들이었습니다. 그들과 일상적인 대화를 했는데, 런던 택시 기사라면 이런 말을 알아듣지도 못하겠다는 생각이 들더군요. 말끝마다 '근절', '방조', '파행', '독립' 이런 단어가 마구 튀어나오는 겁니다. 그냥 평범하고 명랑하고 교양 없는, 불그스레한 택시 기사들인데 말입니다."

그는 빠르게 지껄였다. 부인은 방을 가로질러 펜을 집어 들었다.

"그냥 예를 든 것뿐입니다. 내가 하려는 말은 택시 기사가 지식인이 되어야 한다는 게 아닙니다. 그럴 이유는 없어요. 난 키츠의 말에 동의해요. 행복한 영국. 소박한 마부. 그것으로 충분하다. 그 단순한 사랑스러움이여. 하지만 영국의 산업을 이끌어 가는 두뇌 집단은……."

"아, 그만, 그만!"

부인은 소리쳤다.

"나는 두뇌 집단은 모르지만요. 말로 씨한테 보낼 편지를 쓰려면 말은 이제 그만하는 게 좋을 거라는 건 알겠네요. 아무리 애써도 피할 수 없다고요. 이리 와요!"

그녀는 그의 손에 펜을 쥐여 주었다.

트렌트는 달갑지 않은 눈으로 펜을 보며 맥없이 중얼거렸다.

"내 이야기를 막지 않는 게 좋을 겁니다. 내 말 믿어요. 말이 없는 남자는 말이 많은 남자보다 같이 살기 힘든 법이니까. 말 없는 사람을 경계하세요. 솔직히 난 편지를 쓰는 걸 피하고 있었습니다. 두 가지 기분이 얽히는 게 불경한 일 같아요. 이런 편지를 쓰는 동안 당신하고 같은 방에 앉아 있어야 하다니."

그녀는 책상 옆 의자로 그를 끌고 가더니 부드럽게 밀어 앉혔다.

"어쨌든 써 봐요. 당신이 쓴 내용을 보고 싶어요. 편지를 얼른 보내고 싶고요. 이 문제를 지금처럼 내버려 둬도 난 아무렇지도 않아요. 하지만 당신이 진실을 꼭 알아야겠다니까, 꼭 그래야 한다면 가능한 한 빨리 하자는 거예요. 지금 써요. 마음만 먹으면 쓸 수 있잖아요. 내가 곧바로 부칠게요. 걱정스러운 편지는 얼른 우체국에 보내고 손을 털어 버리고 싶은 기분 알아요? 그렇게 해 버리면 돌이키고 싶어져도 어쩔 수 없고 더 이상 고민할 필요가 없잖아요."

"시키는 대로 하죠."

트렌트는 종이 쪽으로 돌아앉아서 그의 호텔 주소를 적었다. 맨더슨 부인은 따뜻하게 빛나는 눈으로 그의 수그린 머리를 내려다보며 헝클어진 머리카락 위에 손을 올리려 했다. 하지만 손을 대지는 않았다. 그녀는 조용히 피아노로 가서 부드럽게 연주를 시작했다. 십 분 뒤 트렌트가 입을 열었다.

"그가 아무 말도 안 하겠다고 답장을 보내면?"

맨더슨 부인은 어깨 너머로 돌아보았다.

"그렇게는 하지 않을 거예요. 당신이 자기를 고발하면 안 되니까 이야기를 하겠죠."

"나도 고발할 생각은 없습니다. 당신이 원치 않는 일이고……. 그렇게 말했잖아요. 게다가 당신이 원한다 해도 내가 하지 않을 겁니다. 이제 이 추론에 자신이 없어요."

부인은 웃었다.

"불쌍한 말로는 당신이 그럴 마음이 없다는 걸 모르잖아요. 안 그래요?"

트렌트는 한숨을 쉬며 멍하니 중얼거렸다.

"신사도란 얼마나 미묘한 것인지! 두 번 생각하지 않고 저지르는 일들이 있습니다. 하고 나서 돌아보면 수치스러운 일들이죠. 나를 모욕한 사람에게 주먹을 날린다든지, 어두운 방에서 정강이를 까이고 욕설을 한다든지……. 한데 당신은 지금 말로에게 마음에도 없는 협박을 하라고 침착하게 조언하고 있네요. 아무리 사악한 악마라도 하지 않을 짓을. 뭐, 어쨌든 협박은 하지 않을 겁니다."

그는 다시 펜을 움직이기 시작했고, 부인은 변덕스러운 미소를 띤 채 말없이 다시 피아노를 치기 시작했다.

몇 분 뒤 트렌트가 말했다.

"이제 다 썼어요. 보겠습니까?"

그녀는 어둑한 방을 가로질러 책상 옆 독서등을 켰다. 그리고 그의 어깨에 기댄 채 편지를 읽기 시작했다.

친애하는 말로 씨.

작년 유월 말스톤에서 불행한 일이 있었을 때 우리가 만난 걸 기억하실 겁니다.

당시 저는 한 신문사를 대표하여 시그스비 맨더슨의 죽음에 대해 독립적인 수사를 진행하는 임무를 맡았습니다. 당시 제가 이끌어 낸 결론은 동봉한 원고를 참고하여 주사기 바랍니다. 원래 신문 기사를 위해 작성한 보고서였습니다만, 언급할 필요가 없는 이유로 인해 마지막 순간 일반에 공표하지 않고 당신에게도 알리지 않기로 결정했습니다. 저 외에 내용을 아는 사람은 둘뿐입니다.

이 부분에서 맨더슨 부인은 얼른 고개를 들었다. 검은 눈썹이 찡그려져 있었다.

"둘?"

"당신 아저씨 말입니다. 간밤에 찾아가서 모든 것을 말씀드렸습니다. 걸리는 점이라도? 원래 알아내는 대로 모든 걸 말씀드리겠다고 약속했기 때문에 그분에게 비밀로 한 게 늘 마음에 걸렸습니다. 침묵을 지킨 게 괜한 수수께끼처럼 보였을 겁니다. 이제 드디어 모든 걸 정리할 때가 됐고 당신을 보호해야 할 이유도 없으니, 그에게도 모든 걸 알리고 싶어요. 나름의 방식으로 예리한 조언을 해 주시는 분입니다. 말로를 만날 때도 같이 갈 생각입니다. 그를 상대할 때 한 사람보다는 두 사람이 머리를 맞대는 게 좋을 테니까요."

그녀는 한숨을 쉬었다.

"그래요, 아저씨도 사실을 아셔야겠죠. 다른 사람은 아무도 없었으면 좋겠어요."

그녀는 그의 손을 힘을 주어 잡았다.

"난 그 끔찍한 일을 묻어 버리고 싶어요. 아주 깊이. 지금도 아주 행복하지만, 당신의 호기심 많은 머리가 모든 것을 알아내고 만족한 다음에는 흙으로 덮어서 잘 밟아 주면 더욱 행복하겠어요."

그녀는 계속 읽어 내려갔다.

그런데 최근 제 의견을 바꾸게 만든 몇 가지 사실을 알게 되었습니다. 제가 발견한 것을 공표할 뜻은 없지만 당신을 만나서 개인적인 해명을 들어야겠다고 결심했습니다. 이 문제를 다른 관점에서 바라보게 해 줄 수 있는 이야기가 있다면, 만남을 피하실 이유는 없다고 생각되는군요.

언제, 어디로 찾아가야 할지 연락을 기다리겠습니다. 제 호텔에서 만나도 좋습니다. 어느 경우든 커플스 씨가 동행했으면 합니다. 당신도 그분을 기억하시겠죠. 그분도 동봉한 원고를 읽었습니다.

친애하는 필립 트렌트

"정말 딱딱한 편지군요! 당신의 방에서 썼더라도 이보다 더 딱딱하지는 않을 거예요."

트렌트는 편지를 긴 봉투에 집어넣었다.

"네. 그 친구 놀라서 벌떡 일어나 앉을 겁니다. 이 편지가 잘못돼서는 안 되니, 특별히 사람을 시켜 그의 손에 직접 들어가게 하는 게 좋겠지요. 혹시 그가 없으면 다시 가지고 오게 해야 합니다."

그녀는 고개를 끄덕였다.

"그러라고 할게요. 잠깐만 기다리세요."

맨더슨 부인이 돌아왔을 때, 그는 악보 캐비닛을 뒤지고 있었다. 그녀는 진갈색 치맛단을 살랑거리며 그의 옆에 앉았다.

"한 가지 말해 줘요, 필립."

"내가 알고 있는 몇 안 되는 것 중의 하나라면 얼마든지."

"간밤에 아저씨를 만났을 때, 우리 관계에 대해서 이야기했어요?"

"아뇨, 당신이 아무에게도 이야기하지 말라고 하지 않았습니까. 지금 발표할까, 나중으로 미룰까 하는 건 당신이 결정하기로 한 일 아니었습니까?"

"그럼 당신이 말해 주겠어요?"

그녀는 깍지 낀 손을 내려다보았다.

"당신이 아저씨한테 말해 줬으면 좋겠어요. 이유는 당신도 생각해 보면 알겠지만……. 그래요, 그렇게 해요."

그녀는 눈을 들어 그의 눈을 바라보았다. 잠시 두 사람 사이에는 침묵이 흘렀다.

그는 푹신한 의자에 기대앉았다.

"세상이란! 메이블, 피아노로 순수한 즐거움을 표현하는 곡을 연주해 주지 않겠습니까? 열정적이거나 신경질적인 것 말고, 진실된 곡, 우주를 긍정하는 기쁨을 표현하는 곡 말입니다. 영원히 계속될 수 없는 감정이니 느낄 수 있을 때 한껏 느끼고 싶어요."

그녀는 피아노로 다가가서 생각에 잠긴 채 건반을 몇 번 눌렀다. 그러다 제 9번 교향곡 마지막 악장의 주제를 온 마음을 다해 연주하기 시작했다. 마치 낙원의 문이 열리는 듯한 소리로…….

이중 지략

세인트 제임스 파크를 내려다보는 창가에 낡고 육중한 참나무 책상이 놓여 있었다. 넓은 방에는 취향이 뚜렷한 사람이 직접 가구를 들이고 장식한 흔적이 있었고, 독신 남자의 분위기가 강하게 풍겼다. 존 말로는 열쇠로 책상을 열어 서랍 안에서 길고 두툼한 봉투를 꺼냈다.

그는 커플스에게 말했다.

"이걸 읽어 보셨을 겁니다."

"이틀 전 처음으로 읽었네. 우리는 벌써 상세히 논의했어."

커플스는 소파에 앉아 인자한 얼굴로 방을 둘러보았다. 말로는 트렌트를 돌아보았다.

펜더 Fender

/

벽난로 주변에 발을 얹거나 앉을 수 있도록 한 가구.

"당신 원고입니다."

그는 탁자 위에 원고를 내려놓았다.

"세 번이나 읽었습니다. 여기 적으신 것만큼 진실을 많이 알아내실 수 있는 분은 아마 없겠지요."

트렌트는 칭찬을 무시했다. 그는 탁자 옆에 앉아 긴 다리를 의자 밑에 엇갈리게 꼰 채 굳은 얼굴로 벽난로를 바라보았다. 그러더니 봉투를 끌어당겼다.

"숨겨진 진실이 더 있다는 말씀이군요. 당신이 원한다면 언제든지 들을 준비가 되어 있습니다. 긴 이야기가 되겠죠. 제 입장에서는 길수록 좋습니다. 완벽하게 이해하고 싶으니까요. 우리 둘 다 맨더슨과 당신의 관계에 대해 배경 설명을 듣고 싶습니다. 처음부터 맨더슨의 성격이 이번 사건에 큰 요소로 작용했다는 인상이 들었는데요."

"맞습니다."

말로는 어둡게 대답했다. 그는 방을 가로질러 쿠션이 놓인 펜더에 앉았다.

"궁금하신 점부터 말씀드리죠."

트렌트는 그의 눈을 쳐다보며 말했다.

"그 전에 말하고 싶은 건, 우린 당신 이야기를 들으러 왔습니다만, 이 원고에 적힌 결론을 의심할 근거는 아직 없습니다."

그는 봉투를 두드렸다.

"당신은 자신을 변호해야 합니다. 알겠습니까?"

"아주 잘 압니다."

말로는 냉정했고 조금도 동요하지 않았다. 일 년 반 전 말스톤에서 보았던 피곤하고 초조한 사람과는 전혀 다른 사람 같았다. 날씬하고 키가 컸고 몸은 근육질이었다. 생각을 정리하는 맑은 파란 눈과 자연스러운 눈썹에는 처음 만났을 때 신경이 쓰였던 느낌이 남아 있었다. 꽉 다문 입술에는 자신이 처한 어려움을 알고 기꺼이 맞서겠다는 의지가 담겨 있었다.

말로는 조용히 입을 열었다.

"시그스비 맨더슨은 평범한 정신 상태의 인물이 아니었습니다. 미국에서 제가 만난 부자들은 대부분 비정상적인 탐욕이나 비정상적인 근면성, 비정상적인 개인적 능력, 비정상적인 행운 덕택에 돈을 번 사람들이었죠. 하지만 남다른 지적 능력을 지닌 사람은 아무도 없었습니다. 맨더슨 역시 부를 쌓아 올리는 데 즐거움을 느꼈습니다. 쉬지 않고 일했죠. 강력한 의지력을 가진데다 행운도 따랐습니다. 그러나 그가 독특했던 건 지능이었죠. 목적 앞에서 인정사정없다는 미국인 특유의 성정이 그의 가장 큰 특징이라고 말하겠습니다만, 맨더슨처럼 타인에 대한 배려 없이 계획을 실행에 옮길 수 있는 사람은 수백 명도 더 될 겁니다. 그런 계획을 만들어 낼 수 있느냐가 문제죠.

미국인이 영리하지 않다는 게 아닙니다. 국가 대 국가로 비교하자면, 미국은 영국보다 열 배는 더 영리할 겁니다. 하지만 저는 맨더슨이 평생 돈을 벌기 위해 세웠던 모든 계획 뒤에 숨어 있던 총명함, 선견지명, 기억력, 집요함, 어마어마한 지적 능력을 보여 준 인물을 달리 본 적이 없습니다. 신문에서는 '월 스트리트의 나폴레옹'이라고 흔히 부르지만, 그 표현에 얼마나 진실이 담겨 있는지 나만큼 잘 아는 사람은 없을 겁니다. 우선 그는 자기에게 유용할 것 같은 사실은 절대 잊는 법이 없었습니다. 그는 나폴레옹이 군사 문제에 관한 정보를 다룰 때처럼 체계적으로 사업 관련 정보를 관리했습니다. 수시로 그런 정보를 수집하여 특별 보고서를 만들게 해서 연구했고, 광산이나 밀가루, 철도, 기타 온갖 문제가 예기치 않은 순간에 터져도 언제든 참고할 수 있도록 가까이 두었죠. 맨더슨은 어느 누구보다 대담하고 영리한 계획을 짤 줄 아는 사람이었습니다. 사람들은 맨더슨이 뻔한 일을 시도하지 않는다는 건 알고 있었지만 그 이상은 몰랐죠. 그가 시도하는 거의 모든 일이 허를 찌르는 것들이었고, 많은 성공이 거기서 비롯되었습니다. 그가 총을 뽑아 들었다는 소문이 퍼지면 시장은 긴장했고, 적들은 전설적인 영웅을 만난 것처럼 무기력하게 항복해 버리곤 했습니다. 보통 사람이라면 지금부터 제가 설명할 계획을 오랫동안 고민해서 짜내야 했을 겁니다. 하지만 맨더슨은 면도하는 동안 아주 상세한 부분까지 순식간에 떠올릴 수 있는 사람이었습니다.

나는 그의 윗대에서 인디언 피가 섞여서 그런 교활함과 잔인함이 나타난 게 아닐까 생각하곤 했어요. 묘하게도 이건 맨더슨과 저 말고는 아무도 모르는 사실이었습니다. 맨더슨은 제가 족보에 관심이 많은 것을 알고 출신이 애매한 자기 가문을 조사해 달라고 하셨는데, 그때 저는 그가 이로쿼이 족장 몬투어와 족장의 프랑스인 아내 피를 물려받았다는 걸 알게 됐습니다. 그 프랑스 여자는 이백 년 전 황야에 살던 인디언 부족의 잔학한 정치를 뒤에서 조종했던 끔찍한 여인이었죠. 당시 맨더슨 가문은 펜실베이니아 주 경계에서 모피 장사에 종사했는데, 가족 중 한 사람 이상이 인디언 여자와 결혼했습니다. 그 이전과 이후의 혼인을 통해서 몬투어 말고 다른 인디언 혈통도 이어받았을 수 있어요. 맨더슨 가문과 혼인한 몇몇 여자들의 혈통은 추적하기가 힘들었고, 미국에 문명이 자리 잡기 전에 개척자로 여러 세대를 지냈거든요. 조사를 해 보니 현대 미국인의 혈통에는 토착민의 피가 아주 많이, 널리 섞여 있었습니다. 미국에 새로 유입된 가문이 일찍이 유입된 가문과 끊임없이 섞이고, 그 중 많은 가문에 인디언의 피가 섞였습니다. 당대에는 그걸 자랑스러워했던 모양이에요. 하지만 맨더슨은 피가 섞였다는 것을 치욕이라고 생각했습니다. 아마 전후 흑인 문제가 사회적으로 대두되면서 그런 혐오감이 더 심해진 것 같았습니다. 내 조사 결과를 듣더니 대경실색하면서 혹시 이 사실이 새어 나갈까 봐 안절부절못했습니다. 물론 그가 살아 있는 동안 전 비밀을 지켰고, 그도 절 의심하지는 않았을 거라 생각합니다. 하지만 그 일을 계기로 맨더슨이 저에 대해 뭔가 반감을 가지게 됐다는 느낌은 들었습니다. 그게 그가 죽기 일 년 전 일입니다."

"맨더슨이 혹시 구체적인 신앙생활을 하고 있었나?"

커플스가 불쑥 입을 열어서 다들 놀랐다.

말로는 잠시 생각에 잠겼다.

"제가 아는 한 없습니다. 제가 알기로 기도나 찬양 같은 건 모르는 분이었고 종교를 입에 담은 적도 없었습니다. 신이라는 개념을 가지고 있거나, 감정적으로 신의 존재를 느낄 줄 아는 사람이었을 것 같지 않아요. 하지만 어린 시절에는 강한 도덕관을 지닌 종교적인 집안에서 자랐다고 알고 있습니다. 사생활은 일반적인 기준에서 흠잡을 데가 없었습니다. 흡연을 제외하면 금욕적인 생활을 했습니다. 사 년 동안 그와 같이 살았지만, 사업에 있어서는 온갖 형태로 기만적인 행태를 일삼는 것과는 달리 직접적인 거짓말을 하는 것을 본 적이 없습니다. 사람들을 기만하는 행동을 서슴지 않고 시장을 교란하는 온갖 수법을 사용하는 사람이 사소한 문제에서 직접적인 거짓말을 하는 걸 비양심적이라고 생각했다는 게 이해되십니까? 맨더슨은 그런 사람이었습니다. 그런 사람이 있긴 합니다. 인간으로서는 정직한 사람이지만, 적을 교란하기 위해서는 수단과 방법을 가리지 않는 군인의 정신 상태에 비교할 수 있겠지요. 게임의 규칙이 그것을 허용하니까요. 사업 역시 그런 식으로 바라보는 사업가들이 많습니다. 그들에게는 일 년 내내 전시 상황이지요."

"서글픈 세상이군."

커플스가 중얼거렸다. 말로도 동의했다.

"맞습니다. 어쨌든 맨더슨이 구체적으로 뭔가를 약속했다면 그것만은 믿을 수 있었죠. 한데 그가 대놓고 거짓말을 하는 것을 처음 본 것이 바로 그가 죽던 날 밤이었습니다. 그 거짓말을 듣지 못했다면 전 살인범으로 몰렸을 겁니다."

말로는 머리 위의 전등을 응시했고, 트렌트는 의자에서 초조하게 자세를 고쳐 앉았다.

"그 이야기를 하기 전에, 맨더슨과 함께 일하는 동안 정확히 두 사람이 어떤 관계였는지 설명해 주지 않겠습니까?"

"우리는 처음부터 끝까지 좋은 사이였습니다. 우정 같은 건 없었지요. 그분은 친구를 만드는 분이 아니었으니까요. 하지만 신뢰할 수 있는 직원과 고용주 관계로는 최고였다고 봅니다. 저는 옥스퍼드를 졸업한 뒤 곧바로 그의 개인 비서 일을 시작했습니다. 원래 지금 하고 있는 아버지의 일을 도울 생각이었는데, 아버지가 일이 년 세상 경험을 해 보는 것이 좋겠다고 하셨지요. 다양한 경험을 쌓을 수 있을 것 같아서 비서 일을 맡은 겁니다. 일이 년으로 작정했던 시간이 사 년이나 흘렀습니다. 일을 얻게 된 계기는 직장에 취직하는 데에 도움이 될 거라고는 생각지도 않았던 재능 덕분이었습니다. 바로 체스였지요."

이 말에 트렌트는 낮게 소리치더니 두 손을 마주쳤다. 다른 둘은 놀라 그를 쳐다보았다.

"체스!"

그는 일어서서 말로에게 다가갔다.

"처음 만났을 때 내가 당신에게 깊은 인상을 받은 게 뭔지 아십니까? 당신 눈이었습니다, 말로 씨. 그때는 무엇 때문인지 알 수 없었는데, 지금 생각해 보니 전에 어딘가에서 봤던 눈이기 때문이었어요. 바로 위대한 니콜라이 코르차긴의 눈. 이틀 동안 그와 같은 열차 칸에서 여행한 적이 있습니다. 그 체스 명인의 눈은 절대 잊지 못할 거라고 생각했는데, 당신에게서 바로 그 눈을 발견하고 어디서 봤는지 기억이 나지 않았던 겁니다. 실례했습니다."

그는 갑자기 입을 다물더니 다시 석상처럼 의자에 앉았다. 말로는 말을 이었다.

"저는 어릴 때부터 훌륭한 선수들과 체스를 뒀습니다. 그것도 재능이라고 할 수 있을지는 모르겠지만, 타고난 재능이 있었죠. 대학에서도 저보다 잘 두는 상대가 없었습니다. 주로 연극반과 체스반 활동, 그 외 노는 일에만 머리를 썼거든요. 아시다시피 옥스퍼드에서는 공부를 희생하고 놀 수 있는 활동이 너무나 많고 학교에서도 오히려 그것을 장려하고 있습니다. 마지막 학기 말 어느 날, 그동안 제가 체스로 한 번도 이기지 못했던 퀸스 대학의 먼로 박사가 저를 불렀습니다. 그동안 체스 즐거웠다고 말씀하시더군요. 그래서 그렇게 말씀해 주셔서 고맙다고 했습니다. 그런데 이런 질문을 하시더군요.

'자네 사냥도 한다고 하던데.'

'가끔 합니다.'

'또 할 줄 아는 게 뭐가 있나?'

'없습니다.'

대화의 분위기가 마음에 들지 않았습니다. 그분은 늘 그런 식으로 사람을 열 받게 하는 분이었죠. 박사는 코웃음을 치더니 부유한 미국 사업가가 영국인 비서를 구한다는 요청이 들어왔다고 하셨습니다. 이름은 맨더슨이라고 했습니다. 박사는 그 이름을 전에 들어본 적이 없는 것 같았습니다. 그럴 수 있었죠. 삼십 년 동안 신문을 펼쳐 본 적도 없고, 대학 밖에서 하룻밤도 자 본 적이 없는 분이었으니까. 먼로 박사는 철자법 공부만 조금 더 하면, 체스와 승마 솜씨, 옥스퍼드 졸업장이 유일한 조건이니 충분히 자리를 얻을 수 있을 거라고 하셨습니다.

그렇게 전 맨더슨의 비서가 되었습니다. 오랫동안 일은 제 마음에 쏙 들었습니다. 인생의 황금기에 한창 활동하는 미국인 사업가와 함께 다니다 보면 지루할 사이가 없죠. 게다가 덕분에 독립할 수도 있었고요. 그때쯤 아버지 사업이 잘되지 않았던 터라 용돈을 안 받아도 되는 게 기뻤습니다. 일 년이 지난 뒤, 맨더슨은 급여를 두 배로 올려 주시더군요.

'큰돈일세. 하지만 자넨 그만한 가치가 있어.'

이렇게 말씀하셨죠. 그때 저는 애초 요청했던 업무 내용대로 아침에 말을 타고 동행하고 저녁에 같이 체스를 두는 것 말고도 더 많은 일을 하고 있었습니다. 집을 돌보고, 오하이오의 농장, 메인 주의 사냥터, 말, 자동차, 요트까지 돌보고 있었으니까요. 그러다 보니 걸어 다니는 열차 시간표이자 시가 전문가가 다 되었습니다. 늘 뭔가 배우는 나날이었어요.

이렇게 말씀드렸으니 맨더슨과 지낸 지난 사 년 동안 제가 어떤 일을 했는지 이해하셨을 겁니다. 행복한 나날이었어요. 바쁘게 지냈고, 일은 다양하고 흥미로웠습니다. 개인적으로 즐길 시간과 쓸 돈도 있었고요. 한 번 여자에게 빠져서 바보짓을 한 적이 있는데, 그때는 괴로웠습니다. 그래도 맨더슨 부인이 얼마나 훌륭한 분인지 깨닫는 계기가 되었습니다."

말로는 커플스 쪽으로 고개를 기울였다.

"혹시 부인께 들으셨는지도 모르겠군요. 마지막 몇 달 동안 맨더슨은 이상해졌지만, 저에 대한 태도만큼은 전혀 변하지 않았습니다. 늘 특유의 냉담한 태도로 너그럽게 대하셨지요. 우리의 계약과 우리 관계의 기본이었으니까요. 불만이 있다는 느낌은 받은 적이 없습니다. 마지막까지 줄곧 그런 태도가 계속되었기 때문에, 그분이 돌아가시던 날 가슴 깊은 곳에 저에 대한 광적인 증오를 품고 있다는 것을 알아차리고 너무나 놀랐습니다."

트렌트와 커플스의 시선이 잠시 마주쳤다.

"그 전에는 당신을 미워한다는 걸 전혀 몰랐습니까?"

"그 이유가 뭐라고 생각했나?"

두 사람은 동시에 물었다.

말로가 대답했다.

"그날 밤까지만 해도 맨더슨은 저를 싫어하는 감정을 드러낸 적이 없었습니다. 얼마나 오랫동안 미워했는지는 모르겠습니다. 이유도 알 수 없고요. 돌아가신 후 괴로운 나날을 보내면서 아무리 생각해 봐도, 내가 그분에 대해 뭔가 흉계를 꾸미고 있다는 광적인 피해망상이 있었던 거라고 생각할 수밖에 없었습니다. 정신 나간 생각을 하고는 굳게 믿었던 거겠지요. 광인의 망상을 누가 짐작하겠습니까? 미워하는 사람을 교수대에 보내고 싶어서 자기 목숨을 끊는 정신 상태를 이해할 수 있으십니까?"

커플스는 의자에서 몸을 갑자기 움직였다.

"그럼 맨더슨이 자살했단 말인가?"

트렌트는 초조한 듯한 시선을 커플스에게 흘끗 보내고, 다시 말로의 얼굴을 뚫어지게 응시했다. 결정적인 말을 털어놓고 나니 마음이 놓이는지, 말로의 얼굴에 혈색이 약간 돌아왔고 표정도 풀렸다.

"그렇습니다."

말로는 명료하게 말하고 상대의 얼굴을 바라보았다. 커플스는 고개를 끄덕이고 마치 추상적인 과학 문제를 논하는 듯한 어조로 말을 꺼냈다.

"그 발언을 자세히 검토하기 전에, 우선 자네가 말한 맨더슨의 정신 상태 말인데……."

트렌트가 커플스의 팔에 가만히 손을 내려놓으며 말을 끊었다.

"일단 이야기부터 듣기로 하죠."

그는 말로를 돌아보았다.

"그때까지 당신과 맨더슨 사이는 변함없었다고 했지요. 그날 밤 있었던 사실 관계를 들을 수 있을까요?"

말로는 트렌트가 '사실'이라는 말을 강조하는 것을 듣고 거의 눈에 띄지 않을 정도로 얼굴을 붉혔다. 그는 허리를 곧게 폈다.

"일요일 저녁 버너와 저는 맨더슨 부부와 같이 식사를 했습니다."

그는 신중하게 말을 골랐다.

"우리 넷이 같이 식사하던 다른 저녁과 다를 게 없었습니다. 맨더슨은 말이 없고 침울했지만 우리는 이제 그의 그런 태도에 익숙했습니다. 나머지 사람들은 대화를 했지요. 9시쯤에 식탁에서 일어났을 겁니다. 맨더슨 부인은 거실로 가셨고, 버너는 아는 사람을 만나러 호텔로 갔습니다. 맨더슨은 제게 할 말이 있다고 집 뒤쪽 과수원으로 오라고 하시더군요. 우리는 저택에서 대화가 들리지 않는 과수원 길을 걸었습니다. 맨더슨은 시가를 피우면서 특유의 냉정하고 분명한 말투로 말했습니다. 그렇게 멀쩡한 정신과 호의적인 태도도 다시없었을 겁니다. 중요한 일을 해 달라고 하셨어요. 큰일이 진행되고 있다. 비밀 업무다. 버너는 전혀 모르고, 나도 내용을 모르면 모를수록 좋다. 정확히 지시대로 실행하고 이유는 묻지 말라고 하셨습니다.

이건 맨더슨이 일을 진행하는 특유의 방식이었습니다. 사람을 도구로 써야 할 일이 생기면 대놓고 그렇게 말하셨어요. 저도 그런 식으로 이용된 적이 여러 번 있었습니다. 전 걱정 마시라고 하고 언제든지 가겠다고 했습니다.

'지금 바로 갈 수 있나?'

물으시기에 물론이라고 했죠.

그는 고개를 끄덕이고 말했습니다. 기억나는 대로 정확히 말해 보죠.

'잘 듣게. 나와 사업을 같이 하는 사람이 지금 영국에 있어. 내일 정오에 사우샘프턴에서 르 아브르로 향하는 배편으로 파리로 갈 예정이야. 이름은 조지 해리스. 본명인지는 모르지만 어쨌든 그 이름으로 다니고 있지. 기억하나?'

'네, 일주일 전 런던에 갔을 때 그 이름으로 내일 배편을 예약하라고 하셨잖습니까. 표를 제가 드렸지요.'

'여기 있네.'

그는 주머니에서 표를 꺼냈습니다.

맨더슨은 습관대로 문장을 마칠 때마다 저를 시가로 쿡쿡 가리키며 말했습니다.

'조지 해리스는 내일 영국을 떠날 수가 없어. 지금 있는 곳에 계속 있어야 할 사정이 생겼네. 버너는 보낼 수가 없고. 한데 누가 그 배를 타고 가서 서류를 파리에 전해야 해. 그러지 않으면 계획이 허사로 돌아가. 자네가 가 주겠나?'

저는 말했습니다.

'그러죠. 뭐든 지시대로 하겠습니다.'

그는 시가를 물고 말했습니다.

'좋아. 하지만 이건 보통 지시와는 달라. 직원에게 일반적으로 지시할 수 없는 성격의 업무일세. 문제는 이거야. 이번 일은 나와 상대방이 아직 표면에 드러나면 안 되는 일이야. 내 비서가 이 시점에 파리로 건너가서 어떤 사람을 만났다는 게 특정인들에게 알려지면, 아마 그런 일이 벌어지는 즉시 알려질 텐데, 그때는 모든 게 끝이야.'

그는 시가 꽁초를 던져 버리고 어떠냐고 묻는 듯 절 바라보았습니다.

마음에 드는 일은 아니었지만, 중요한 상황에서 맨더슨을 실망시키고 싶지 않았습니다. 전 대수롭지 않게 말했죠. 신원을 숨겨야 할 것 같은데 최선을 다하겠다. 전 변장을 꽤 잘한다고요.

그는 좋다는 듯 고개를 끄덕였습니다.

'좋아. 자네가 날 실망시키지 않을 거라고 생각했어.'

그리고 지시를 내렸습니다.

'바로 차를 타고 사우샘프턴으로 출발해. 제 시각에 닿을 기차는 없을 거야. 밤새도록 운전을 해야 해. 무슨 사고가 없다면 아침 6시에 도착할 수 있겠지. 몇 시에 도착하든 곧장 베드퍼드 호텔에 가서 조지 해리스를 찾게. 그가 거기 있거든 대신 가겠다고 말하고, 나한테 곧장 전화하라고 일러. 최대한 빨리 그에게 이걸 알려야 해. 그가 호텔에 없으면 내가 오늘 전보로 보낸 지시를 받고 사우샘프턴으로 가지 않았다는 얘기야. 그 경우에는 그와 볼 일이 없으니까 그냥 배를 기다리게. 차는 가명으로 차고에 맡겨 둬. 내 이름은 절대 밝히지 말고. 자네 외모도 좀 바꾸게. 방법은 상관없어. 자네가 알아서 잘하겠지. 조지 해리스라는 이름으로 배를 타. 어떤 사람인 척해도 상관은 없는데 다른 사람들과 말은 많이 하지 말게. 도착하면 세인트 피터스버그 호텔에 투숙해. 거기에 내가 준 서류 케이스를 어디로 가지고 오라는 전갈이 조지 해리스 앞으로 올 거야. 서류 케이스는 잠겨 있지만 조심해서 취급해야 해. 여기까지 잘 알아들었나?'

전 지시를 되풀이해서 말했습니다. 그리고 서류 케이스를 처리한 뒤 파리에서 돌아와야 하느냐고 물었습니다.

'원하면 언제든지 오게. 명심해. 무슨 일이 있든 여행중에 내게 연락해서는 안 돼. 파리에서 즉시 전갈을 받지 못한다 해도, 연락이 올 때까지 기다리게. 며칠이 걸리든. 하지만 나한테는 절대 연락하지 마. 알겠나? 이제 최대한 빨리 준비하게. 나도 차를 타고 어느

정도는 같이 나갈 테니까. 서둘러.'

제가 기억하는 한 이것이 그날 밤 맨더슨이 한 말의 정확한 내용입니다. 저는 제 방으로 가서 외출복으로 갈아입고 서둘러 몇 가지 필수품을 가방에 넣었습니다. 업무의 성격도 그렇지만 빨리 가야 한다는 생각에 정신이 없었죠. 제가 마지막으로 만났을 때 당신한테 했던 말을 기억합니다."

말로는 트렌트를 돌아보았다.

"맨더슨한테는 극적으로 일을 처리하는 미국적인 성향이 있다고요. 평범한 일을 하더라도 수수께끼와 멜로드라마를 약간 곁들이는 걸 좋아했습니다. 저는 맨더슨다운 지시라고 생각했습니다. 가방을 들고 급히 아래층으로 내려와서 서재에서 맨더슨을 만났습니다. 그는 가로 이십 센티미터, 세로 십오 센티미터의 자물쇠가 달린 끈으로 묶여 있는 튼튼한 가죽 서류 케이스를 제게 건넸습니다. 저는 케이스를 옆 주머니에 찔러 넣었죠. 그리고 자동차를 가지러 집 뒤 차고로 갔습니다.

차를 가지고 집 앞쪽으로 돌아 나오는데, 문득 난처한 생각이 들더군요. 제 주머니 안에 몇 실링밖에 없었던 겁니다.

마침 한동안 현금이 달리던 시기였습니다. 곧 아시겠지만, 이제 말씀드릴 부분은 중요한 부분입니다. 전 당시 빌린 돈으로 살고 있었습니다. 맨더슨 밑에서 일하면서 돈 관념이 워낙 없었고, 사교성이 좋아서 친구를 많이 만들었는데 부모에게서 받은 막대한 돈을 쓰는 것밖에 할 일이 없는 뉴욕 친구들도 몇몇 있었습니다. 급여를 많이 받았고 일이 바빴으니 지나치게 망가지지는 않았죠. 그럭저럭 적자는 없이 살고 있었는데, 호기심으로 주식 투기에 손을 대 버린 겁니다. 월 스트리트에서는 흔한 이야깁니다. 쉬울 거라고 생각했죠. 처음에는 운이 좋았습니다. 계속 그렇게 신중할 수 있을 거라고 생각했는데 돈이 바닥나 버린 겁니다. 일주일 만에 빈털터리가 되고 빚까지 졌습니다. 좋은 교훈을 얻었죠. 저는 맨더슨에게 가서 이러저러해서 상황이 이렇게 됐다고 말했습니다. 그는 쓴웃음을 짓더니 동정 비슷한 태도로 빚을 완전히 갚을 만한 액수를 급여에서 선불로 내주었습니다.

'다시는 주식을 하지 말게.'

이 말만 하셨습니다.

일요일 밤 맨더슨은 내가 돈이 전혀 없다는 것을 알고 있었습니다. 버너가 그걸 알고 있다는 사실도요. 다음 월급이 들어올 때까지 당장 쓸 돈을 버너에게 약간 빌렸다는 것도 알고 있었을 겁니다. 급여를 당겨썼으니 월급을 받아 봤자 얼마 되지 않을 게 뻔했죠. 맨더슨이 이걸 알고 있었다는 걸 염두에 두십시오.

차를 집 앞에 댄 뒤 서재로 들어가서 맨더슨에게 사정 이야기를 했습니다.

그때 전 처음으로 이상한 일이 벌어지고 있다는 기미를 느꼈습니다. '비용'이라는 말을 하자마자 그의 손이 바지 왼쪽 뒷주머니로 들어가더군요. 그 주머니에는 늘 백 파운드 정도 들어 있는 작은 지갑이 들어 있었습니다. 워낙 몸에 밴 습관이라, 갑자기 그 손이 멈추는 것을 보고 깜짝 놀랐습니다. 더 놀라운 것은 나직하게 욕을 하는 겁니다. 전에는 그런 모습을 본 적이 없었습니다. 둘만 있을 때 가끔 그런 식으로 짜증을 표현한다는 이야기를 버너에게 들은 적은 있었습니다만.

'지갑을 잃어버린 걸까?'

가장 먼저 이 생각이 들었습니다. 하지만 그렇다 해도 계획에는 별문제가 없을 것 같았습니다. 이유를 말씀드리죠. 그 전주에 조지 해리스 앞으로 배편을 예약하는 것 말고도 여러 가지 심부름을 하러 런던에 갔을 때, 제가 은행에서 맨더슨 앞으로 천 파운드를 인출해서 지시받은 대로 전부 소액으로 찾아 왔거든요. 이렇게 평소보다 큰 금액이 무엇 때문에 필요한지는 몰랐지만, 어쨌든 서재 책상의 잠긴 서랍 안에 그 돈이 있다는 건 알고 있었습니다. 아니, 그날 오전만 해도 그가 책상 앞에 앉아서 그 돈을 손가락으로 세는 걸 보았어요.

그런데 맨더슨은 책상으로 향하지 않고 절 똑바로 보며 서 있었습니다. 얼굴에 가득 찼던 분노가 차츰 사라지고 다시 차가워졌습니다. 묘한 표정이더군요. 그는 천천히 말했습니다.

'차에서 기다리게. 돈을 가지고 오지.'

우리는 같이 서재를 나섰습니다. 나는 현관에서 외투를 입으면서 그가 현관 반대편에 있는 거실로 들어가는 것을 보았습니다.

저는 집 앞 잔디밭으로 나와서 담배를 피며 서성거렸습니다. 그 천 파운드는 어디 갔을까 저 자신에게 묻고 또 물었죠. 거실에 있을까? 그렇다면 왜일까? 거실 창문 앞을 우연히 지나는데 얇은 실크 커튼을 통해 맨더슨의 윤곽이 보였습니다. 책상 앞에 서 계시더군요. 창문이 열려 있던 터라 그 앞을 지나치자 부인의 목소리가 들렸습니다.

'여기 있는 건 삼십 파운드가 안 돼요. 이걸로 충분하겠어요?'

대답은 들리지 않았습니다. 다음 순간 맨더슨의 그림자가 부인의 그림자에 겹쳐지더니 동전이 쨍그랑거리는 소리가 들리더군요. 제가 창가에서 멀어지는데, 맨더슨이 창가에 선 채 말하는 소리가 들렸습니다. 이건 정확하게 말씀드릴 수 있습니다. 워낙 놀라서 기억에 박혔으니까요.

'나갔다 오겠소. 말로가 잠시 달밤에 드라이브를 하자고 하는군. 그러면 잠자는 데도 도움이 된다는데, 그렇겠지.'

사 년 동안 맨더슨이 크든 작든 어떤 일에 직접적으로 거짓말을 하는 것은 단 한 번도 본 적이 없다고 말씀드렸죠. 전 맨더슨의 특이한, 얄팍한 도덕관을 나름대로 이해한다고 생각하고 있었습니다. 절대 피할 수 없는 질문을 받는다면 차라리 대답을 거부하거나 진실을 말할 사람이라고 굳게 믿고 있었죠. 그런데 방금 들은 말은 뭘까? 질문을 한 것도 아니었는데 자진해서 사실과 전혀 다른 말을 한 거죠. 상상할 수 없던 일이 벌어진 겁니다. 마치 내가 잘 아는 사람과 마음이 잘 통했다고 생각하는 순간에 뺨을 맞은 것 같은 기분이었습니다. 피가 머리로 몰리는 것 같아 잔디밭 위에 꿈쩍도 않고서 있었습니다. 현관에서 그의 발소리를 듣고서야 정신을 차리고 얼른 차로 돌아왔죠. 그는 금과 지폐가 들어 있는 은행 종이봉투를 건넸습니다.

'이 정도면 충분할 걸세.'

저는 기계적으로 봉투를 받아 들었습니다.

잠시 저는 그대로 서서 맨더슨과 사우샘프턴으로 가는 길에 대해 이야기를 나누었습니다. 워낙 흥분한 상태여서 대화에 정신을 집중해야 했지만 낮에 여러 번 운전해 간 적이 있었기 때문에 침착하고 자연스럽게 이야기를 할 수 있었습니다. 하지만 말을 하는 동안에도 머릿속에는 온갖 의심과 두려움이 들끓고 있었습니다. 뭐가 두려운지는 알 수 없었습니다. 이유는 알 수 없지만, 맨더슨에 대한 공포가 밀려왔습니다. 마음이 한번 알아차리자 공포가 적군의 침략처럼 밀려들어오더군요. 뭔가 완전히 잘못됐고 불길하다는 느낌이 들었습니다. 아니, 확신했습니다. 내가 그 공격 대상이라는 직감이 왔습니다. 하지만 맨더슨은 적이 아니지 않습니까. 난 그가 왜 거짓말을 했을까 하는 의문에 대한 해답을 필사적으로 찾았습니다. 귀에서 피가 웅웅거렸습니다.

'돈은 어디 있을까?'

이성은 두 가지 의문이 아무 연관이 없다고 저항했습니다. 하지만 위험에 처한 사람의 직감은 이성의 소리에 귀를 기울이지 않는 법이죠. 차가 출발하고 도로에 들어서는 동안에도 전 핸들을 무의식적으로 움직이고 건성으로 몇 마디 말을 주고받으며 달빛 아래를 달렸습니다. 머릿속은 온통 혼란스러웠고, 제가 경험한 어떤 공포보다 더 무시무시한 일이 벌어지고 있다는 희미한 경고음이 울렸습니다.

집에서 이 킬로미터 정도 갔을까. 기억하시죠? 왼쪽에 큰 대문이 있고 반대쪽에 골프장이 있습니다. 맨더슨이 거기서 내리겠다고 해서 저는 차를 세웠습니다.

'지시는 분명히 기억하고 있겠지?'

그는 물었습니다. 저는 억지로 기억을 쥐어짜서 그가 내린 지시를 되풀이했습니다.

'좋아. 그럼 잘 다녀오게. 서류 케이스 잊지 말고.'

그게 그가 남긴 마지막 말이었습니다. 차는 조용히 그에게서 멀어졌죠."

말로는 의자에서 일어나 두 손으로 눈을 눌렀다. 이야기를 하느라 흥분했는지 얼굴이 달아올라 있었고, 눈빛에는 두려운 기억에 대한 공포가 역력했다. 트렌트도 커플스도 말을 걸 수가 없었다. 말로는 개처럼 몸을 떨더니 뒷짐을 지고 벽난로 앞에 똑바로 선 채 이야기를 계속했다.

"자동차 백미러가 어떤 건지 아시지요."

트렌트는 기대에 들뜬 얼굴로 얼른 고개를 끄덕였다. 그러나 자동차에 대해 완고한 거부감을 지닌 커플스는 잘 모른다고 대답했다.

"원형이나 사각형 모양의 작은 거울이죠. 운전자의 오른쪽에 달아서 고개를 돌리지 않고도 뒤에서 오는 차를 볼 수 있도록 되어 있습니다. 모든 차에 달려 있는 일반적인 장치이며 그 차에도 달려 있었습니다. 차가 출발하고 뒤에서 맨더슨의 목소리도 들리지 않을 때, 저는 백미러를 통해 차라리 잊고 싶은 광경을 보았습니다."

말로는 잠시 말을 끊고 눈앞의 벽을 응시했다. 그러다 나직하게 말을 이었다.

"맨더슨의 얼굴이었습니다. 그는 도로에 선 채 몇 미터 뒤에서 절 쳐다보고 있었습니다. 달빛이 얼굴을 환히 비췄죠. 한순간 거울에 얼굴이 들어온 겁니다.

몸에 밴 습관이란 참 놀라운 겁니다. 전 자동차 운전 장치에서 손도 발도 떼지 않았습니다. 습관 덕분에 충격에도 불구하고 아무 일 없었다는 듯이 운전을 계속할 수 있었죠. 인간의 눈을 통해 지옥이 들여다보인다는 표현을 읽으신 적이 있으시지요? 그게 얼마나 훌륭한 비유인지 모르실 겁니다. 맨더슨이 거기 있다는 걸 몰랐더라면, 아마 누구의 얼굴인지 알아보지 못했을 겁니다. 그건 증오로 흉악하게 일그러진 광인의 얼굴이었습니다. 승리에 젖어 원숭이처럼 흉포하게 드러난 이와 눈……. 작은 거울로는 얼굴밖에 보지 못했습니다. 무슨 몸짓을 했는지는 모르지만, 일그러진 하얀 가면 같은 얼굴이 뒤에서 절 노려보고 있었습니다. 그 모습은 잠시 나타났다 사라졌습니다. 차는 계속해서 속도를 냈습니다. 그렇게 달리는 동안 온갖 의혹과 당혹스러움이 말끔히 가시고, 제 두뇌는 발밑의 엔진처럼 바쁘게 움직이기 시작했습니다. 한순간 전 알아차린 겁니다.

원고에서 새로운 생각을 중심으로 다른 생각들이 한순간에 극적으로 재배치된다는 표현을 하셨죠, 트렌트 씨. 사실입니다. 맨더슨의 안구에서 불꽃처럼 쫓아오던 끔찍한 악의는 탐조등처럼 제 머릿속을 환히 밝히기 시작했습니다. 이제 또렷하고 냉정하게 생각할 수 있었습니다. 무엇을, 아니, 최소한 누구를 두려워해야 하는지 알아차렸기 때문이지요. 여러 감정이 고개를 들고 있었지만, 본능적으로 지금은 그럴 때가 아니라는 생각이 들었습니다. 맨더슨은 절 광적으로 증오하고 있었습니다. 놀라운 사실이었습니다. 하지만 그의 얼굴은 그 이상을 말하고 있었습니다. 누가 봐도 알았을 겁니다. 승리를 선언하는 만족스러운 증오의 표정이었습니다. 그 얼굴은 제가 파멸을 향해 차를 몰고 떠나는 것을 의기양양하게 바라보고 있었습니다. 분명했습니다. 한데 어떤 파멸일까요?

나는 차를 세웠습니다. 이백 미터가량 더 왔고 길이 구부러진 지점이었기 때문에 맨더슨을 내려 준 곳에서는 보이지 않는 곳이었습니다. 저는 의자에 등을 기대고 생각을 해 보았습니다. 내게 무슨 일이 일어날 것이다. 파리에서? 아마도 그렇다. 그렇지 않다면 왜 돈과 배표를 주고 그곳으로 보내겠는가? 하지만 어째서 파리일까? 그걸 알 수 없었습니다. 파리에서 일어날 만한 극적인 상황은 전혀 떠오르지 않았습니다. 나는 잠시 그 생각을 접어 두고, 그날 저녁 주의를 끌었던 다른 일을 생각해 보았죠. 제가 드라이브를 나가자고 설득했다는 거짓말 말입니다. 그런 거짓말을 한 의도가 무엇일까? 맨더슨은 내가 사우샘프턴으로 가는 동안 집으로 돌아갈 생각이었다. 그런 다음 나에 대해 뭐라고 말할 생각일까? 차 없이 혼자 집에 돌아가면서 뭐라고 이유를 댈 것인가? 이 불길한 의문들을 던지는 동안, 마지막 의문이 떠올랐습니다.

'천 파운드는 어디에 있을까?'

동시에 해답이 떠오르더군요.

'천 파운드는 내 주머니 안에 있다.'

나는 일어나서 차에서 내렸습니다. 무릎이 부들부들 떨리고 속이 메슥거리더군요. 그제야 모든 계획을 알 수 있었던 겁니다. 서류를 파리에 가져가야 한다는 이야기는 날 속이기 위한 함정이었다. 맨더슨은 내가 그의 돈을 훔쳤다는 누명을 씌울 것이고, 나는 누가 보나 도둑질을 한 사람이 주도면밀하게 영국에서 탈출하는 것처럼 보일 것이다. 그는 즉각 경찰에 연락해서 내 행적을 정확히 뒤쫓을 것이다. 나는 멀리 간다 해도 파리에서 가명으로 지내다가 체포당할 것이다. 차도 가명으로 맡겨 놓고, 변장을 한 채, 역시 가명으로 미리 예약해 둔 배를 타고 파리로 건너갔다. 이 모든 상황은 누가 봐도 돈이 절실하게 필요한 사람이 저지른 범죄로 보일 것이다. 내가 사정을 설명해 봤자 허무맹랑한 소리로 들릴 수밖에 없다.

이런 무시무시한 상황 전개를 머릿속에 떠올리면서, 저는 두툼한 서류 케이스를 주머니에서 꺼냈습니다. 그 순간 내가 틀릴 수도 있고 돈이 거기 없을지도 모른다는 의심은 조금도 들지 않더군요. 지폐 다발이 충분히 들어갈 수 있는 크기였습니다. 하지만 손에 들고 무게를 가늠해 보니 뭔가 더 있는 것 같았습니다. 천 파운드라면 저 같은 사람이 감옥에 갈 위험을 무릅쓸 정도의 돈은 아니지 않겠습니까. 새삼 긴장감이 솟아올라, 저는 자물쇠가 달린 부분의 바로 위쪽 끈에 손가락을 걸어 고리를 뜯어냈습니다. 그런 잠금장치는 보통 허술하거든요."

말로는 잠시 말을 멈추고 창가 참나무 책상으로 다가갔다. 그는 온갖 물건들이 가득 찬 서랍을 열더니, 이런저런 열쇠가 든 상자에서 분홍색 끈으로 표시한 작은 열쇠를 꺼냈다. 그는 열쇠를 트렌트에게 건넸다.

"소름 끼치는 기념품으로 간직했습니다. 그게 제가 부순 자물쇠 열쇠입니다. 바로 그때 제 외투 왼쪽 주머니에 그 열쇠가 들어 있다는 것을 알고 있었다면 수고를 덜 수 있었을 텐데. 홀에 외투가 걸려 있을 때나 아니면 자동차에서 내 옆에 앉아 있을 때 맨더슨이 몰래 집어넣었을 겁니다. 몇 주가 지나도록 발견하지 못했을 수도 있어요. 사실 저도 맨더슨이 죽고 나서 이틀 뒤에야 찾았지만, 경찰이 수색했다면 오 분 안에 발견했을 겁니다. 그리고 전 주머니에 열쇠와 케이스를 가지고 가명을 대고 엉터리 안경을 쓴 채로 열쇠가 거기 있는 줄 몰랐다는 믿기 힘든 변명만 늘어놨겠지요."

트렌트는 끈을 손으로 잡고 열쇠를 천천히 흔들었다. 갑자기 그가 물었다.

"이게 그 케이스 열쇠라는 건 어떻게 알았습니까?"

"열어 봤습니다. 찾자마자 올라가서 자물쇠에 맞춰 봤죠. 서류 케이스를 어디 두었는지 알고 있었으니까요. 당신도 아시지 않습니까, 트렌트 씨. 안 그래요?"

희미하게 놀리는 듯한 목소리였다. 트렌트는 메마른 미소를 지었다.

"그렇군. 맨더슨의 침실 화장대 위에서 자물쇠가 부서진 커다란 서류 케이스가 텅 빈 채 다른 물건과 함께 놓여 있는 걸 봤습니다. 지금 그 말을 들어 보니 당신이 거기 놓아 둔 거군요. 전 뭔지 전혀 몰랐는데."

"숨길 이유가 없지 않습니까. 하던 이야기로 돌아가서, 전 자물쇠를 뜯어냈습니다. 자동차 전조등 앞에서 케이스를 열었죠. 거기서 처음 발견한 것은, 당연히 예상했어야 하는데 미처 생각지도 못했던 물건이었습니다."

그는 잠시 말을 끊고 트렌트를 보았다.

"그건……."

트렌트는 자동적으로 말을 잇다가 멈췄다.

"절 끌어들이지 말아 주십시오."

그는 말로의 눈을 보며 말했다.

"이미 그 원고에서 당신이 영리하다는 건 칭찬했습니다. 일일이 증거물을 꺼낼 때마다 확인할 필요는 없지 않습니까."

"좋습니다. 당신이 제 입장이었다면, 맨더슨이 뒷주머니에 늘 지니고 다니던 작은 지갑이 거기 있었다는 걸 저보다 더 빨리 알아차렸을 겁니다. 그걸 보자마자 내가 돈이 필요하다고 했을 때 맨더슨이 지갑이 없어서 화를 낸 것이 떠올랐습니다. 실수를 한 겁니다. 이미 지갑도 내가 도둑질한 물건처럼 보이도록 나머지 물건과 함께 서류 케이스에 넣어 두었던 거지요. 난 지갑을 열었습니다. 여느 때처럼 지폐 몇 장이 들어 있었는데 세어 보지는 않았습니다.

케이스 안에는 런던에서 제가 찾아 온 지폐 다발이 고스란히 들어 있었습니다. 그리고 작은 섀미 가죽 주머니 두 개가 있더군요. 눈에 익은 주머니였습니다. 이것 역시 전혀 예상치 못했던 일이라 심장이 다시 내려앉더군요. 그건 맨더슨이 한동안 투자하던 다이아몬드를 보관하는 주머니였습니다. 열어 보지는 않았습니다. 작은 돌이 손가락 밑에서 움직이는 게 느껴지더군요. 도대체 값어치가 얼마나 될지 상상조차 할 수 없었습니다. 저희는 맨더슨이 다이아몬드를 사들이는 걸 재미 삼아 하는 투자라고 생각하고 있었거든요. 지금 생각하니 그건 절 파멸시키기 위한 사전 작업이었습니다. 저 같은 사람이 그에게서 뭔가를 훔친 것처럼 보이게 하려면 상당히 큰 유혹이 있어야 할 테니까요. 철저한 준비를 했던 겁니다.

계획을 알아냈으니 나도 행동을 해야 했습니다. 어떻게 해야 할지 곧바로 생각이 떠오르더군요. 맨더슨을 내려 준 것은 집에서 이 킬로미터 떨어진 지점이었다. 집으로 돌아가려면 이십 분, 빨리 걸으면 십오 분이 걸릴 것이다. 맨더슨은 집에 돌아가서 곧바로 재물을 도둑맞았다고 이야기하고 비숍스브리지의 경찰에게 전화를 걸 것이다. 그를 내려 준 것은 오 분 내지 육 분 전이다. 그렇게 머리가 빨리 돌아가 본 적이 없었습니다. 차로 가면 그가 저택에 돌아가기 전에 따라잡을 수 있을 것이다. 그리고 어색한 대화를 해야겠지. 나는 그 장면을 상상하면서 이를 악물었습니다. 모든 것을 까발리고 욕을 해 줄 통쾌함을 생각하니 두려움도 사라졌지요. 맨더슨과 나눌 어색한 대화를 기분 좋게 기대할 만한 사람은 거의 없겠죠. 저는 분노에 부들부들 떨고 있었습니다. 악랄한 속임수로 내게서 명예와 자유를 빼앗으려고 하다니. 그 대화 이후에 어떤 일이 벌어질지는 생각조차 해 보지 않았습니다. 되는 대로 흘러가겠지요.

나는 차에 시동을 걸고 방향을 돌렸습니다. 화이트 게이블스를 향해 전속력으로 달리고 있는데 오른쪽 전방에서 총성이 들렸습니다.

차를 세웠습니다. 맨더슨이 날 쏜 게 아닐까 하는 생각이 처음 떠오르더군요. 하지만 곧 가까운 데서 난 총성이 아니라는 것을 깨달았습니다. 달빛이 환히 비치는 도로에는 아무도 보이지 않았습니다. 제가 맨더슨을 내려 준 곳은 일 킬로미터 전방의 모퉁이를 돌았던 지점이었습니다. 삼십 초 정도 지난 뒤, 다시 시동을 걸고 천천히 모퉁이를 돌았습니다. 그리고 곧바로 급정거를 했습니다. 한동안 꿈쩍도 않고 그렇게 운전석에 앉아 있었죠.

맨더슨이 차에서 몇 발 떨어진 저택 정문 앞 풀밭에 쓰러져 죽어 있는 모습이 달빛에 뚜렷이 보였습니다."

말로가 다시 말을 멈추자 트렌트는 미간에 주름을 잡으며 물었다.

"골프장에?"

커플스가 대신 대답했다.

"그렇겠지. 제8홀이 바로 거기라네."

그는 말로의 이야기에 빠져들었는지 성긴 턱수염을 초조하게 만지고 있었다. 말로가 말했다.

"그린 위, 홀에 가까운 지점이었습니다. 팔을 뻗고 반듯이 누운 자세였고, 조끼와 묵직한 외투 자락은 열려 있었습니다. 달이 창백한 얼굴과 셔츠 앞자락을 무시무시하게 비추고 있었습니다. 드러난 이와 한쪽 눈알이 희게 빛났습니다. 반대쪽 눈은…… 당신도 봤을 겁니다. 분명 죽어 있었습니다. 박살 난 눈구멍에서 귀 쪽으로 난 한 줄기의 검은 핏자국을 보면서 저는 한동안 아무 생각도 못 하고 멍하니 그렇게 앉아 있었습니다. 바로 옆에는 검은 모자가 놓여 있었고 발치에 권총이 떨어져 있었습니다.

그렇게 멍하니 시체를 바라보고 있었던 건 몇 초에 지나지 않았을 겁니다. 저는 일어서서 발을 질질 끌고 시체 쪽으로 향했습니다. 마침내 이 상황까지 되어 제가 얼마나 큰 위험에 처해 있는지 깨달을 수 있었죠. 광인이 노렸던 건 내 명예나 자유를 빼앗는 것이 아니었습니다. 그가 계획했던 건 죽음이었습니다. 치욕적인 교수대 위에서의 죽음. 그는 저를 확실하게 파멸시키기 위해서 자신의 목숨을 내버리는 것도 주저하지 않았던 겁니다. 분명 그는 이전부터 우울증으로 자살 충동에 시달리고 있었던 게 분명합니다. 저를 저승으로 끌고 간다는 생각에 자살하는 순간의 마지막 고통도 악마 같은 기쁨으로 변했겠지요. 아무리 생각해도 저는 헤어 나올 길이 없었습니다. 맨더슨이 절 도둑으로 몰려고 했다는 상황도 절망적이었는데, 이렇게 시체가 놓여 있고 살인범이 되어 버린 상황은 어떻겠습니까?

저는 권총을 집어 들었습니다. 제 총이라는 것을 확인했는데도 아무 감정이 느껴지지 않더군요. 제가 차를 꺼내오는 동안 맨더슨이 제 방에서 가져왔겠지요. 맨더슨이 자기도 정확히 똑같은 권총을 가지고 있으니 제 총에는 이름의 머리글자를 새겨 놓는 게 어떠냐고 했던 것도 떠오르더군요.

저는 시체 위에 몸을 숙여 사망 여부를 확인했습니다. 그때도 그 뒤에도, 누군가의 공격을 받아 몸싸움을 한 증거로 받아들여졌던 손목의 상처나 멍은 제 눈에 띄지 않았습니다. 하지만 저는 맨더슨이 총을 쏘기 전에 의도적으로 이런 상처를 냈을 거라고 확신합니다. 그것도 계획의 일부였을 겁니다.

상처는 알아채지 못했지만, 시체를 보니 맨더슨이 절 단단히 옭아매기 위해 지상에서의 마지막 행동에서 자살 가능성을 완전히 배제했다는 것을 알아차릴 수 있었습니다. 일부러 팔을 쭉 뻗어 권총을 든 게 확실하더군요. 얼굴에 화약 자국이나 화상이 없었습니다. 상처는 깨끗했고, 출혈도 멎어 있었습니다. 저는 일어서서 골프장을 서성거리며 제 앞에 놓인 함정의 요점을 종합해 보았습니다.

맨더슨과 마지막으로 함께 있었던 사람은 저였습니다. 제가 그를 설득해서 같이 드라이브를 하러 나갔는데 그는 영영 돌아가지 못했습니다. 부인에게 그렇게 거짓말을 했고, 나중에 알고 보니 집사에게도 그렇게 말했더군요. 그를 죽인 무기는 제 권총이었습니다. 물론 계획을 미리 알아차린 덕택에 더 이상 수상한 사실들이 쌓이는 건 막을 수 있었습니다. 도주, 변장, 재물 소지. 하지만 이렇게 된 이상 뭐가 더 필요할까요? 무슨 희망이 있습니까? 제가 어떻게 할 수 있었을까요?"

말로는 탁자로 다가가서 두 손으로 탁자를 짚고 몸을 앞으로 숙였다. 진심이 담긴 음성이었다.

"마침내 제가 어떻게 할 것인지 결심했을 때, 머릿속에 어떤 생각들이 오갔는지 이해해 주셨으면 합니다. 지루하실 수도 있지만 꼭 설명을 드려야겠어요. 두 분 다 제가 바보짓을 했다고 생각하실지도 모릅니다. 하지만 결국 경찰은 저를 의심하지 않았잖습니까? 저는 십오 분 정도 골프장을 서성이면서 체스를 두듯 사고를 전개했습니다. 몇 수 앞을 보고 침착하게 생각해야 했죠. 세상에서 가장 멀리 볼 줄 아는 사람의 묘수를 깨뜨리는 데에 일신의 안전이 달려 있었으니까요. 게다가 아직 제가 모르는 함정이 숨어 있을지도 몰랐습니다.

곧장 두 가지 명백한 수가 생각났습니다. 둘 다 치명적인 수였죠. 첫째는 정면으로 돌파하는 겁니다. 시체를 싣고 가서, 상황을 설명하고, 수표와 다이아몬드를 돌려주고, 진실과 결백의 힘에 몸을 내맡기는 거죠. 생각하면서도 웃음이 나올 것 같더군요. 시체를 가져가서 쭈뼛거리며 아무 근거도 없는, 내가 들어도 허무맹랑한 이야기를 하고 있는 내 모습이 눈에 보이는 것 같았습니다. 나에 대해 안 좋은 말 한번 한 적이 없는 사람이 미치광이 같은 증오를 품고 그런 악마적인 계획을 짰다니. 어딜 보아도 맨더슨의 사악한 묘수가 앞지르고 있더군요. 그런 증오를 철저히 숨겨 왔다는 것 자체가 이 책략의 특징이었습니다. 강철 같은 자제력을 지닌 사람만이 할 수 있는 계획이었죠. 맨더슨이 죽은 상황에서 제가 말하는 사실이 얼마나 허술한 거짓말처럼 보이겠습니까. 저는 변호사에게 이런 이야기를 하고 있는 자신의 모습을 상상해 보았습니다. 변호사가 제 말에 귀를 기울이는 얼굴이 눈에 보이는 것 같더군요. 무슨 생각을 할지 뻔했습니다. 저렇게 얼토당토않은 거짓말만 늘어놓으면 오히려 사형에서 감형될 가능성만 사라질 뿐이란 생각이겠죠.

실제로, 저는 도망치지 않았습니다. 시체를 가지고 돌아갔습니다. 돈과 보석도 돌려놓았습니다. 하지만 그게 무슨 도움이 될까요? 제가 사람을 죽이고 겁이 나 장물을 들고 도망칠 용기조차 잃어버렸다는 의심만 받았겠지요. 처음에는 협박만 하려고 했지 살해할 의도는 없었는데 얼떨결에 사람을 죽이고 나서 겁에 질렸다는 의심을 받았을 수도 있을 겁니다. 어떻게 생각해 봐도 이 방법으로는 살아날 가능성이 없었습니다.

두 번째로 할 수 있는 방법은 맨더슨이 계획한 대로 즉시 도망치는 것이었습니다. 하지만 이 역시 치명적이더군요. 조직적인 수색이 개시될 때 시체가 즉각 발견되지 않도록 잘 숨길 시간이 없습니다. 게다가 시체를 어떻게 처리하든 맨더슨이 집에 돌아오지 않으면 길어도 두세 시간 내에 집안 사람들이 걱정하기 시작했을 겁니다. 마틴은 자동차 사고라도 났나 하고 경찰에 전화했겠지요. 동이 틀 무렵에는 도로 수색이 벌어지고 사방으로 문의 전화가 날아갔을 겁니다. 경찰은 범죄 가능성을 염두에 두고 수사를 시작하겠죠. 맨더슨 실종 같은 대형 사건이라면 총력을 다해 수사를 펼칠 겁니다. 공항과 기차역에도 감시가 깔리겠지요. 스물네 시간 안에 시체가 발견될 거고 전국에, 아니 전 유럽에 제가 지명 수배될 겁니다. 모든 신문이 그가 죽었다는 소식을 떠들썩하게 알리는 상황에서, 맨더슨을 살해한 범인이 무사할 수 있는 나라는 기독교권에 단 한 군데도 없을 겁니다. 낯선 사람은 모두 용의자가 되고 남녀노소가 탐정이 될 겁니다. 어디다 버리든 자동차는 저를 추적하는 단서가 되겠지요. 이 두 가지 절망적인 방법 중 하나를 꼭 택해야 한다면, 차라리 터무니없는 진실을 털어놓는 쪽을 택할 겁니다.

하지만 사실보다 더 그럴듯한 이야기를 꾸며 내면 어떨까? 거짓말로 목숨을 구할 수 있을까? 온갖 거짓이 하나씩 떠오르기 시작했습니다. 지금 일일이 기억할 필요는 없겠지요. 모두 나름대로 위험이 따르고 도움이 되지 않았지만, 결정적으로 제가 맨더슨을 설득해서 같이 밖에 나갔다가 맨더슨이 살아 돌아오지 못했다는 사실에서 막혔습니다. 시체 옆에서 서성거리며 하나씩 가능성을 포기하는 시간이 흐를수록 파멸의 무게가 점점 저를 무겁게 내리누르기 시작했습니다. 그때 묘한 생각이 떠올랐습니다.

전 반쯤 무의식적으로 맨더슨이 아내에게 했던 말을 몇 번이고 되뇌고 있었습니다.

'말로가 잠시 달밤에 드라이브를 하자고 하는군.'

나는 순간 이 말을 나도 모르게 맨더슨의 목소리로 중얼거리고 있다는 것을 깨달았습니다.

알아내신 대로 저는 목소리 흉내에 타고난 재능이 있습니다. 부인보다 더 오랜 시간 맨더슨의 곁에서 지낸 버너조차 속일 정도로 감쪽같이 흉내 낸 적도 여러 번 있었습니다. 기억하시겠지만……."

말로는 커플스를 돌아보았다.

"전달력이 좋은, 힘 있는 쉿소리였지요. 특이해서 흉내 내는 것이 재미있고 쉽습니다. 저는 신중하게 다시 흉내 내어 보았습니다. 이렇게……."

그는 흉내를 냈고, 커플스는 놀라서 눈을 커다랗게 떴다.

"그리고 옆에 있던 낮은 벽을 손으로 치면서 점점 큰 목소리로 외쳤습니다.

'맨더슨이 살아 돌아오지 않았다고? 아니야, 살아 돌아올 거야!'

삼십 초 만에 대략의 계획이 머릿속에 잡혔습니다. 자세한 것까지 생각할 시간은 없었습니다. 지금은 일분일초가 소중했으니까요. 저는 시체를 자동차 바닥으로 옮긴 뒤 깔개로 덮었습니다. 모자와 권총도 집어 들었습니다. 골프장에는 그날 밤의 흔적이 전혀 남지 않았을 겁니다. 화이트 게이블스로 다시 차를 모는 동안, 계획은 쉽고 재빨리 형태를 갖추기 시작했습니다. 가슴이 두근거렸습니다. 살 수 있다! 긴장하지만 않으면 쉽게 해낼 수 있어. 예상외의 돌발 상황만 일어나지 않는다면 실패하지 않을 거야. 소리치고 싶었습니다. 외치고 싶었습니다!

집이 가까워지자 속도를 늦추고 조심스럽게 길을 둘러보았습니다. 움직이는 것은 아무것도 없었습니다. 나는 경내 한쪽 구석의 작은 문에서 스무 걸음 떨어진 길에 면한 들판으로 차를 몰고 들어가서 건초 더미 뒤에 차를 세웠습니다. 맨더슨의 모자를 쓰고 총을 주머니에 넣은 채 시체를 끌고 달빛이 비치는 도로를 가로질러 문을 지나쳤을 때쯤에는 두려움도 거의 사라졌습니다. 재빨리 행동하고 배짱을 잃지 않는다면 해낼 수 있다는 생각이 들었지요."

말로는 길게 한숨을 내쉬며 벽난로 옆의 깊숙한 의자에 몸을 내던지더니 손수건으로 축축한 이마를 닦았다. 듣던 사람들도 들리지 않는 심호흡을 했다.

"나머지는 아시는 대로입니다."

그는 옆의 상자에서 담배를 꺼내 불을 붙였다. 트렌트는 성냥을 든 그의 손이 가볍게 떨리는 것을 보았고 자신의 손 역시 떨리고 있는 것을 알아챘다. 말로는 잠시 침묵을 지키다 말을 이었다.

"신발 때문에 제 정체를 알아내셨더군요. 신고 있는 내내 발이 아팠지만, 문제가 생길 거라고는 꿈에도 생각하지 않았습니다. 시체를 놓아 둔 창고 근처의 부드러운 땅이나 창고와 집 사이에 제 발자국을 남기면 안 된다는 것을 알고 있었기 때문에, 문을 들어서자마자 제 구두를 벗고 억지로 그 구두를 신었습니다. 제 구두는 나중에 다시 신으려고 외투와 재킷과 함께 시체 옆에 두었지요. 프랑스식 창문 밖의 부드러운 자갈 위에는 분명하게 발자국을 남겼고, 양탄자 위에도 흙 자국을 여러 개 남겼습니다. 시체에서 겉옷을 벗기고, 갈색 옷을 입히고, 구두를 신기고, 주머니에 이런저런 물건을 넣는 일은 정말 끔찍했습니다. 틀니를 빼내는 건 더 끔찍했죠. 머리가⋯⋯ 아니, 이런 것까지 들으실 필요는 없을 겁니다. 당시에는 저도 별 느낌이 없었습니다. 교수대의 올가미에서 목을 끄집어내느라 필사적이었으니까요. 소맷자락을 끌어 내리고 신발 끈을 좀 더 단단히 묶을 생각도 했으면 좋았으련만. 시계를 반대쪽 주머니에 넣은 건 서두르다 저지른 큰 실수였습니다.

위스키는 잘못 생각하셨더군요. 그때 전 한 잔밖에 마시지 않았습니다. 대신 수납장 안에 있던 작은 술병에 위스키를 가득 채워서 주머니에 넣었지요. 극도로 긴장한 상태였고 밤새도록 할 일이 있었기 때문에 술이 있어야 견딜 것 같았습니다. 운전중에도 한두 모금 마셨습니다. 말이 나왔으니 말인데, 원고에서 밤에 사우샘프턴에 가는 시간을 너무 넉넉하게 잡으셨더군요. 차로 6시 30분까지 사우샘프턴에 도착하려면, 아무리 전속력을 내더라도 늦어도 12시에는 말스톤을 출발해야 한다고 쓰셨습니다. 그러나 제가 시체에 옷을 입히고 넥타이와 시곗줄까지 맸을 때는 거의 12시 10분이었습니다. 그런 뒤에 차로 출발해야 했지요. 하지만 밤에 전조등도 없이 그 길을 전속력으로 달릴 사람은 없을 겁니다. 지금 생각해도 식은땀이 나는군요.

집 안에서 한 일에 대해서는 별로 말씀드릴 게 없습니다. 마틴이 떠난 뒤 권총에서 실탄을 빼고 손수건과 책상 위에 있던 펜대로 깨끗이 손질하면서 앞으로 남은 계획을 신중하게 생각했습니다. 돈다발도 상자 안에 넣고 다이아몬드는 롤 톱 데스크 서랍 안에 두었습니다. 롤 톱 데스크는 맨더슨의 열쇠로 열었다가 잠갔죠. 위층으로 올라가는 것이 힘들었습니다. 식료품 저장소에 앉아 있는 마틴이 볼 염려는 없었지만, 침실 층에 누가 깨어 있을 가능성이 있었으니까요. 다른 하인들이 침대에 든 뒤에도 프랑스인 하녀가 복도를 어슬렁거리는 것을 몇 번 본 적이 있었습니다. 버너는 잠이 깊이 드는 사람이고, 맨더슨 부인은 이것저것 들은 말을 종합해 볼 때 보통 11시까지는 잠드는 것 같았습니다. 불행한 결혼 생활에도 불구하고 잠을 푹 잘 수 있는 능력이 부인의 아름다움과 활기를 유지하는데 도움이 됐을 거라고 생각한 적도 있어요. 그래도 계단을 올라가는 것은 불안한 일이었습니다. 위에서 무슨 소리가 조금이라도 들리면 얼른 서재로 돌아갈 태세를 취하고 있었죠. 하지만 아무 일도 없었습니다.

복도에 도착한 뒤 저는 가장 먼저 제 방에 들어가서 권총과 실탄을 상자 안에 넣었습니다. 그런 뒤 불을 끄고 조용히 맨더슨의 침실로 들어갔습니다.

거기서 했던 일은 알고 계실 겁니다. 구두를 벗어 문밖에 놓고, 주머니에서 모든 물건을 꺼낸 뒤 맨더슨의 재킷과 조끼, 바지, 검은 넥타이를 남겨 두고, 시체에 입힐 정장과 넥타이, 구두를 고르고, 틀니를 그릇에 넣어야 했습니다. 세면대에 있던 그릇을 침대 옆으로 가지고 오다가 결정적인 지문을 남긴 겁니다. 서랍장의 지문은 아마 넥타이를 꺼낸 뒤 닫다가 찍혔을 겁니다. 그런 다음 침대에 누워서 이불을 흩뜨려 놓아야 했습니다. 상상할 수 있으시겠지요. 그러나 그때 제 정신 상태만은 상상할 수 없으실 겁니다. 저도 표현할 수가 없습니다.

그런데 미처 일을 시작하기도 전에 최악의 상황이 닥쳤습니다. 잠들어 있다고 생각한 맨더슨 부인이 방에서 말을 건 순간 말입니다. 저는 그런 상황에 대비를 하고 있었습니다. 그럴 가능성이 있으니까요. 하지만 전 거의 정신을 잃을 뻔했습니다. 그래도…….

혹시라도 그럴 일은 없겠지만 맨더슨 부인이 계속 잠들지 않고 깨어 있어서 부인의 침실 창문으로 탈출하는 길이 막혀 버린다면, 저는 몇 시간 더 그 방에 있다가 부인에게 말을 걸지 않고 재빨리 조용히 계단으로 집을 나갈 생각이었습니다. 마틴은 그때쯤이면 잠자리에 들었을 테니까요. 혹시 나가는 소리가 들릴 수는 있겠지만 남의 눈에 띄지는 않을 겁니다. 시체는 계획대로 해 놓고, 최대한 빨리 사우샘프턴으로 출발하는 겁니다. 그럴 경우 6시 30분까지 호텔에 나타나서 결정적인 알리바이를 만들 수가 없었겠지요. 대신 곧장 부두로 가서 남의 눈에 띄게 수소문을 할 생각이었습니다. 아무리 늦더라도 배가 정오에 출항하기 전까지는 넉넉히 도착할 수 있을 테니까요. 살인범으로 절 의심할 사람은 없을 겁니다. 하지만 10시까지 도착하지 못해서 누가 절 의심하게 되면 '총을 쏜 다음 사우샘프턴에 그렇게 일찍 도착할 수는 없다'고 말하지는 않았겠지요. 말스톤에서 10시 반에 출발한 뒤 차가 고장 났다고 말하고 내가 범행과 연루되어 있다는 증거를 가져와 보라고 할 생각이었습니다다. 그런 증거를 찾을 수는 없을 테니까요. 살인 무기가 제 권총이라고 밝혀져도 제 권총은 방에 보란 듯이 놓아 뒀으니 얼마든지 다른 사람이 몰래 가져갈 수 있습니다. 다들 맨더슨이 집에 돌아왔었다고 믿는 이상, 살인과 저를 논리적으로 결부시키는 건 불가능했습니다. 아무도 저를 의심하지 않을 거라고 확신했습니다. 그래도 물리적으로 절대 불가능한 것 같은 요소를 심어 놓고 싶었습니다. 그렇게 하면 열 배는 안심할 수 있으니까요. 그래서 저는 맨더슨 부인이 다시 잠든 숨소리가 들리자, 조용히 양말 바람으로 방을 가로지른 뒤 십 초 만에 짐 꾸러미를 들고 잔디에 내려섰습니다. 소리는 전혀 나지 않았을 겁니다. 창문 앞의 커튼은 부드럽고 두꺼운 감이어서 사락거리지도 않았고, 유리문을 조금 더 열 때도 소리가 나지 않았습니다."

말로가 말을 멈추고 새 담배에 불을 붙이자 트렌트가 물었다.

"왜 굳이 맨더슨 부인의 방을 통해 집에서 탈출하는 모험을 했는지 말해 주십시오. 맨더슨의 방에서 보았을 때 부인의 방을 통해야하는 이유는 알 수 있었습니다. 반대쪽 창문으로 나가면 마틴이나 다른 하인들의 침실 창문을 통해 보일 위험이 있었지요. 하지만 그쪽에는 사람이 없는 방이 더 있었습니다. 비어 있는 침실 두 개와 부인의 거실 말입니다. 나라면 맨더슨의 방에서 할 일을 마치고 나서 조용히 침실을 나간 뒤 그 세 방 중 한 곳의 창문을 통해 탈출하는 게 더 안전했을 것 같은데 말입니다……. 부인의 방 창문을 통해 나갔다는 건…….”

트렌트는 차갑게 덧붙였다.

“혹시 알려지면 부인에 관해 여러 가지 의심을 불러일으킬 위험이 있지 않았습니까. 무슨 말인지 이해하실 겁니다.”

말로는 벌겋게 달아오른 얼굴로 그를 돌아보았다.

“그리고 당신도 날 이해하실 거라고 생각하는데요, 트렌트 씨.”

그는 떨리는 목소리로 말했다.

“만약 그때 그런 생각이 떠올랐다면 어떤 위험을 무릅쓰더라도 그런 식으로 도망치지는 않았을 겁니다……. 아무렴요!”

그는 차갑게 말을 이었다.

“그래요, 모르는 사람이라면 부인이 남편의 살인에 개입했을 거라고 생각하는 것도 무리는 아니겠죠. 이런 말씀을 드려 죄송합니다만.”

자신이 내뱉은 말과 말투 때문에 일순간 트렌트의 눈빛이 험악하게 빛났다는 것도 모르고 말로는 타들어 가는 담뱃불만 가만히 응시했다. 그러나 트렌트의 눈빛은 곧 진정되었다. 트렌트는 냉정하게 말했다.

“맞는 말씀입니다. 당신이 그 순간 추문이 생길 가능성을 미처 생각하지 못했을 수도 있다는 것도 믿을 수 있어요. 하지만 어쨌든 사람이 없는 방 창문으로 탈출하는 게 더 안전했을 겁니다.”

“그렇게 생각하십니까? 전 그럴 용기가 나지 않았다고 말씀드릴 수밖에 없군요. 맨더슨의 방에 들어가서 문을 닫았을 때는 두려움이 한결 가셨습니다. 이제 문제는 닫힌 공간 안에 한정되어 있었고, 유일한 위험은 예측하고 있던 맨더슨 부인 하나뿐이었습니다. 해야 할 일도 거의 다 끝냈어요. 부인이 잠깐 잠에서 깬 것도 대비하고 있던 위험이었고, 부인이 확실히 잠들 때까지 기다리면 되는 일이었습니다. 사고가 없다면, 부인의 방은 확실한 탈출구였습니다. 하지만 맨더슨의 옷과 신발을 들고 셔츠와 양말 바람으로 복도로 나와서 빈방으로 들어간다고 칩시다. 긴 창문을 통해 복도에는 달빛이 환했습니다. 얼굴을 숨긴다고 해도 서 있는 제 몸의 윤곽을 보고 맨더슨 씨라고 착각할 사람은 아무도 없었을 겁니다. 마틴이 소리 없이 집 안을 걸어 다닐 수도 있고, 버너가 침실에서 나올 수도 있습니다. 자고 있어야 할 하인이 불쑥 복도 모퉁이를 돌아 올 수도 있고요. 셀레스틴이 그런 늦은 시각에 돌아다니는 걸 본 적도 있습니다. 그런 희박한 가능성조차 제게는 너무 크게 느껴졌습니다. 불확실했어요. 맨더슨의 침실에서 다른 식구들과 완전히 차단되어 있으면, 예상되는 상황은 확실했습니다. 옷을 침대에 놓고 열린 문을 통해 들릴락 말락 한 숨소리를 듣고 있으니, 긴장이 된 건 사실이지만 잔디 위에서 시체를 발견한 이후 처음으로 마음이 편해지더군요. 맨더슨 부인이 말을 건 덕분에 제가 사우샘프턴에 갔다는 이야기를 되풀이할 기회가 생겨서 잘됐다고 생각하기까지 했습니다."

말로는 트렌트를 보았고, 트렌트는 맞는 말이라는 듯 고개를 끄덕였다. 말로는 말을 이었다.

"사우샘프턴에서 제가 한 일도 분명 아시겠죠. 저는 맨더슨이 말한 미지의 해리스라는 인물에 제 나름대로 살을 붙였습니다. 맨더슨이 빈틈없이 준비한 거짓말이라 제가 즉석에서 꾸며낼 수 있는 어떤 거짓말보다 나았을 겁니다. 출발하기 전에 서재에서 사우샘프턴의 호텔로 전화를 걸어서 해리스가 있는지 문의까지 했습니다. 물론 그런 사람은 없었지요."

"그것 때문에 전화를 건 겁니까?"

트렌트는 얼른 물었다.

"전화를 건 이유는 마틴이 재킷이나 모자 말고 제 얼굴과 다른 부분을 못 보는 자세를 취하기 위해서였죠. 자연스럽고 익숙한 자세로요. 하지만 그렇게 하려다 보니 진짜 전화를 거는 게 낫다는 생각이 들었습니다. 그냥 전화 거는 시늉만 했다면 전화국 교환수가 그날 밤 화이트 게이블스에서 건 전화가 없었다고 증언할 수도 있었을 겁니다."

"제가 가장 먼저 한 일이 그 전화와 사우샘프턴에서 맨더슨에게 보낸 전보에 대해 문의하는 것이었습니다. 해리스가 나타나지 않았기에 돌아간다는 내용의 그 전보 말입니다. 그건 특히 감탄했습니다."

딱딱한 미소가 말로의 얼굴에 잠깐 떠올랐다.

"더 이상 말씀드릴 건 없습니다. 전 말스톤으로 돌아갔고, 최대한 태연하게 당신의 친구인 형사를 만났습니다. 최악은 당신이 사건에 투입됐다는 소식을 들었을 때였습니다. 아니, 그건 최악이 아니었군요. 당신이 다음 날 아침 시체를 놓아 두었던 창고 주변의 나무 사이로 빠져나오는 모습을 보았을 때였습니다. 그 순간에는 당신이 그 자리에서 절 지목하려는 줄 알았습니다. 이제 다 말씀드리고 나니 당신이 별로 무섭지 않군요."

그는 눈을 감았다. 잠시 침묵이 흘렀다. 트렌트가 갑자기 일어섰다.

"반대 신문이라도 하시렵니까?"

말로는 어두운 얼굴로 그를 보며 물었다. 트렌트는 긴 팔다리를 죽 뻗었다.

"아닙니다. 다리가 뻣뻣해서요. 신문을 할 생각은 없습니다. 당신의 말을 믿어요. 당신의 얼굴이 마음에 들어서도 아니고, 어색한 상황을 피하려고 남을 믿기로 하는 것도 아닙니다. 그저 한 시간 동안 제게 들키지 않고 거짓말을 할 수 있는 사람은 있을 수 없다는 제 허영심 때문이지요. 당신의 이야기는 훌륭했어요. 맨더슨은 대단한 사람이고 당신도 마찬가집니다. 당신은 미치광이 같은 행동을 했습니다. 하지만 제정신을 지닌 사람처럼 행동했다면, 판사와 배심원 앞에서 목숨을 건질 일말의 가능성도 없었을 거라는 데는 저도 동의합니다. 이 일을 통해 확실히 알게 된 한 가지는 당신은 용기 있는 사람이라는 점입니다.”

말로는 얼굴을 붉히고 잠시 할 말을 찾지 못했다. 그가 입을 열기 전에 커플스가 마른 기침을 했다.

“난 자네가 범인이라고 한 번도 생각한 적이 없어.”

말로는 감사와 놀라움이 섞인 얼굴로 그를 돌아보았다. 트렌트는 믿기지 않는다는 눈빛이었다. 커플스는 손을 들며 말을 이었다.

“하지만 한 가지 묻고 싶은 게 있네.”

말로는 말없이 머리를 숙였다.

“다른 사람이 의심을 받고 법정에 섰다면 자네는 어떻게 할 생각이었나?”

“그때 제가 할 일은 분명합니다. 변호사를 만나 모든 사실을 털어놓고 법의 심판에 저를 맡겼을 겁니다.”

트렌트는 소리 내어 웃었다. 문제가 해결되고 나니 들뜬 기분을 억누를 수가 없었다.

“변호사 얼굴이 보이는 것 같군요! 사실 위험에 처한 사람은 아무도 없었습니다. 아무도 의심받을 증거가 없어요. 오늘 아침 경찰청의 머치 경위를 만났는데, 미국인 폭력 조직이 복수극을 벌였을 거라는 버너의 견해가 옳은 것 같다고 하더군요. 이제 맨더슨 사건은 이걸로 끝이 난 셈입니다. 이렇게 후련할 데가! 세상에 따라올 사람이 없을 정도로 똑똑하다고 거들먹거리다가 제대로 망신을 당하다니!”

그는 탁자에서 두툼한 봉투를 집어 들고 벽난로의 불 안에 던져 넣었다.

"사라져라, 원고야! 네가 없어도 세상은 잘 돌아간다. 아니, 이걸 보세요! 늦었습니다. 벌써 7시가 다 되어 가는군요. 커플스 씨와 나는 삼십 분 뒤에 약속이 있습니다. 가 봐야겠습니다. 말로 씨, 그럼 이만."

그는 말로의 눈을 바라보았다.

"전 당신의 목에 밧줄을 걸기 위해 열심히 일한 사람이지만, 상황을 감안할 때 당신이 날 탓하지는 않을 것 같군요. 악수를 나눠도 될까요?"

016

결정타

"7시 반에 약속이 있다는 소리는 뭐지?"

커플스는 아파트 앞 정문을 나서며 물었다.

"우리가 약속이 있었던가?"

"그럼요. 저랑 저녁 식사를 하셔야지요. 이 상황을 제대로 축하하려면 한 가지 방법밖에 없습니다. 제가 저녁을 사는 겁니다. 아니, 아니! 제가 먼저 청했잖아요. 일 년 이상 절 괴롭혔던 사건의 진상을 마침내 완전히 알아냈는데 그게 저녁 한턱낼 이유가 아니라면 뭐겠습니까? 커플스 씨, 제가 다니는 식당에는 안 갑니다. 이건 축제예요. 이렇게 기쁠 때 런던 클럽 식당에 들어가서 흥청거리는 것은 평판이 망가지는 지름길입니다. 게다가 거기 식사는 늘 똑같잖습니까. 뭘 만들어도 맛이 다 똑같단 말이야. 비결을 모르겠어요. 클럽 식당의 영원불변한 저녁 식사에 질린 저 같은 회원들은 수없이 많고 앞으로도 계속 그럴 겁니다. 하지만 오늘 밤 우리 둘만은 즐겁게 축제를 벌입시다. 사람들이 바글거리는 곳은 안 돼요. 셰퍼드 식당으로 가죠."

"셰퍼드가 누구지?"

빅토리아 스트리트를 걸으며 커플스는 대수롭지 않게 물었다. 부자연스러울 정도로 경쾌하게 걷고 있는 트렌트의 얼굴을 어떤 경찰이 찬찬히 들여다보고 못 말리겠다는 듯 미소 지었다. 술 취한 사람이라고 생각한 모양이었다.

"셰퍼드가 누구냐고요?"

트렌트는 답답하다는 듯 힘주어 되풀이했다.

"그 질문이야말로 어수선한 현대에 넘쳐나는 의미 없는 탐구심의 전형이군요. 나는 셰퍼드 식당에서 식사를 하자고 하는데, 이분은 지식인의 자부심으로 가득 차서 식당 문지방을 넘어가기 전에 셰퍼드가 누군지 우선 알아야겠다고 팔짱을 끼고 버티고 있으시군요. 현대인의 정신의 그런 폐단에는 영합하지 않으렵니다. 셰퍼드 식당은 식사를 하는 곳이에요. 난 셰퍼드가 누군지 모릅니다. 셰퍼드란 사람이 있는지 생각해 본 적도 없어요. 어쩌면 신화 속의 인물인지도 모르죠. 제가 아는 건 셰퍼드 식당의 양고기를 맛본 수많은 미국인들이 크리스토퍼 콜럼버스가 태어난 날을 저주했다는……

택시!"

택시가 부드럽게 길가로 와서 섰다. 운전사는 목적지를 듣고 정중하게 고개를 끄덕였다. 트렌트는 분주하게 담배에 불을 붙였다.

"셰퍼드 식당에 가려는 또 다른 이유는, 제가 세상에서 가장 멋진 여인과 결혼하게 됐기 때문입니다. 무슨 뜻인지 아시리라고 생각합니다."

"메이블과 결혼한다고!"

커플스가 외쳤다.

"세상에, 이 얼마나 기쁜 소식인가! 악수를 하세, 트렌트. 정말 경사가 아닌가! 둘 다 진심으로 축하하네. 내가 얼마나 마음 깊이 이렇게 되기를 바랐는지 아는가? 자네의 들뜬 기분을 방해할 생각은 없어. 오래전 나도 그런 경험이 있지 않았겠나. 그러나 이 얘기는 해야겠네. 메이블은 많은 불행을 겪었지만 좋은 남자의 인생에 더없는 반려가 되어 줄 수 있는 여성이야. 하지만 난 그 아이가 자네를 어떻게 생각하는지 모르고 있었지. 자네의 마음이야 한참 전부터 알고 있었네만."

커플스의 눈에 짓궂은 빛이 스쳤다.

"자네 둘이 우리 집에서 식사하는 모습을 보고 곧장 알아차렸어. 자네는 펩뮬러 교수의 말을 들으면서 메이블을 쳐다보고 있더군. 늙은이들한테도 아직 눈치는 있다네."

트렌트는 풀 죽은 목소리였다.

"메이블은 그 전부터 알고 있었다고 하더군요. 그런데도 전 그녀에게 아무 관심이 없는 사람처럼 굴고 있었어요. 뭐, 전 가장에는 원래 소질이 없긴 했습니다. 나이가 많으신 펩뮬러 교수가 볼록 렌즈 너머로 눈치를 챘다고 해도 놀랄 일은 아니죠. 어쨌든 제가 구혼 후보자로 얼마나 못나게 굴었는지는 모르겠지만."

그는 다시 활기를 띠었다.

"앞으로는 더 못나게 굴 겁니다. 축하해 주셔서 얼마나 감사한지 모르겠어요. 진심으로 하시는 말이란 걸 아니까요. 실수라고 생각하면 대뜸 얼굴에 표시가 나는 까다로운 분 아닙니까. 그건 그렇고 전 오늘 밤 좀 망가져야겠습니다. 헛소리도 해야겠어요. 견디셔야 할 겁니다. 노래를 불러 드리는 게 차라리 나을까요? 좋아하시는 옛 곡조로. 늘 부르시던 그 곡이 뭐였죠? 이런 곡 있잖습니까."

그는 택시 바닥을 발로 민첩하게 구르며 노래를 시작했다.

늙은 검둥이 한 사람, 다리는 하나.

피울 담배가 없어, 빌릴 사람도 없어.

여우처럼 교활한 이웃 검둥이, 상자 가득 담배를 가지고 있네.

이제 합창!

그래, 상자 가득 담배를 가지고 있네.

“왜 안 부르십니까? 우레와 같은 음성으로 부르실 줄 알았는데.”

“난 평생 불러 본 적 없는 노래야. 들어 본 적도 없다네.”

트렌트는 의아한 듯 물었다.

“정말이세요? 음, 그럼 그렇게 알고 있어야겠죠. 하지만 아름다운 노랩니다. 풀숲에서 지저귀는 새 떼의 지저귐도 이 노래에는 못 미칠 겁니다. 왠지 이 노래가 지금 제 기분을 가장 잘 표현해 주는 것 같아요. 입에서 저절로 흘러나옵니다. 배스와 웰스의 주교가 밸푸어의 연설을 듣고 이렇게 말했죠. 가슴에 가득 찬 말이 입을 통해 흘러나온다고.”

“그게 언제였지?”

“가금류 질병 의무 신고 법안이 도입됐을 때죠. 그 법안의 불행한 결말은 물론 기억하시지요? 여기!”

그는 소리쳤다. 택시는 좁은 골목길을 달리다가 모퉁이를 돌아 넓고 사람이 많은 큰길로 들어섰다.

“다 왔습니다. 여깁니다.”

택시는 멈췄다.

트렌트는 택시비를 낸 뒤 나무 벽으로 둘러싸인 긴 식당으로 커플스를 데려갔다. 많은 탁자에서 사람들이 웅성거리며 이야기하고 있었다.

"이곳이야말로 갈구하는 식욕을 채우는 집, 장미로 둘러싸인 나무 그늘입니다. 제가 가장 좋아하는 식탁에서 마권업자 셋이 돼지고기를 먹고 있군요. 저 반대편 자리로 갑시다."

그가 웨이터와 열심히 상의를 하는 동안 커플스는 따뜻한 벽난로 불빛을 쬐며 기분 좋은 상념에 잠겨 있었다.

"여기 와인은 틀림없이 진짜 포도로 만든 게 맞아요."

트렌트는 자리에 앉으며 말했다.

"뭘 마실까요?"

커플스는 상념에서 깨어났다.

"나는 우유 소다수로 하겠네."

"말씀 낮춰요. 심장이 약한 수석 웨이터가 그런 말을 들으면 어떻게 되겠습니까? 우유 소다수라니! 커플스 씨, 당신은 몸이 튼튼한 줄 아시는 모양입니다. 물론 당신이 건강하지 않다는 말은 아닙니다만, 음료를 그렇게 섞어 마시다가는 당신보다 더 강철 같은 사람도 죽습니다. 그만둬요. 그리스 사모스 섬의 와인을 한 잔 가득 따르고, 소다는 터키 유목민에게나 줘 버립시다."

그는 웨이터에게 한 번 더 주문을 했고, 웨이터는 접시를 식탁에 배열한 뒤 사라졌다. 트렌트는 환영받는 단골손님인 것 같았다.

"제가 아는 와인을 가져오라고 했으니까, 한번 드셔 보십시오. 금주 맹세라도 했다면 차라리 팔꿈치 옆의 물을 드세요. 우유 소다수 같은 민망한 싸구려 음료는 들지 마시고."

커플스는 양고기를 마음에 든다는 듯 훑어보며 말했다.

"맹세 같은 건 안 했어. 와인을 별로 좋아하지 않을 뿐이야. 일전에 맛이 어떤지 궁금해서 한 병을 사서 마셨는데 속이 메슥거리더군. 분명 안 좋은 와인이었던 거겠지. 자네 와인은 한번 맛을 보겠네. 자네가 대접하는 식사니까. 이번 일로 얼마나 기쁜지 보여 주기 위해서라도 뭔가 여느 때와 다른 일을 해 봐야 하지 않겠나. 이렇게 기쁜 일이 얼마 만인지 모른다네."

그는 웨이터가 잔에 술을 따르는 동안 생각에 잠겨 말했다.

"맨더슨 사건이 해결되고, 결백한 사람의 무죄가 밝혀지고, 게다가 자네와 메이블의 행복한 소식까지 한꺼번에 몰려오다니! 건배를 들게, 친구!"

커플스는 와인을 아주 조금 맛보았다. 트렌트는 감동했다.

"얼마나 따뜻한 성품이신지. 겉모습으로는 영혼의 깊이가 다 나타나지 않아요. 당신이 제 건강을 위해 축배를 드는 모습은 코끼리가 오페라를 지휘하는 일이 생길 때까지 못 볼 거라고 생각했는데. 커플스 씨! 부디 그 입술이 와인으로 영원히 붉게 물드시길! 아니, 이런!"

그는 와인을 다시 맛보는 커플스의 얼굴에 불편한 표정이 스치는 것을 보고 놀라 말했다.

"당신 취향에 간섭할 마음은 없습니다. 죄송합니다. 콧대 높은 수석 웨이터가 쓰러지는 한이 있어도 원하시는 걸 드세요."

웨이터가 커플스에게 수도승이나 마실 법한 음료를 갖다 주고 물러가자, 트렌트는 의미심장한 눈으로 식탁 반대편을 바라보았다.

"이렇게 떠들썩하니 황량한 언덕 위에 단둘이 있는 것처럼 마음껏 이야기해도 되겠습니다. 웨이터는 계산대의 젊은 아가씨에게 귓속말로 수작을 부리고 있군요. 여긴 우리뿐입니다. 오늘 오후의 만남에 대해 어떻게 생각하십니까?"

그는 입맛을 다시며 식사를 시작했다. 커플스는 양고기를 연신 작은 조각으로 자르며 대답했다.

"내가 볼 때 이번 일의 가장 재미있는 점은 상황이 얼마나 역설적인가 하는 점이야. 우리 둘 다 맨더슨의 미치광이 같은 증오의 원인을 눈치채고 있었지만 말로는 전혀 이유를 모르고 있지 않았나. 우리는 맨더슨의 강박적인 질투를 알고 있었지만 메이블의 감정을 위해 적절하게 처신하려고 말을 삼갔지. 말로는 앞으로도 영영 자신이 그 사람에게 어떤 의심을 받고 있었는지 모르겠지. 재미있어! 우리 모두 다른 사람들이 우리에 대해 가지는 다양한 의견들을 모른 채 살아간다네. 그중에는 잘못된 것도 있겠지. 예를 들어 몇 년 전 지인들 중 많은 사람이 내가 로마 가톨릭으로 몰래 개종했다고 생각한 적이 있었어. 내가 일주일 동안 육류를 섭취하지 않는 것도 좋을 거라는 말을 여러 사람 앞에서 했는데, 그걸 듣고 오해가 생긴 거지. 비서에 대한 맨더슨의 오해도 아마 사소한 사실에서 출발했을 거야. 천성적으로 의심과 질투가 많은 성격을 선조에게서 물려받은 것 같다고 버너가 자네한테 말했다고 했지……. 나는 말로의 이야기를 들으면 버너의 생각이 맞는다고 생각해. 맨더슨 사건에서는 어느 정도 비정상적인 정신 상태를 감안해야 한다고 언젠가 우리도 이야기했지만, 본질적으로는 대단히 놀라울 것도 없어."

트렌트는 커다랗게 웃음을 터뜨렸다.

"솔직히 이런 결론은 상당히 흔치 않은 이야기라고 생각했는데요."

"세부적인 전개 과정만 보면 그럴 수 있네. 하지만 핵심적인 사실 관계에 그렇게 비정상적일 게 뭐가 있나? 광인이 광적인 의심을 품었다. 망상 속의 적에 대해 교묘한 계략을 꾸몄다. 그것은 자신의 자살이 포함된 계획이었다. 광인에 대해 조금이라도 알고 있는 사람이라면 여기에 놀랍다고 할 수 있는 일이 뭐가 있겠나? 말로의 이야기로 돌아가 보세. 그는 결백함에도 불구하고 사실을 말한다면 죽음을 면할 수 없는 치명적인 함정에 빠졌다는 것을 깨달았어. 과연 전례가 없는 상황이었나? 그는 대담하고 기발한 속임수를 써서 함정에서 빠져나왔지. 내게 이건 누구에게나 매일같이 일어날 수 있는 상황처럼 보인다네. 아마 그럴 게야."

그는 이제 형체를 알아볼 수 없게 된 양고기를 포크로 찔렀다.

트렌트는 음식을 삼키는 동안 침묵을 지키다가 입을 열었다.

"그런 논리라면 지구상에 평범하고 일상적이지 않은 일은 하나도 없겠습니다."

부드러운 미소가 커플스의 얼굴을 밝혔다.

"날 공허한 역설을 일삼는 사람으로 생각하지 말게나. 내가 어떤 것을 놀랍다고 생각하는지 안다면 내 말뜻이 보다 분명해질 테지. 어디 보자……. 음, 예를 들어 나는 풀턴이 발견해 낸 간흡충의 생활사가 아주 놀랍다고 생각한다네."

"제겐 그 점을 논의할 능력이 없습니다. 순수 과학은 간흡충의 비천한 탄생에 미소를 보냈는지 몰라도, 저는 그런 이야기를 들어본 적도 없어요."

커플스는 생각에 잠겨 말했다.

"입맛을 돋우는 이야기는 아니니까 여기서 그만두세나. 내가 하려는 말은, 언제든지 보려고만 하면 진정 놀라운 일들이 우리 주위에서 일어나고 있는 걸 볼 수 있다는 걸세. 하지만 사람들은 자신의 인식 능력을 활용하지 않고 선정적인 측면이 가득한 사건들만을 놀랍다고 느낀다네."

커플스가 말을 마치고 우유 소다수를 마시는 동안, 트렌트는 식탁을 칼 손잡이로 열렬히 두드렸다.

"이렇게까지 이야기하시는 건 정말 오랜만이군요. 저 못지않게 들떠 계시는 것 같습니다. 이건 사람들이 기쁨이라고 부르는 감정적 불안 상태죠. 저도 그런 기분을 즐기고 있긴 하지만, 맨더슨 사건이 일상적이라고 치부하는 궤변을 가만히 앉아서 듣고 있을 수만은 없습니다. 뭐라고 말씀하시든 그런 상황에서 말로가 맨더슨 흉내를 낸다는 건 특출하게 기발한 생각이라고 할 수밖에 없어요."

"기발하지, 물론이야! 아주 특출하게 기발하지. 맞아! 그렇지만 자네 표현을 빌리자면, 그런 상황에서 영리한 사람에게 그런 생각이 떠오른다는 것 자체가 사실 이상한 일이 아니라는 거야. 누구나 생각할 수 있는 것이거든. 말로는 맨더슨의 음성을 흉내 내는 것으로 유명했다. 연기 재능이 있었다. 체스 선수의 사고 능력을 지니고 있었다. 집안 사정을 잘 알고 있었다. 계획을 훌륭하게 실행했다는 것도 인정해. 하지만 모든 조건이 좋았네. 총기가 발사되는 반동을 이용하여 자동 장전 장치를 설계하는 계획보다는 핵심 계획 자체의 기발함이 확실히 떨어진다고 생각해. 하지만 사건 초기에 내가 인정했듯이, 세부 상황을 놓고 볼 때 이번 사건에는 독특한 측면이 있었어. 그런 면이 고도로 복잡하게 발전한 거지."

"정말 그렇게 생각하셨습니까?"

트렌트는 비꼬듯이 물었다. 커플스는 담담하게 말을 이었다.

"말로의 의심이 깨어난 뒤, 이미 짜인 계략에 또 다른 계획이 겹쳐지면서 사건은 복잡하게 진행되기 시작한 걸세. 이런 두 개의 계략의 결투는 사업이나 정치에서는 종종 일어나는 일이지만, 범죄 세계에서는 아마 그렇게 자주 있는 일이 아닐 테지."

"전례가 없다고 말하고 싶습니다. 이유는 아무리 영리한 범죄자도 전략적인 교묘함을 갖춘 경우가 드물거든요. 그런 범죄자는 경찰에게 잡히지 않습니다. 영리한 경찰이라도 보통의 영리한 범죄자보다 교묘한 전략을 세우는 능력이 달리니까요. 하지만 범죄자의 기질상 그 정도의 깊이가 있는 경우는 드뭅니다. 크리펜 박사를 보세요. 그는 아주 영리한 범죄자였습니다. 모든 살인 사건의 핵심 문제인 시체 처리를 깔끔하게 해결하지 않았습니까. 하지만 그가 게임을 얼마나 멀리 꿰뚫어 보았나요? 범인과 경찰은 민첩하고 대담한 전략가들인 경우가 많지만, 양쪽 다 단순한 계획 이상은 짜지 못합니다. 그거야말로 어떤 분야에서나 드문 능력이지요."

커플스는 추상적인 이야기에 싫증이 난 것 같았다.

"오늘 알게 된 사실 중에서 한 가지가 마음에 걸려. 말로가 아무것도 의심하지 않고 함정으로 걸어 들어갔다면 확실하게 교수대에서 목이 매달렸을 거야. 무고한 사람에게 살인죄를 덮어씌우려는 계략이 실패하는 경우는 얼마나 자주 있을까? 정황 증거로만 유죄 판결을 받은 사람이 결백을 호소하다 사형당하는 사건이 많이 있을 걸세. 난 그런 정황 증거로 이루어지는 사형 선고는 다시는 인정하지 않겠어."

"전 이전부터 그랬습니다. 그런 경우 교수형에 처한다는 것은 '아무도 확실하게는 알 수 없다'는 명백하고 건전한 원칙을 정면으로 위배하는 거라고 생각합니다. 개가 코끝에 온통 잼을 묻히고 있어도 정황 증거만으로는 잼을 훔쳐 먹은 죄로 목을 매달아서는 안 된다고 말한 미국 법학자의 말에 전적으로 동의해요. 악의를 품은 사람이 결백한 사람에게 죄를 뒤집어씌우려는 시도는 늘 일어나고 있습니다. 아일랜드, 러시아, 인도, 조선과 같이 압제로 통치하는 체제의 뚜렷한 특징이지요. 경찰이 위험하다고 생각하는 인물을 정당한 이유로 잡아들이지 못하면, 더러운 수단으로 체포하는 겁니다. 영국 법정에 적절한 예가 있습니다. 무고한 사람에게 살인죄를 뒤집어씌운 것만이 아니라, 계략을 꾸민 사람이 맨더슨과 똑같은 짓을 했어요. 다른 사람에게 확실하게 사형을 내리기 위해 자기 목숨까지 버린 겁니다. 캠든 사건이라고 아마 들어 보셨을 겁니다."

커플스는 모른다고 답하고 감자를 뒤적거렸다.

"존 메이스필드가 그 사건에 대해 훌륭한 극을 썼습니다. 런던에서 다시 상연되면 한번 보세요. 신파를 좋아하시면 말입니다. 여자들이 극을 보며 감상적으로 슬쩍 눈물을 훔치는 걸 여러 번 보았습니다. 세상에! 좋은 배우만 섭외하면 각성제를 맡으면서 뒤로 넘어갈 여자들이더군요. 존 페리라는 사람이 자기 어머니와 형제를 살인죄로 고발하고 자기도 공범이라고 자수했습니다. 사건의 전말을 상세하게 설명하고 모든 질문에 거침없이 답했는데, 묘하게도 시체만은 찾을 수가 없었죠. 당시는 혼란스러운 왕정복고 시대였습니다. 판사는 술이라도 취했는지 시체가 발견되지 않은 것을 전혀 참작하지 않았어요. 어머니와 형은 범행을 부인했습니다. 세 사람 다 존의 진술만으로 유죄 판결을 받고 교수형을 당했어요. 이 년 뒤 살해당했다던 남자가 캠든으로 돌아왔습니다. 해적에게 납치되어서 바다로 끌려갔다가요. 그가 실종된 것을 보고 존이 계획을 짰던 겁니다. 즉, 존이 자기까지 공범으로 집어넣는 자살행위를 한 것이 그의 말이 진실이라고 모든 사람을 믿게 하는 증거가 되었습니다. 다른 사람을 사형당하게 하려고 자기 자신의 목숨까지 버릴 사람이 어디 있겠습니까. 마찬가지로 말로가 사실을 말했다면 사법부도 똑같은 결론을 내렸을 겁니다. 맨더슨의 음모를 믿는 배심원은 한 사람도 없었겠지요."

커플스는 잠시 트렌트의 말을 생각하다가 입을 열었다.

"그런 종류의 역사는 전혀 몰라. 하지만 내가 어렸을 때 있었던 비슷한 사건이 떠오르는군. 메이블이 자네에게 말한 것 중에 이번 사건의 내적인 진실이라고 할 만한 내용이 숨어 있어. 맨더슨이 숨기고 있었던 어마어마한 깊이의 광적인 증오 말일세. 우리는 그가 그런 계획을 꾸밀 수 있는 사람이라는 걸 이해할 수 있어. 하지만 일반적으로 사법적 정의는 내면의 진실을 꿰뚫어 보는 데 실패하곤 하지. 때로 맨더슨 사건처럼 진실은 교묘하게 은폐되곤 해. 무지한 인간이 진실을 표현할 능력이 없어서 다른 사람들이 알아차리지 못하기 때문에 드러나지 않는 경우도 있다고 생각하네. 내가 에든버러에서 살던 어린 시절 샌디퍼드 플레이스 사건 때문에 전국이 발칵 뒤집힌 적이 있어."

트렌트는 고개를 끄덕였다.

"매클라클런 부인 사건이군요. 그 여자는 결백했습니다."

"우리 부모님도 그렇게 생각했어. 나도 그 추악한 사건에 대한 기록을 읽고 이해할 나이가 된 뒤에 그렇게 생각했고. 하지만 사건의 수수께끼가 너무나 깊었기 때문에 모든 관련자의 거짓말 뒤에 숨은 진실을 알아내려는 노력은 무위로 돌아갔지. 사람들은 제임스 플레밍 노인 역시 무죄라고 생각했어. 스코틀랜드 전체가 편이 갈렸고 의회에서도 그 주제로 토론이 열렸어. 언론도 두 파로 나뉘어 전례 없는 격전이 벌어졌다네. 하지만 진상은 명백하지 않았나? 자네도 기록을 읽었겠지만, 노인 내면의 진실을 알아낼 수 있었더라면 그 사건에 의혹의 여지란 거의 없었을 거야. 몇몇 사람들이 그의 성정에 대해 추측한 것이 사실이라면, 그는 충분히 제시 맥퍼슨을 살해하고 그 죄를 극형에 처해질 것이 뻔한 불쌍한 지적 장애인에게 씌울 수 있는 사람이었어."

"플레밍 같은 흔한 늙은이조차 인류에게, 사법부에 종사하는 대부분의 사람들에게 도저히 풀 수 없는 수수께끼가 될 수 있습니다. 민감한 통찰력을 필요로 하는 사건에서 법은 큰 두각을 나타내지 못해요. 이 세상에는 수없이 많은 플레밍 사건들이 있을 수 있습니다. 성깔 있는 사람이 사법부에 얽히면 아마 재판에서 이기든 지든 원숭이 떼를 상대하는 기분이 들 겁니다. 뭐, 그런 사람들이 가끔 현실을 직시하는 기회를 얻는 것도 나쁜 일은 아니겠지요. 하지만 말로가 재판에 섰다면 열두 명의 배심원단이라는 현실은 어떤 판결을 내렸을까요?

그의 말대로, 그의 진술은 차라리 변호를 하지 않는 것만 못했을 겁니다. 주장을 뒷받침해 줄 증거가 하나도 없잖습니까. 검사가 그 주장을 어떤 식으로 갈기갈기 찢어 버릴지 상상이 되지 않습니까? 판사가 요약문에서 태연히 그 주장을 받아들이는 모습이 눈에 선하지 않습니까? 배심원단에 참여한 적이 있으시겠죠? 배심원들은 분리된 방에 들어가서 뻔한 거짓말에 코웃음을 치며 분개하고, 이렇게 명백한 사건은 처음이라는 말을 주고받았을 겁니다. 차라리 말로가 위기 상황에서 배짱을 잃지 않고 계획대로 장물을 들고 도망쳤다면 차라리 더 좋은 인상을 받았을 거라고 했겠지요. 당신이 배심원석에 앉아 있다고 상상해 보십시오. 말로와는 관계가 없다. 눈앞에 펼쳐지는 기록들을 보며 분노에 몸을 떤다. 탐욕과 살인, 도난, 급작스러운 두려움, 파렴치, 뉘우치지 않는 뻔뻔스러움, 필사적인 거짓말의 기록들! 아니, 당신과 나도 그의 말을 듣기까지는 그가 범인이라고 생각……."

"잠깐! 잠깐!"

커플스는 나이프와 포크를 내려놓고 끼어들었다.

"지난밤에 둘이서 이야기를 나눌 때는 개인적인 믿음을 내비치지 않으려고 최대한 조심했어. 사실 난 항상 말로가 결백하다고 확신했다네."

"지금이니까 그런 말씀을 하실 수 있는 거죠. 무슨 말씀을 하시는지 모르겠습니다. 그가 결백하다고 확신하다니요! 어떻게 확신할 수가 있습니까? 그런 표현에는 훨씬 조심스러운 분 아니었습니까."

"분명 '확신'했어."

커플스는 단호하게 되풀이했다. 트렌트는 어깨를 으쓱했다.

"제 원고를 읽고 같이 사건을 토론한 뒤에 정말 그렇게 확신하셨다면, 저는 당신이 인간 이성에 대한 믿음을 완전히 잃어버렸다고 생각할 수밖에 없습니다. 그건 잘못된 기독교적 믿음이자 근거 없는 엉터리이며, 완전히 빗나간 실증주의적 태도이기도 합니다. 제가 실증주의를 오해한 게 아니라면 말입니다. 왜……."

커플스는 접시 위에서 손을 잡으며 끼어들었다.

"내가 한마디 하지. 난 이성을 잃어버린 게 절대 아니야. 내가 그의 결백을 확신하고 예전부터 그렇게 생각해 왔던 것은 처음부터 알고 있었던 한 가지 사실 때문일세. 말로의 재판에 배심원으로 참석하는 걸 상상해 보라고 했지. 그건 정신력의 낭비일 뿐이야. 난 다른 자격으로 그 재판에 나가야 했을 테니까. 난 증인석에서 피고를 위해 증언을 해야 했을 걸세. 아까 자네가 말했지.

'그의 주장을 뒷받침해 줄 근거가 단 하나도 없지 않습니까.'

아니, 있어. 그건 내 증언이라네."

그는 조용히 덧붙였다.

"결정적인 증언이야."

그는 나이프와 포크를 집어 들고 만족스럽게 식사를 계속했다.

커플스가 이 말을 꺼내는 동안, 갑작스럽게 흥분해서 창백해진 트렌트의 얼굴은 대리석처럼 굳었다. 마지막 말에 다시 핏기가 얼굴에 돌아오더니 그는 부자연스럽게 웃음을 터뜨리며 식탁을 두드렸다.

"그럴 리가요! 그냥 상상하신 거겠죠. 우유 소다수에 취해서 꿈이라도 꾸셨나. 정말 제가 사건을 수사하는 내내 말로가 결백하다는 것을 알고 계셨다는 건 아니시죠."

커플스는 마지막 한 입을 부지런히 씹으며 밝게 고개를 끄덕였다. 그는 식사를 끝내고 듬성듬성한 콧수염을 닦더니 식탁 위로 몸을 내밀었다.

"간단해. 맨더슨을 쏜 건 나라네."

커플스의 목소리가 들렸다. 트렌트는 물속에서 수면으로 치고 올라오는 다이버처럼 마취 상태에서 억지로 깨어난 뒤, 딱딱한 손길로 잔을 집어 들었다. 그러나 잔에 있던 와인 절반이 식탁보에 쏟아졌다. 그는 술을 맛보지 않고 조심스럽게 잔을 내려놓고는 심호흡을 한 뒤 즐거운 기색이 전혀 없는 웃음을 터뜨렸다.

"계속하시죠."

"내가 자네를 놀라게 했구먼."

커플스는 식탁 가장자리에서 포크를 천천히 움직이며 입을 열었다.

"살인은 아니었어. 전말을 이야기해 주지. 그 일요일 밤 나는 취침 전에 늘 하는 산책을 나섰어. 10시 15분에 호텔에서 출발했네. 화이트 게이블스 뒤로 난 들길을 따라 걷다가 크게 구부러진 도로를 가로지른 뒤 골프장 8번 홀 바로 옆 대문 맞은편에서 다시 도로로 나왔어. 거기서 잔디밭을 지나 절벽 쪽으로 돌아가려고 대문 안에 들어섰지. 몇 발짝 걸었을까, 차 소리가 들리더니 대문 근처에 멈추는 소리가 들렸어. 곧바로 맨더슨이 보였네. 내가 호텔 앞에서 그와 싸운 뒤 단 한 번 그가 살아 있는 모습을 본 적이 있다고 말했던 것 기억나나? 그게 그때였네. 자네가 물어봤었지. 거짓말을 하고 싶지는 않았어."

트렌트의 입에서 희미한 신음 소리가 흘러나왔다. 그는 와인을 조금 마신 뒤 딱딱하게 말했다.

"계속하십시오."

"자네도 알겠지만 달이 밝은 밤이었지. 그래도 난 돌벽 옆 나무 그늘 아래 있었기 때문에 두 사람은 근처에 누가 있다는 생각은 못 했을 거야. 말로가 말했던 상황대로 모든 소리가 들렸고, 차가 비숍스브리지 쪽으로 출발하는 것도 보았네. 맨더슨은 내 쪽으로 등을 돌리고 있었기 때문에 얼굴은 보지 못했지만, 차를 향해 왼손을 격렬하게 흔드는 놀라운 광경을 보았다네. 나는 마주치고 싶지 않아서 그가 화이트 게이블스로 돌아가기를 기다렸네. 하지만 그는 가지 않고 내가 방금 지나 온 대문을 열더니, 골프장 위에 꿈쩍도 않고 서 있었어. 머리는 숙이고 팔은 양쪽 옆에 늘어뜨린 채 어쩐지 굳어 있는 자세였어. 잠시 그렇게 딱딱하게 서 있더니 갑자기 손을 외투 주머니로 집어넣더군. 달빛 아래에서 고개를 든 그의 얼굴이 보였다네. 이를 드러냈고 눈은 번들거렸어. 나는 그가 제정신이 아니라는 걸 깨달았지. 그런 생각이 스쳐가는 순간 달빛에 뭔가 번득였어. 그는 권총을 손에 들고 자기 가슴을 겨누고 있었네.

맨더슨이 정말 자살을 할 생각이었는지 나는 영원히 궁금할 거야. 말로는 내가 중간에 개입한 것을 모르니 당연히 자살이라고 생각하겠지. 하지만 그냥 상처만 내서 말로에게 살인 미수 및 절도 혐의를 씌우려던 의도였을 수도 있지 않겠나.

하지만 그 순간 나는 자살이라고 생각했다네. 나도 모르게 그늘에서 뛰쳐나가 맨더슨의 팔을 잡았지. 그는 미친 듯이 고함을 지르며 날 뿌리치고 가슴에 주먹을 날리더니 내 머리에 권총을 갖다 댔어. 하지만 나는 그가 총을 쏘기 전에 손목을 잡아 있는 힘을 다해 매달렸지. 자네도 맨더슨의 손목에 긁힌 자국과 멍을 기억할 게야. 목숨을 건 싸움이었지. 그의 눈에는 살기가 가득했거든. 우리는 말 한마디 없이 두 마리 짐승처럼 싸웠어. 나는 권총을 쥔 그의 손을 내려놓게 하려고, 그는 권총을 제대로 붙잡으려고. 그런 싸움을 할 힘이 내게 있다고는 상상조차 못 했어. 나도 모르게 본능적인 동작으로 총을 들지 않은 그의 반대쪽 손을 뿌리치고 번개처럼 권총을 붙잡아 그의 손에서 빼앗았어. 기적처럼 총은 발사되지 않았지. 나는 몇 걸음 뒤로 물러났어. 그가 내 목을 조르려고 살쾡이처럼 덤벼드는 순간 나는 정신없이 얼굴을 향해 총을 쏘았다네. 일 미터 정도 거리였을까. 그의 무릎에서 힘이 빠지더니 풀밭 위에 쓰러졌어.

나는 권총을 던지고 그의 옆에 무릎을 꿇었지. 내 손 밑에서 그의 심장 박동이 멎었어. 나는 그렇게 무릎을 꿇은 채 꼼짝도 하지 않고 멍하니 시체를 바라보았네. 얼마나 지났을까, 자동차가 돌아오는 소리가 들리더군.

트렌트, 말로가 창백한 얼굴로 생각에 잠긴 채 골프장을 서성거리는 동안 나는 겨우 몇 미터 떨어진 9번 홀의 가시금작화 나무 그늘 아래 웅크리고 있었다네. 감히 모습을 보일 수가 없었어. 많은 생각을 했지. 그날 아침 맨더슨과 내가 싸웠다는 건 호텔에 소문이 다 났겠지. 맨더슨이 쓰러지는 것을 본 순간부터 내게 찾아올 온갖 끔찍한 상황들이 머릿속을 스쳤어. 교활한 생각이 나더군. 내가 어떻게 해야 할지 알 수 있었어. 최대한 빨리 호텔에 돌아가서 남의 눈에 띄지 않고 나 자신을 살려야 한다. 다른 사람에게 절대 말해서는 안 된다. 물론 나는 말로가 시체를 어떻게 발견했는지 다른 사람들에게 있는 그대로 말할 줄 알았어. 그는 맨더슨이 자살했다고 생각하겠지. 다른 사람들도 그렇게 생각할 거야.

말로가 마침내 시체를 들어 올리기 시작했을 때, 나는 벽을 따라 서둘러 걸어서 클럽 회관 쪽 도로로 나왔어. 말로에게는 보이지 않는 위치였지. 길을 건너고 울타리를 넘어 목초지를 가로질렀네. 화이트 게이블스 뒤에 호텔로 이어지는 들길이 나왔지. 호텔에 도착했을 때는 숨이 가빴어."

"숨이 가빴다."

가시금작화 Furze

/

콩과 관목.

가시가 많고 꽃은 초여름과 가을에 노랗게 핀다.

트렌트는 마치 최면에 걸린 사람처럼 커플스의 얼굴을 바라보며 기계적으로 되풀이했다.

커플스가 상기시켰다.

"힘껏 달렸으니까. 뒷문으로 호텔에 다가가 보니 열린 창문으로 서재가 들여다보이더군. 아무도 없기에 창틀을 넘어 들어가서 벨을 누르고 다음 날 쓰려고 했던 편지를 쓰려고 자리에 앉았지. 시계를 보니 11시가 조금 넘었더군. 웨이터를 불러 우유 한 잔과 우표를 부탁했어. 나는 이내 객실로 올라가서 잠자리에 들었다네. 하지만 잠을 잘 수가 없었어."

커플스는 더 이상 할 말이 없는지 입을 다물었다. 그는 고개를 푹 숙여 손에 파묻고 있는 트렌트를 약간 놀란 듯 바라보았다.

"잠을 자지 못했다."

마침내 트렌트는 공허한 목소리로 중얼거렸다.

"지나치게 무리하면 흔히 있을 수 있는 일. 놀랄 이유는 전혀 없겠죠."

그는 침묵을 지키다가 창백한 얼굴을 들었다.

"커플스 씨, 제 병은 다 나았습니다. 다시는 범죄 해결에 손을 대지 않겠어요. 맨더슨 사건이 필립 트렌트 최후의 사건이 될 것입니다. 콧대 높던 자부심이 마침내 무너졌습니다."

트렌트의 얼굴에 순간 미소가 돌아왔다.

"인간 이성의 무력함을 보여 주는 마지막 폭로만 아니었어도 끝까지 버텼을 텐데. 커플스 씨, 할 말이 없습니다. 당신이 날 이겼다는 말밖에 할 수가 없습니다. 당신의 건강을 위해 겸허한 마음으로 축배를 들겠습니다. 저녁값은 당신이 내십시오."

단편

사회의 은인

●

The Public Benefactor

●

화이트 대령은 호텔 아르트마르의 으리으리한 정문에서 조용히 나와 웅장한 산맥으로 에워싸인 햇빛 찬란한 몬테 카를로가 환히 내려다보이는 현관 베란다의 의자에 앉았다. 그는 길고 날씬한 손가락으로 역시 길고 날씬한 시가에 불을 붙이고 반쯤 감은 눈으로 주위를 천천히 둘러보았다. 키 크고 아름다운 젊은 여자가 호텔 건물에서 나오더니 가까운 자리에 앉았다. 그는 자리에서 일어섰다.

"오늘 아침에는 유난히 아름다우시군요, 애슐리 부인."

대령은 이 여자가 모든 남자에게서 외모 칭찬을 듣기를 항상 원하고 있다는 것을 알고 있었다. 이런 지겨운 일은 얼른 해치워 버리고 싶었다.

애슐리 부인은 대령이 자신을 보고 입 밖에 낸 억지 칭찬에는 관심 없다는 듯 금빛 속눈썹을 깜빡이며 그를 쳐다보았다. 부인은 방금까지 화장대 앞에서 하녀와 함께 두 시간 동안 단장한 결과에 만족하고 있었고, 오만한 태도가 사회적 지위의 척도라고 믿는 사람이었다.

"아버님은 오늘 아침 어떠십니까?"

대령이 물었다. 애슐리 부인은 짤막하게 답했다.

"정말 최악이세요. 또 기분이 안 좋으세요. 무슨 일인지 모르겠어요. 어느 때보다 불안하고 우울해하셔서 콜 박사에게 다시 봐 달라고 전화를 걸었어요. 박사가 곧 오신대요."

화이트 대령은 단정한 검은 콧수염을 손가락으로 매만졌다.

"참견할 입장은 아니지만, 당신은 콜 박사에게 만족하시는지 아버님의 친구로서 여쭈어도 될까요?"

애슐리 부인은 약간 날카롭게 대답했다.

"만족 못 할 이유가 없지 않나요. 오랫동안 알아 온 분이고, 신경 질환 전문가시죠. 아버지 상태가 안 좋으실 때 마침 그분이 여기 계신 게 다행이에요. 아! 오셨군요."

본인의 전공 분야인 신경 질환을 절대 겪어 본 적이 없었을 것처럼 보이는 체격이 탄탄하고 잘생긴 남자가 계단을 올라와서 현관 베란다에 앉아 있는 두 사람에게 다가왔다.

"소식 유감입니다, 애슐리 부인. 안녕하십니까, 대령. 오늘 아버님 상태가 좋지 않다는 말씀은 부인에게서 들으셨겠지요."

"그렇게는 말씀하시지 않으셨는데요. 최악이시라고는 했습니다."

대령의 말투에 박사는 얼굴을 붉혔지만, 그는 애써 침착하게 애슐리 부인을 돌아보았다.

"여기 오는 길에 필립 트렌트를 만났습니다. 클뤼니에서 친구들과 머무는 중이더군요. 부인이 여기 있다는 걸 알고 전화할 참이었다고 했습니다. 서머턴 씨 상태가 안 좋다는 소식은 모르고 있었습니다. 그분께서 트렌트를 만나 보면 도움이 될 거라고, 최대한 빨리 연락 달라고 했어요. 잡생각을 떨쳐 버려야 하니까요. 트렌트가 오후에 올 겁니다. 올라가서 서머턴 씨를 만나 봐도 되겠습니까? 거실에 계시겠지요?"

애슐리 부인은 자리에서 일어섰고, 박사는 부인을 따라 호텔 현관으로 향했다. 현관 앞에서 콜 박사가 일부러 대령의 귀에 들릴 정도로 또렷하고 경멸 어린 어조로 말하는 것이 들려왔다.

"저 미국인 친구분은 오늘 아침 유난히 점잖군요."

대령은 미소 띤 얼굴로 풍경을 바라보면서 중얼거렸다.

"그럴 수밖에!"

그날 오후 객실로 안내받은 트렌트는 서머턴이 완전히 변한 것을 보고 놀랐다. 서머턴은 육십이 넘은 나이였지만 몇 달 전만 해도 나이보다 훨씬 젊어 보였다. 체구가 단단하고 땅딸막하며 들창코여서 결코 보기 좋은 외모라고는 할 수 없었지만 건강과 활력을 뿜어내던 사람이었다. 한데 지금은 늙고 병들어 보였다. 얼굴은 창백하고 핼쑥했고, 눈빛은 침울했으며, 어깨가 굽어 있었고, 몸 전체에 괴로움과 공포에 찌든 기색이 역력했다.

"자넬 만나서 얼마나 반가운지 모르겠네, 트렌트. 나를 도와주게. 하필 이런 때 건강이 무너지다니. 나는 곤경에 처해 있다네. 여기, 시가가 있네."

그는 상자를 밀었다.

"난 이제 시가는 못 피우지만 좋은 시가 향이라도 맡으면 기분이 좋아질 것 같아."

트렌트는 시가에 불을 붙이고 생각에 잠겨 하늘하늘하게 피어나는 파란 연기 너머로 서머턴을 지켜보았다.

"곤경에 처했다는 게 무슨 뜻입니까? 아프리카 정글에서 식인종들한테 쫓기고 있는 것도 아니고. 몬테 카를로에는 의사가 바글바글합니다. 돌봐 줄 따님도 같이 계시잖아요. 방금 만난 미국인 대령도 좋은 말동무가 되겠던데요."

"그래, 화이트는 좋은 친구지. 그 친구라도 없었으면 어떻게 했을지. 작년에 여기서 만난 뒤로 아주 친해졌는데, 골칫거리가 생긴 뒤로는 그렇게 친절하게 대해 줄 수가 없군."

"대령치고는 너무 젊어 보이던데요."

"아, 군인은 아니야. 그냥 명예직이라고 하더군. 어마어마한 부자지. 그가 처음 사회생활을 시작할 때만 해도 수중에 한 푼도 없었다고 하네.

유감이지만 내 상황이 이렇게 나빠진 게 내 딸 조가 여기서 나를 돌봐 주기 때문일세. 일주일 전 신경이 이상해지기 시작되었을 때 딸이 콜이라는 사람을 부르더군. 그가 마침 여기 머물고 있었고,

딸이 신뢰하는 사람이었으니까. 그렇지만 그자는 바보야. 아무 도움도 되지 않았어."

"그럼 오지 말라고 하세요. 사람들한테 솔직하게 자기 생각을 말하는 걸 두려워하지 않던 분 아니었습니까."

"그렇지가 않아. 조 말이네. 이것 봐, 트렌트. 자네에게 도움을 받으려면 사실대로 말해야겠지. 조는 외동딸이라 버릇이 없어. 쌀쌀하고 이기적이지. 그래도 난 딸을 사랑해. 아버지로서 원망을 들을 일은 도무지 할 수가 없다네. 그 아이는 자기 마음에 거스르는 일이 생기면 화를 내는데, 지금 내 상태로는 그 성질을 감당할 수가 없어. 그래서 콜 박사가 나한테 도움이 안 된다고 말을 할 수가 없다네. 오히려 마음에 드는 척해야 해."

서머턴은 떨리는 손으로 이마를 닦은 뒤 말을 이었다.

"자네도 알아 둘 필요가 있겠지만, 딸은 그 남자를 사랑해. 늘 같이 있지. 휴 애슐리가 정신이 나갔을 때 딸을 돌봤던 사람이 콜이야. 그가 죽은 뒤로 딸과 콜은 단짝이 됐다네."

트렌트는 시가를 피우며 생각에 잠겼다.

"콜이 사기꾼이라고 생각하시는 겁니까?"

그는 마침내 물었다.

"아, 그런 건 아니야. 난 이십 년 가까이 판사로서 런던 시내 악당들 절반을 대면한 사람 아닌가. 속이 검은 사람은 한눈에 보여. 콜은 나랑 맞지 않아. 그게 전부야. 본인은 그걸 모르고 있지만. 트렌트, 자네가 어떻게 좀 해 주지 않겠나? 조에게 자네 의견을 슬쩍 말해 주는 것도 좋겠고. 자네 말은 들을지도 모르니까. 그 애가 무슨 소리를 하든 자네는 속이 상하지 않을 것 아닌가. 화이트가 한두 마디 슬쩍 해 봤다는데 신경도 쓰지 않았다고 했어."

"할 수 있는 만큼 해 보지요. 서머턴 씨, 당신 문제는 정확히 뭡니까? 신경 문제라고 하시는데, 여러 가지 상황이 있을 수 있잖아요. 정말 안 좋아 보입니다. 무슨 일입니까?"

서머턴은 피곤하게 한 손을 들어 보였다.

"거참, 안 좋아 보인다는 소리는 하지 말게! 그런 소리 듣는 것도 이젠 신물이 난다고. 요즘은 길거리에서 처음 보는 사람들이 다 가와서 아파 보이십니다, 도와 드릴까요, 이런다네. 무슨 일이냐고?"

서머턴은 의자에서 몸을 내밀고 트렌트의 눈을 참담하게 바라보았다.

"무슨 일이냐 하면, 난 미쳐 가고 있다네. 머릿속이 죽어 가고 있어."

트렌트는 충격받았지만 겉으로 드러내지 않았다. 그는 미소를 지으며 말했다.

"왜 이러십니까! 당신은 나처럼 멀쩡해요. 이성에서 조금이라도 벗어난 말은 한마디도 안 했습니다."

"뭔가 잘못됐어. 처음에는 이렇게 시작되었다네. 일주일 전 어느 날 저녁에 조가 차를 타고 망통으로 가서 산악 열차로 소스펠에 갔다가 니스 쪽으로 돌아오자고 하더군. 소스펠은 한 번도 가 보지 않은 곳이었어. 우리는 다음 날 호텔에서 함께 출발할 일행을 모았어. 다음 날 아침 내가 다른 사람들보다 먼저 내려갔는데, 가스통이라는 수석 짐꾼이 다가와서 부탁한 소스펠 열차 시간표를 가져왔다는 거야. 깜짝 놀랐지. 하늘에 맹세코 시간표 같은 건 부탁하지 않았고, 그럴 생각조차 한 적이 없었으니까.

다른 사람들에게는 아무 말도 하지 않았어. 내가 시간표를 부탁해 놓고 잊어버렸을 거라고 생각할 게 뻔하지 않나. 하지만 하루 종일 그 생각이 나더군. 그러다 저녁때 객실에서 옷을 갈아입고 있는데, 문에서 노크 소리가 들리더니 한 남자가 들어와서 객실 직원이라고 자신을 소개했어. 나는 직원이든 누구든 부른 적이 없다고 했더니 그 직원은 놀랐어. 직원 말로는 객실 담당 직원실 벨이 울렸다는 거야. 손님이 벨을 울리면 침실 문 위의 작은 파란 불이 켜지는데, 직원이 노크할 때 불이 켜져 있었고 그가 들어와서 껐다고 하더군. 내가 전기 배선이 잘못된 것 같다고 말하니까 묘한 눈으로 나를 보더니 물러갔어. 그날 아침에 있던 일까지 마음에 걸려서 기분이 영 찜찜했지. 절대 벨을 누른 적도 없었고 필요한 것도 없었는데, 내가 혹시 벨을 눌렀을까? 걱정이 되기 시작했어. 저녁 식사 자리에서 조가 무슨 걱정이 있느냐고 묻기에 아무 일 없다고 대답했지만 그래도 걱정스러웠어. 잠도 설쳤다네.

다음 날 아침 면도를 하고 있을 때 정확히 같은 일이 있었어. 같은 직원이 노크를 하고 뭘 원하시느냐고 묻더군. 직원이 다시 날 미친 사람 보듯이 쳐다볼까 봐 그냥 담배를 가져다 달라고 했네. 이것만 봐도 내가 얼마나 충격을 받았는지 알 거야. 나는 벨을 울린 기억이 전혀 없었으니까. 내 정신이 어딘가 이상해졌다는 생각이 들기 시작했어.

다음 날에는 사람들과 같이 보트 경주를 보러 나가서 한 사람하고 내기를 했지. 내가 졌어. 줄 돈이 모자라더군. 그래서 계좌가 있는 리옹 은행으로 가서 만 프랑과 소액을 따로 인출한 뒤에 돌아와서 몇 번 더 내기를 했다네. 끝나고 나서 정산하려고 지갑을 열었더니 이만 프랑이 들어 있었어.

하도 심란해서 아무에게도 말을 할 수가 없었네. 나는 은행으로 돌아가서 내가 얼마나 인출했는지 물었어. 창구 직원이 명세서를 보여 줬는데, 만오백 프랑이더군. 나는 이만 프랑을 주지 않았느냐고 하면서 지갑을 보여 줬지. 안에는 만 프랑밖에 없었어. 은행 직원도 호텔 직원 같은 눈으로 쳐다보더군. 비명이라도 지르고 싶은 기분이었다네.

다음 날 화이트와 같이 산책을 나갔다가, 종종 그러듯이 마담 주뱅의 가판대에서 신문을 샀지. 전날 자 《타임스》를 샀네. 2월 2일 화요일 자. 아직 이른 시각이라 당일 자 신문은 없었거든. 신문을 보려고 앉았는데, 앞면의 날짜가 눈에 들어왔어. 2월 2일 월요일

《타임스》였어. 작년 자였다네!

나는 화이트에게 말했네.

'이거 이상하군. 내 신문 날짜를 봐.'

그가 신문을 받아 들었지.

'왜, 뭐가 이상합니까?'

'안 보이나? 일 년이나 지난 신문이야.'

화이트까지 이제 두렵기까지 한 눈빛으로 나를 쳐다보더군. 그는 이렇게 말했어.

'아뇨. 어제 신문인데요.'

다시 보니 어제 신문 맞더군.

호텔로 돌아오자마자 나는 조에게 지금 당장 의사를 만나 봐야겠다, 평생 처음으로 신경에 문제가 있는 것 같다고 말했어. 내가 정신 이상 같다는 말은 하지 않았지. 조는 그러는 게 좋겠다며 요 며칠 표정이 이상해 보였다고 하더니 콜이라는 의사를 부른 거라네. 뭐, 자네도 내가 그를 어떻게 생각하는지 알지 않나. 그래도 자네한테 한 이야기를 다 했어. 그때까지는 아무에게도 말하지 않았거든. 그는 머리를 흔들면서 잠시 생각하더니 작년 이맘때쯤 몬테 카를로에 오지 않았느냐고 물었어. 아마 작년에 했던 일을 올해도 무의식적으로 되풀이하거나 되풀이하고 있다고 상상하는 게 아닐까 하더군. 기억에 사소한 오류가 생긴 것 같다고. 일 년 전에 이만 프랑을 인출했고, 일 년 전 2월 2일에 《타임스》를 샀던 것이 아니겠느냐는 거야. 뭐, 절대 아니라고 할 수는 없었지만 그래도 마음이 놓이지 않았다네. 기억이 제멋대로 날뛰는 건 좋은 징조가 아니지 않나. 게다가 시간표 사건은 어떻게 설명할 수도 없지. 콜은 진정제를 복용하라고 하고 처방전을 써 주면서 피곤하게 움직이지 말고 담배나 자극적인 음식은 피하라고 했어."

서머턴이 시간 순서로 이야기한 묘한 사건들을 조용히 듣고 있던 트렌트는 시가를 눌러 끄고 입을 열었다.

"잘은 몰라도 일반적인 신경 문제로 설명할 수 없는 것 같긴 하군요. 하지만 서머턴 씨, 제 미천한 경험으로 미루어 봐도 당신은 정신병 환자 같지 않아요."

서머턴은 답답한 듯 소리 질렀다.

"바로 그거야! 난 완벽하게 정상이라니까. 그런데 내가 모르는 일들이 벌어지고 있지 않나. 최악의 사건은 아직 말하지도 않았어. 오늘 아침에 있었던 일이야. 일주일 전에 아내에게 생일 선물을 보냈다네. 아내는 지금 브룩 스트리트의 우리 아파트에 있어. 몬테 카를로를 싫어하거든. 백옥으로 된 작은 중국 석상을 보냈는데, 뤼 드 라 스칼라에 있는 그랑제트의 작은 가게에서 사서 이름과 주소를 남기고 대신 보내 달라고 했지.

오늘 아침 메리에게서 선물은 고마운데, 혹시 장난으로 그 주소로 보냈느냐고 묻는 따뜻한 편지가 왔어. 다행히 그 주소에 살던 사람이 우리가 어디로 이사갔는지 알고 보내 주었지만, 그래도 사흘

이 더 걸렸다는 거야. 아내가 영수증에 찍힌 주소를 보내 주었어. 한번 봐 주지 않겠나?"

트렌트는 서머턴의 떨리는 손에서 종이를 빼앗아 읽었다.

J L 서머턴 부인

탤퍼드 스트리트(Talford Street) 23번지

런던, SW7

영국

트렌트는 고개를 들었다.

"부인께서 어리둥절하셨겠군요. 이 주소는 어딥니까?"

"탤퍼드 스트리트(Talfourd Street). o다음에 u가 있어야 해. 이건 우리가 결혼했을 때 살던 집 주소야. 십사 년 전, 1912년에 그 집에서 이사했다네."

서머턴은 눈을 감고 등받이에 몸을 기댔다.

"이사한 뒤로 그 집에 가 본 적도 없고, 생각도 해 본 적이 없어. 안 그래도 두려운데 이런 일이 생기다니."

그는 말을 맺지 못하고 두 손으로 얼굴을 가렸다.

트렌트는 말없이 그를 바라보고 있다가 다시 주소를 내려다보았다. 그는 일어서서 창가로 영수증을 가져간 뒤 공포에 사로잡힌 채 의자에 앉아 있는 남자에게 등을 돌리고 종이를 관찰했다. 그런 뒤 햇빛이 부서지는 화단을 내려다보며 거의 들리지 않을 정도로 휘파람을 불기 시작했다.

"그랑제트에게 주문을 할 때 이 주소는 생각조차 하지 않으셨지요?"

서머턴은 짜증이 난다는 듯 고개를 들었다.

"말하지 않았나. 오늘 아침 이 영수증을 볼 때까지 거기 살았다는 것도 잊고 있었다네. 앞서 일어났던 일들과 비슷하지. 하지만 무의식중에 일 년 전으로 생각이 돌아가는 건 그렇다 쳐도, 십사 년 전으로 돌아가는 건 차원이 다른 문제야."

트렌트는 창가를 떠나 서머턴의 어깨에 한 손을 올렸다.

"너무 걱정 마십시오. 상황이 좋아 보이지는 않지만 제가 도움이 될 수 있을 것 같습니다. 아니, 이 일은 제게 맡겨 주시면 잘 해결될 거라고 확신합니다."

트렌트는 주머니에 영수증을 넣고 서둘러 객실을 나섰다.

한 시간 뒤 트렌트는 베란다의 좋아하는 자리에 앉아서 《뉴요커》를 펄럭거리며 넘기고 있는 화이트 대령을 만났다.

"방금 흥미로운 이야기를 들었습니다, 대령."

그는 대령을 마주 보고 난간에 기대며 불쑥 말을 걸었다.

"그랑제트의 작은 골동품상에 갔다 왔습니다. 어디인지 아시지요."

화이트 대령은 신문을 옆에 놓았다.

"알아요. 그랑제트와 몇 번 거래를 했습니다."

"네. 거래하셨다는 건 알고 있습니다."

트렌트는 신랄한 미소를 띠며 말했다. 그는 주머니에서 서머턴에게 받아 온 영수증을 꺼내 대령의 팔꿈치 옆에 놓인 작은 탁자에 던졌다.

"잘 썼는데, 두 가지가 틀렸습니다. 거리명이 미국식 철자로 되어 있어요. 원래는 영국식으로 T-A-L-F-O-U-R-D입니다."

대령은 무심하게 영수증을 관찰하더니 고개를 끄덕였다.

"T-A-L-F-O-R-D라고 적혀 있군. 네, 맞습니다."

"그리고 우편번호, SW7는 현대식이지요. 우체국에서 우편번호 알파벳 뒤에 숫자를 붙인 건 서머턴이 그 주소에서 이사 가고 한참 뒤였습니다. 정확히 언제인지는 기억할 수 없지만, 전쟁중이었다는 건 확실합니다."

화이트 대령은 한숨을 쉬었다.

"그것참, 유감이지요?"

"그랑제트에게 영수증을 가져가서, 서머턴 씨 심부름으로 물어볼 것이 있다고 했습니다. 어떤 경위로 소포를 그 주소로 보냈는지가 심각한 문제라고 했지요. 그랑제트는 믿을 만한 인간이 아닙니다, 대령. 곧장 무너지기 시작하더군요. 서머턴 씨가 틀림없이 그 주소를 남겼다고 맹세했다가, 나쁜 마음으로 한 짓은 아니었고 불법적인 일은 전혀 없었다고 말하기도 하며 횡설수설하더군요. 그래서 그건 법정에서 가릴 문제라고 말해 줬습니다. 그랑제트는 분명 전과가 있을 겁니다. 제가 법원을 입에 올리자마자 완전히 무너져서 봐 달라고 애원하면서 전부 실토했으니까. 엉터리 주소로 물건을 보내는 대가로 당신한테 얼마를 받았는지까지 전부 털어놨습니다. 내가 궁금한 건 당신이 어떻게 그 주소를 알아냈는가 하는 점이에요."

대령은 유쾌하게 미소 지었다.

"그것 말고 알고 싶은 건 없습니까?"

"이 악의적인 계획을 어떻게 실행했는지 일부는 짐작합니다. 짐꾼과 객실 직원에게 돈을 주고 서머턴 씨가 시간표를 부탁하거나 침실 벨을 울린 것처럼 해 달라고 하는 건 간단한 일이지요. 길 가는 사람에게 돈을 주고 그에게 아파 보인다고 말해 달라고 하는 것도 쉽습니다. 하지만 신문 날짜를 속인 건 어떻게 한 건지 알 수 없군요. 서머턴 씨의 지갑에 들어 있던 지폐를 바꿔치기한 것도 궁금하고요. 물론 중요한 문제는 아닙니다. 더 이상 그런 짓을 벌일 수는 없을 테니까. 서머턴 씨에게 이 모든 괴로운 일이 비정한 사기극이었다는 것을 알릴 겁니다. 그다음은 그가 알아서 할 문제겠지요. 서머턴 씨는 마음이 내키면 아주 무서워질 수 있는 사람이니까 어쩌면 당신을 고소할지도 모릅니다."

화이트 대령은 의자에서 일어나서 트렌트에게 다가왔다.

"알고 있습니다. 알고 있어요."

그는 트렌트의 눈을 응시하며 그의 가슴을 가볍게 두드렸다.

"말 안 해도 압니다. 나도 마음이 내키면 아주 무서워질 수 있는 사람이에요. 트렌트 씨, 당신이 모든 걸 알아냈다는 건 그다지 유감스럽지 않아요. 알려지길 바랐고 그게 내 계획의 일부였습니다. 당신이 하루 이틀 정도 앞당긴 것뿐입니다. 서머턴 씨와의 일은 거의 깔끔하게 끝냈고, 원래 계획대로라면 나는 그에게 우리 사이의 추억을 일깨워 주는 편지 한 장만 남기고 한마디 말도 없이 사라질 참이었습니다. 그런데 이제 계획을 수정해야겠어요. 당신에게 이 비정한 사기극에 대한 편지를 쓰지요. 여기까지 알아내셨으니까 내가 왜 그랬는지도 알려 드리고 싶군요. 오늘 당신한테 편지가 갈 테니 읽고 서머턴에게 보여 줘도 좋습니다. 하지만 한 가지는 지금 알려 드리죠. 은행 지폐 속임수 말입니다."

대령은 잠시 사이를 두고 물었다.

"담배 있습니까?"

트렌트는 반사적으로 가슴에 있는 주머니에 손을 가져갔다가 흠칫 놀라 다른 주머니를 더듬기 시작했다.

"이런, 담뱃갑을 다른 데 둔 모양입니다."

"아닙니다. 바깥 주머니에 잘 들어 있었습니다. 오늘 오후 거기 들어 있는 걸 내가 봤거든요. 지금은 내가 갖고 있습니다. 여기요."

그가 담뱃갑을 내밀자 트렌트는 신기하다는 눈빛으로 담뱃갑을 받아 들었다.

"일 분 전에 당신을 마주 보고 서서 말을 하면서 가슴을 두드릴 때 빼냈어요. 서머턴 씨의 지폐도 그렇게 한 겁니다. 그 사람의 경우는 돈을 엉덩이 쪽 주머니에 넣고 다니는 안 좋은 습관이 있어서 더 쉬웠죠. 이제 할 말은 다한 것 같군요. 앞으로 다시 만날 일도 없겠지요."

"나도 그럴 일 없길 바랍니다. 편지는 기대하고 있겠습니다만, 어쨌거나 당신은 악의로 차 있는 부도덕한 악당 같군요. 혹시 지금 보여 준 수법으로 먹고사십니까?"

화이트 대령은 고개를 저었다.

"아니요, 반대로 서머턴 씨에게 그 수법을 써 먹으면서 몇천 달러를 더 썼지요. 절 도발하려고 노력할 필요는 없습니다, 트렌트 씨. 그럴 수는 없을 테니까. 난 아주 만족스러워요. 몬테 카를로에 왔던 목적은 이루었으니 오늘 밤 파리로 돌아갑니다. 서머턴 씨가 뭔가 하고 싶다면, 앞으로 열흘 동안 호텔 뫼리스에 있을 테니 그리 오라고 하세요. 하지만 그는 오지 않을 겁니다. 편지는 저녁에 당신한테 배달될 겁니다."

대령은 고개를 약간 숙여 보이고 돌아서서는 그 어느 때보다 당당한 태도로 호텔 안으로 사라졌다.

두 시간 뒤 트렌트가 호텔에서 저녁 식사를 하기 전 옷을 갈아

입고 있는데 화이트 대령의 편지가 도착했다. 단정하고 명료한 필체가 아르트마르 호텔 편지지 여러 장을 빽빽이 채우고 있었다. 날짜나 서명은 없었고, 별다른 서두 없이 다음의 내용이 적혀 있었다.

나는 삼십팔 년 전 런던 이즐링턴에서 태어났다. 스페인 출신인 어머니는 좋은 여자였고 나를 잘 키워 주셨다. 영국인인 아버지는 할아버지의 뒤를 이어 소매치기였고 나 역시 아버지의 손재주를 물려받았다. 고귀한 직업이라고는 할 수 없지만 아버지는 기량이 출중해서 번듯한 생활을 꾸릴 수 있었다. 붙잡힌 일은 거의 없었다. 내가 기억하는 십 년 동안 한 번도 잡히지 않은 것으로 알고 있다. 아버지가 죽기 전에 나는 모든 기술을 전수받았다. 아버지는 내 솜씨가 더 낫다고 했지만 아마 그것은 자식이 마냥 자랑스러운 부모의 심정이었으리라.

아버지가 그랬듯 나는 항상 혼자 일했다. 그것은 패거리로 일하는 것보다 훨씬 어렵고, 계급적으로도 하늘과 땅 만큼 차이가 있었다. 나는 좋은 교육을 받았다. 외모나 옷차림, 고급 언어 구사 능력 때문에 어디 가나 신사로 통할 수 있었다. 아버지가 말하던 대로 배웠기 때문에 내게는 자연스러웠다. 아버지가 어떻게 자연스럽고 품위 있는 상류 계급의 언어를 배웠는지는 모르겠다. 나는 상류층에서 태어나지 않았으면서 그렇게 말할 줄 아는 사람을 만난 적이 없다.

나는 열일곱 살 때 사소한 불운 때문에 경찰에 잡혀 런던 북부 지법의 판사 서머턴 앞에 섰다. 최근 부임한 서머턴 판사가 범죄자들 사이에서 인기가 없다는 사실은 알고 있었지만 나를 대하는 태도는 놀라웠다. 초범이기 때문에 보석으로 풀려나거나 최악의 경우 한 달 정도의 형기를 받을 거라고 생각했다. 그러나 처음부터 그는 나를 싫어하는 기색이 역력했다. 경찰은 내가 범죄자들과 어울리며 나쁜 영향을 끼쳤다고 판사에게 말했고, 내가 거짓말이라고 했지만 서머턴은 나를 사납게 노려보더니 정상을 참작할 여지가 없다며 석 달 판결을 내렸다.

풀려난 뒤 얼마 안 되어 나는 다시 서머턴 앞에 섰다. 누가 보석상 유리창을 부수고 물건을 잔뜩 훔쳐갔는데 나와 좋지 않은 인연이 있던 경찰이 증인석에 섰다. 가게 안에는 세 사람이 있었는데, 막 도망치려는 찰나 경찰이 도착했다. 경찰은 달아나는 범인들을 뒤쫓았으며 그중 한 사람의 얼굴을 똑똑히 목격했는데 그것이 나였다는 것이었다. 그 시각에 나는 근처에도 없었지만 알리바이를 증명할 수가 없었다. 경찰과 사이가 좋지 않다는 이유로 나를 엮어 넣으려 한다고 항변하자 판사는 손가락으로 탁자만 연신 두드리며 점점 더 심술궂은 표정을 지었다. 그는 육 개월을 선고했다. 충분한 증거가 없음에도 저지르지도 않은 일로 유난히 가혹한 형량을 받았고, 경찰의 진술과 반대되는 내 말은 재고의 가치도 없다는 듯이 취급당하는 것도 불쾌했지만, 선고를 내리기 전 판사가 했던 말이야말로 최악이었다. 굳이 할 필요가 없었고 단지 내 감정을 상하게 하려는 말이었다.

그 말을 하면서 나를 쏘아보던 판사의 시선에서 알 수 있었다. 네가 신사처럼 보인다고 착각하겠지만, 실제로는 번듯한 가정에 발을 들이거나 품위 있는 사람과 어울릴 수조차 없는 비루한 도둑일 뿐이라고 그는 말했다. 다른 말도 했지만, 그 표현만은 결코 잊을 수가 없었다. 나는 서머턴이 자신의 지위를 이용해서 나를 모욕하고 윽박질렀던 빚을 언젠가 꼭 갚으리라고 결심했다.

교도소에 있는 동안 매일, 제임스 린가드 서머턴에게 어떻게 복수할지 생각했다. 나는 복수심이 강하다고 할 수 있는 유형은 아니지만 뭔가 하겠다고 마음을 먹으면 그 일에 집중해서 해내고야 마는 사람이다. 나는 서머턴이 대가를 치르게 하겠다고 마음을 먹고 있었다.

오래 걸리리라는 것은 알고 있었다. 성공부터 해야 했다. 서머턴이 나를 도둑이라고 한 건 엄연한 사실이었으니 불만이 없었지만, 스스로 신사처럼 보인다고 착각하고 있다는 말은 동의할 수 없었다. 내가 실제로 신사처럼 보인다는 것을, 그때나 지금이나 서머턴보다 더 신사처럼 보인다는 것을 알고 있었으니까. 내 분야에서 일하려면 그 점은 필수다. 일류 소매치기는 다 그렇다. 품위 있는 사람들과 어울릴 수 없는 사람이라는 말도 동의할 수 없었다. 이는 내게 좋은 시민이 될 수 있는 품성이 부족하다는 뜻인데, 서머턴의 의도와 정반대로 나는 이 말 덕분에 오히려 좋은 시민이 되기로 마음을 먹었다.

교도소에서 나온 뒤 나는 과일 거래상인 외삼촌을 찾아가서 앞으로는 바르게 살고 싶다고 말했다. 그리고 새 인생을 시작하고 싶으니 미국까지 가는 배표를 사 달라고 부탁했다. 외삼촌이 부탁을 들어주어 이민을 떠날 수 있었다. 당시 미국에 적응하는 것은 어렵지 않았다. 나는 곧 사무직을 얻었다. 자잘한 사연을 생략하고 오 년 뒤에는 콜로라도 주 해리슨의 한 회사에서 좋은 직위까지 올라가서 저축도 하기 시작했다. 스물여덟 살 되던 해, 도시 외곽에 사 두었던 땅에서 구리광이 발견되면서 나는 일약 백만장자가 되었다.

이후 나는 다양한 사업에 손을 대면서 성공을 거듭했다. 해리슨 시에 도서관과 병원을 기증하고, 덴버와 볼더의 대학에 지원금을 건넸으며, 자선 사업에도 통 크게 기부했다. 나는 명성 있는 시민이자 사회의 은인이 되었다. 주지사는 내게 대령 직위를 주고 고문역을 맡겼다. 명예직이어서 달리 해야 할 일은 없었다. 서머턴에게 접근할 때 유용할 것 같아서 대령 직위를 얻은 것이 마음에 들었다. 생각할 일이 많았지만 그를 잊은 적이 없었다.

삼 년 전, 나는 탐정을 붙여 서머턴의 뒷조사를 했다. 그의 직위, 건강, 생활 방식에 대한 보고서를 확보했다. 마지막으로 본 이후 살았던 집 주소도 알아냈다. 그가 많은 돈을 벌어 은퇴했다는 것도 알았다. 무엇보다도 나는 서머턴이 매년 크리스마스 이후 한 달 동안 몬테 카를로에 머물면서 아르트마르 호텔에서 지내는 습관이 있다는 것을 알아냈다.

그다음 해, 작년에 그가 몬테 카를로에 갔을 때 나도 몬테 카를로로 향했다. 우리는 안면을 트고 지내는 사이가 되었다. 미국의 사업 때문에 떠날 때는, 내년에 다시 만났으면 좋겠다고 서로 인사를 나누었다. 그것이 올해다. 작년의 몇 주 동안 나는 서머턴에 대해 뒷조사로 알아냈던 것보다 더 많은 것을 알아냈고, 일 년 전부터 미리 계획을 준비해 두었다. 호텔 직원들은 나를 팁을 철철 뿌리는 사람으로 알고 있었다. 신문 가판대의 마담 주뱅과도 좋은 사이가 되었고, 그랑제트에게도 적지 않은 돈을 낭비했다.

이 주 전 서머턴이 아르트마르에 도착했을 때 나는 벌써 와 있었다. 그는 나를 보고 반가워했고, 나는 그와 그의 딸, 그들의 친구들과 내내 시간을 보냈다. 며칠 뒤에는 당신이 알다시피 계획을 시작했다. 호텔 직원들도 서머턴을 좋아하지 않아서 기꺼이 계획에 참여했다. 길에서 그에게 말을 걸었던 사람들에게는 백 프랑 지폐 한 장씩을 지불했으니 그보다 더 심한 짓도 기꺼이 했을 것이다.

지폐 속임수는 당신에게 말한 바 있다. 나는 그가 언젠가 은행에 돈을 찾으러 갈 거라고 생각해서 몇 달 동안 옛 기억을 되살려 소매치기 연습을 열심히 했다. 그가 리옹 은행에 갔을 때, 나는 따라가서 그가 지폐 열 장을 인출하는 것을 보고 다시 보트 경주를 구경하는 군중들 사이로 돌아갔다. 바지 뒷주머니에서 물건을 꺼내는 것은 전문 소매치기에게 가장 쉬운 일 중의 하나다. 나는 지폐 열 장을 더 넣은 뒤 지갑을 돌려놓고 그가 나중에 지갑을 열어 보고 하얗게 질리는 모습을 구경했다. 기분이 좋았다! 일 분 뒤 나는 지갑을 다시 훔쳐 내 돈을 꺼내고 지갑을 돌려놓았다. 모두 순조로웠다.

신문 속임수는 이렇게 한 것이다. 런던을 지나치는 길에 나는 《타임스》 보관소에 들러 작년 그맘때 신문 이 주일치를 구했다. 마담 주뱅도 잠시 생각해 보더니 서머턴을 골리는 계획에 기꺼이 동참해 주었다. 같이 신문 가판대에 들르면 일 년 전 신문을 그에게 건네주기로 한 것이다. 날짜는 지폐 사건을 일으킨 다음 날로 정했다. 내 외투 주머니에는 한 시간 전에 준비한 올해 신문이 들어 있었다. 서머턴이 마담 주뱅에게 신문을 받아들 때, 나는 커다란 크기의 미국 잡지 《에스콰이어》 한 부를 사서 내가 따로 들고 온 《타임스》를 그 밑에 숨겼다. 그가 신문 날짜를 보고 놀라는 순간, 나는 극히 자연스럽게 손을 내밀었다. 당신에게 했던 것과 마찬가지로 그의 눈을 똑바로 보면서 순간적으로 신문을 바꿔치기했고 날짜는 아무 이상 없다고 말한 것이다. 신문을 돌려줄 때 하얗게 질린 그의 얼굴이야말로 모든 수고와 비용을 치른 가치가 있었다.

서머턴이 예전에 살던 집 주소를 알아냈을 때 내가 한 생각은 이런 것이다. 일 년 전에도 그는 아내에게 생일 선물을 보냈는데, 그때 내가 그랑제트의 가게에서 선물을 고르는 것을 도와주었다. 나는 그가 올해에도 선물을 할 거라고 짐작했고 그는 그렇게 했다. 혹시 선물을 보내지 않더라도 언젠가 그 주소를 유용하게 쓸 수 있을 거라고 생각하고 있었다. 그는 내게 올해도 생일 선물을 사야 하는데 나의 판단력을 신뢰한다면서 그랑제트의 가게에 같이 가자고 했다. 당신도 알다시피 나는 늙은 그랑제트에게도 돈을 넉넉히 주었다. 그보다 훨씬 적게 주었어도 계획에 가담했겠지만, 나는 계획을 확실하게 실행에 옮기고 싶었다.

탐정이 주소를 건네줄 때 두 가지 실수가 있었다. 그를 탓하고 싶지는 않다. 서머턴이 그곳을 떠난 뒤로 우편번호가 약간 바뀐 것을 누가 미처 생각했을까. 탤퍼드의 철자가 틀린 것도 자연스러운 실수다. 어쨌든 걱정은 하지 않는다. 원하던 것은 얻었다. 계획의 진가를 아는 영리한 사람에게 이 이야기를 털어놓는 것도 꽤 즐거웠다.

이제 다 털어놓은 것 같다. 대단히 흥미롭고 즐거운 시간이었다. 안됐지만 서머턴은 날 그리워하겠지. 심심할 때는 이십 년 전 법정에서 우리가 함께 나눈 유쾌한 대화를 떠올려 보는 것도 좋을 것이다.

"흥미롭고 즐거운 시간이었어!"

트렌트는 혼잣말을 했다.

"몬테 크리스토 백작이 따로 없군!"

그는 앞으로 몇 장을 넘겼다.

"명성 있는 시민이자 사회의 은인이라. 여가 시간에 잠시 악당 노릇을 하셨군. 서머턴 씨는 분명 기분 나빠 하겠지만, 그래도 정신이 나간 것보다는 낫겠지. 어쨌든 내 손으로 편지를 전하고 싶지는 않군."

그는 짐꾼 사무실로 전화를 걸어 직원을 보내 달라고 부탁했다.

작가
정보

●

에드먼드 클러리휴 벤틀리

Edmund Clerihew Bentley

에드먼드 클러리휴 벤틀리는 추리 소설인『트렌트 최후의 사건』과 그의 이름을 딴 독특한 형태의 시로 널리 알려져 있는 작가다. 그는 1875년 7월 10일에 영국 런던에서 공무원의 아들로 태어났다. 런던의 세인트폴 스쿨을 다닐 때 G.K. 체스터턴을 만나 평생을 가까운 친구로 지내게 된다. 벤틀리는 옥스퍼드의 머턴 칼리지에서 법학을 공부했으며 대학을 졸업하고 변호사가 되었으나 곧 저널리즘으로 전향하여《데일리 텔레그래프》를 포함한 여러 신문사에서 기자로 근무했다. 1936년부터 1949년까지 영국 미스터리 작가들의 모임인 추리 클럽Detection Club의 회장을 지내기도 하였다.

자신의 이름을 붙인 시

벤틀리가 고안해 낸 클러리휴는 유명 인물을 소재로 재치 있게 쓴 짧은 시이며 불특정 음보의 4행으로 이루어져 있다. 이 짧은 시는 유명인을 조롱하거나 풍자하려고 쓰인 것은 아니며 재미를 추구하는 데에 목적이 있는데, 유명인의 특이점을 왜곡하거나 과장하는 등 독자들이 알고 있는 유명인의 모습과 괴리를 만들어 재미를 준다.

벤틀리가 처음으로 클러리휴를 쓰기 시작한 것은 세인트 폴 스쿨을 다니던 열여섯 살 때부터였다. 절친한 친구였던 G.K. 체스터턴 역시 그때부터 취미 삼아 클러리휴를 즐겨 썼다. 벤틀리는 1905년에 그의 시를 모은 시집인 『초심자를 위한 전기Biography for Beginners』를 'E. 클러리휴'라는 이름으로 출간했고, 책이 인기를 얻으며 독창적인 시의 형식에 그의 이름이 붙었다. 벤틀리는 1929년과 1939년에도 시집을 출간했다.

추리 소설의 시작

그는 한 출판사가 소설 공모전을 열며 상금 오십 파운드를 건 것을 보고 신문사에 다니는 틈틈이 '필립 개스킷 최후의 사건'이라는 제목으로 탐정이 등장하는 소설을 썼다. 그러나 유망한 작가가 같은 공모전을 위해 소설을 준비하고 있는 것을 듣고 공모전 지원을 포기한다. 원고가 완성되기도 전, 한 미국 출판인이 벤틀리에게 오백 달러를 미국 출판권 계약금으로 제시하며 탐정의 성과 작품 제목을 바꾸기를 요청하였고 그는 이를 받아들였다. 그리하여 탐정의 이름은 필립 개스킷에서 필립 트렌트로 바뀌었고, 『검은 옷을 입은 여자The Woman in Black』라는 제목으로 미국에서 출간되었다. 벤틀리와 옥스퍼드 대학 시절 친구이자 영국의 출판사에서 일하고 있던 존 부천이 자연스럽게 영국 내 출판권을 계약하였는데 작품은 미국과 영국에서 동시에 출간되어 인기를 얻었다. '최후의 사건'이라는 제목을 살리고 싶었던 벤틀리는 영국에서 출간할 때는 작품의 제목을 『트렌트 최후의 사건』으로 수정하였다.

『트렌트 최후의 사건』은 출간 즉시 크게 인기를 끌었고 도러시 세이어스 등 당대 유명 작가들도 이 작품의 팬을 자처했다. 벤틀리가 이 소설을 쓸 때에는 아서 코넌 도일의 '셜록 홈스' 시리즈가 인기를 끌며, 기이한 특징을 가진 탐정이 하나의 수수께끼를 해결하는 단순한 내용의 단편 미스터리 작품들이 우후죽순 출간되고 있었다. 벤틀리는 유행을 좇아 출간되는 작품들이 비슷한 구성을 가지고 있는 점을 지루하다고 생각했다. 그는 기벽을 가진 괴팍한 셜록 홈스와는 다른 평범하고 상냥한 화가 탐정 필립 트렌트를 창조하여 기존 단편 미스터리와 대비되는 새로운 틀의 장편 미스터리를 썼다. 비밀스러운 구석이 있는 탐정 대신 솔직하고 풋풋한 탐정이 등장하고, 천재 탐정이 단번에 진상에 도달하는 대신 어수룩한 아마추어 탐정이 주위의 도움을 받아 겨우겨우 진상을 알아차리는 내용이다. 벤틀리의 새로운 시도는 장르의 관습을 타파하고 다양한 시도를 할 수 있도록 다른 작가들을 자극하였다. 이런 이유로 『트렌트 최후의 사건』은 최초의 근대 미스터리이자 미스터리 황금기를 연 작품으로 여겨진다.

베스트셀러가 된 『트렌트 최후의 사건』은 세 번이나 영화로 제작되었다. 벤틀리는 이 작품을 필립 트렌트가 등장하는 처음이자 마지막 작품으로 생각하고 썼지만 독자들은 필립 트렌트를 또 만나고 싶어 했다. 그는 첫 작품을 쓰고 이십이 년이 지난 후 허버트 워너 앨런과 함께 『트렌트 자신의 사건Trent's Own Case』을 집필하였고 이 년 후 『트렌트, 사건에 개입하다Trent Intervenes』라는 단편집을 출간하였다. 두 작품 모두 첫 작품처럼 인기를 얻지는 못했다. 1950년에는 『코끼리의 일Elephant's Work』이라는 미스터리를 내놓았지만 완성도가 떨어진다는 평을 받았다.

에드먼드 벤틀리는 1931년에 출간된 『소설 속 23인의 명탐정Sleuths, 23 Great Detectives of Fiction』라는 선집에 다음과 같은 필립 트렌트의 프로필을 제공했다.

> 트렌트, 필립 마셤. 저널리스트. 1881년 4월 11일 시칠리아 타오르미나 출생.
> 왕립 미술원, 왕립 학술 연구 단체, 왕립 예술 협회 회원인 화가 마셤 알렉산더 트렌트의 아들.
> 존 피터(인도 상인)와 도러시 매리언(도멕)의 딸 메이블 도멕 맨더슨과 1913년 결혼.
> 자녀: 이남 일녀.
> 18세까지 웨스트민스터 학교에서 수학, 런던의 슬레이드 스쿨과 파리의 르 보디외에서 미술을 공부.

《런던 레코드》 편집인 제임스 멀로이 경이 그를 사건 전담 취재 특별 기자로 지목하면서 탐사 보도 시작. 첫 사건은 게멀 기차 살인 사건. 그 이후 일클리 사건, 애빈저 사건, 파괴하는 천사 사건, 독이 발린 봉투 사건, 불에 탄 외투 사건, 수프 접시 사건 등 서른 건의 사건을 해결.

1905년 발트 제국의 반란 당시 《런던 레코드》의 특파원 자격으로 육 개월 동안 발칸 반도의 쿠를란드와 리보니아 체류.

런던 경찰청의 머치 경위와 다수의 사건에서 협력.

각종 잡지 기사와 에드먼드 벤틀리의 『트렌트 최후의 사건』에 기타 중요한 사건들이 기록되어 있음.

저작: 《런던 레코드》의 탐사 보도 기사.

『자크 코랑과 그의 화파』, 『하인리히 클레이의 작품』(이상 미술 비평서)

『프랑스인이 말했듯이』, 『카뷰레터』, 『그것만은 절대』, 『붉은 판타필란도』(이상 소설)

취미: 음악, 시, 사진, 미술과 미술사, 골프, 소형 보트 타기, 외국 도보 여행

현재 영국 도싯 룰워스 인근 템플 클라우드 거주.

/

작 품 목 록

미스터리

Trent's Last Case(1913) - 『트렌트 최후의 사건』(엘릭시르, 2014, 미스터리 책장 시리즈)

Trent's Own Case(1936)

Trent Intervenes(1938) - 이 작품집에 속한 단편 「사회의 은인」이 『트렌트 최후의 사건』(엘릭시르, 2014, 미스터리 책장 시리즈)에 수록.

Elephant's Work : An Enigma(1950)

클러리휴 시집

Biography for Beginners(1905)

More Biography(1929)

Baseless Biography(1939)

논픽션

Peace Year in the City : 1918~1919(1920)

Those Days(1940)

해설

●

탐정의 실패, 미스터리의 시작

에드먼드 벤틀리의 『트렌트 최후의 사건』은 크게 보면 3막으로 이루어져 있다. 1막, '월 스트리트의 나폴레옹'이라고 불렸던, 강철 같은 의지의 무자비한 재계 거물 맨더슨이 자택 근처에서 시체로 발견된다. 총에 맞아 숨졌지만, 집안 사람들 아무도 총소리를 듣지 못했다. 뛰어난 화가이자 아마추어 탐정인 필립 트렌트는 피해자의 주변 인물들을 차례로 만난다. 이 와중에 트렌트가 가장 의심하는 인물이 누군지는 쉽게 드러난다. 트렌트는 이것이 사업적 관계로 원한을 품은 누군가가 저지른 살인 사건이 아니라 맨더슨의 사생활과 얽힌 아주 사적인 감정의 발로라고 생각한다. 그러나 여기서 그는 허를 두 번 찔린다. 2막, 사건 이후 일 년이 넘는 시간이 흘렀고 트렌트는 사건 관계자들을 다시 만나게 된다.

그중 트렌트가 공범이라고 믿었던 인물이, 그의 추리가 틀렸음을 밝힌다. 3막, 탐정은 사건의 진상에 대해 또 한 번의 반전을 경험하고 자신의 패배를 인정한다. 이 형식 자체가 당대의 추리 소설에 대한 다소 가벼운 빈정거림일 수도 있고, 좀 더 넓게 보자면 당대 추리 소설의 장르적 특징에 대한 작가의 싫증이 예상치 못하게 장르의 외연을 확장시켰다는 의의를 가지기도 한다.

우리는 먼저 『트렌트 최후의 사건』이 1913년에 쓰인 소설이라는 점을 감안해야 한다. 당시 아서 코넌 도일은 독자들의 아우성에 못 이겨 라이헨바흐 폭포에서 살아 돌아온 셜록 홈스의 활약을 발표중이었다. 애거사 크리스티가 『스타일스 저택의 괴사건』을 쓴 건 1920년, 도러시 세이어스가 『시체는 누구?』를 쓴 건 1923년이었다. 1920년대를 추리 소설의 황금기라고 하는 이유는 여러 작가들이 코넌 도일의 튼튼한 손아귀에서 벗어나 추리 소설의 장르적 규칙과 목적성을 확고히 했기 때문이다. 작가들은 단일 수수께끼 풀이라는 단편 추리 소설의 토대에서 벗어나 더 길고 복잡한, 어쩌면 사회상을 포용하는 당대의 통속 소설로서 장편 추리 소설을 쓰기 시작했다. 첫 페이지부터 마지막 페이지까지 독자의 주의를 단단히 붙들어 매는 장편 추리 소설들이 1920년대에 쏟아져 나왔다. 하지만 『트렌트 최후의 사건』은 감히(!) 코넌 도일의 시대에, 추리 소설의 장르적 규칙을 파악한 다음 그것을 풍자하며 '또 다른' 추리 소설의 형식을 선취한 작품으로 기록된다.

저널리스트이자 유머 시인으로 유명했던 벤틀리는 코넌 도일이 쓰는 단편들의 판에 박힌 듯한 사건 전개와 유머 감각의 부재를 마음에 들어 하지 않았던 것으로 알려져 있다. 특히 '생각하는 기계' 셜록 홈스의 잘난 척하는 태도와 다소 비인간적으로 보일 정도의 기행들이 탐정이라는 이유로 무조건 용서받는 분위기에 대해 한마디 하고 싶어 『트렌트 최후의 사건』을 집필한 것으로 보인다.

먼저 에드먼드 벤틀리의 탐정인 필립 트렌트가 셜록 홈스와 어떤 부분에서 다른지 살펴보자. 『트렌트 최후의 사건』을 매우 높이 평가했던 도러시 세이어스는 자신의 탐정 피터 윔지 경을 창조할 때 필립 트렌트로부터 많은 영향을 받았음을 공공연하게 인정한 바 있다.

필립 트렌트는 젊고 부유하며 재능이 넘치고 자신의 학문적 식견과 문화적 지식을 과시하려고 꽤나 수다스럽기까지 하다. 트렌트는 심지어 "내 이야기를 막지 않는 게 좋을 겁니다. 내 말 믿어요. 말이 없는 남자는 말이 많은 남자보다 같이 살기 힘든 법이니까. 말 없는 사람을 경계하세요"라며 스스로를 변호한다. 남들에게 자연스럽게 호감을 얻는 무의식적인 재능, 쾌활한 성품과 활달하고 해학적인 상상력, 타인의 관심사에 동조하는 특유의 능력을 발휘하는 인기 만점의 사내이기도 하다. 한편 그는 경찰들을 능가할 만큼 똑똑하지만, 홈스 같은 완전무결한 탐정에게선 좀처럼 볼 수 없던 약점을 노출한다. 자신의 지성에 대한 자만심과 허영심도 듬뿍 갖췄기 때문에 명백한 지점에서 함정에 빠져 버려 결국 잘못된 추론에 이르는 아마추어 탐정이다. 그는 추리 과정에서 실수를 저지르고 심지어 용의자에게 사랑을 느끼는, 넘으면 안 될 선까지 침범하고 만다.

> 그는 그녀의 눈과 입술을 보았다. 그녀가 가진 기운을 호흡했다. 트렌트는 진정한 사악함은 공기처럼 떠다니기 때문에 냄새를 맡을 수 있다고 생각하는 사람이었다. 하지만 그는 그녀와 함께 있으면 그녀가 얼마나 좋은 사람인지 확신할 수 있었다. (본문 206쪽)

심지어 용의자가 "당신 같은 분이 저 같은 여자의 얼굴에 커다랗게 결백하다는 글씨라도 적혀 있는 것처럼 행동하시는 게 더 우습죠. 겨우 두 번 만난 사람이지만 절대 나쁜 짓을 했다고 생각할 수 없다는 식"이라고 슬쩍 속을 떠보자 분격하면서 "제가 정상적인 본능조차 없는 사람이라는 뜻입니까? (…) 당신을 봐 왔고 당신이 풍기는 분위기를 호흡하고서도 당신을 내가 상상한 그런 범죄에 결부시킬 수 있는 남자는 바보"라고 그녀를 야단스레 찬양하기까지 한다. 만약 사십 년 뒤의 하드보일드 소설에서라면, 탐정이 여자 앞에서 이런 찬사를 늘어놓는 순간 여자는 황홀한 미소를 지으며 주머니 속의 권총을 꺼내어 빵 하고 쏴 버릴 텐데!
트렌트의 추리에는 허점들이 이것저것 있는데, 그중 압권은 살인을 둘러싸고 중요하게 작용하는 지폐 다발에 관한 부분이다. 트렌트는 소설 말미에서 주요 용의자가 털어놓는 진술을 들으면서, "맨더슨의 침실 화장대 위에서 자물쇠가 부서진 커다란 서류 케이스가 텅 빈 채 다른 물건과 함께 놓여 있는 걸 봤습니다. 지금 그 말을 들어 보니 당신이 거기 놓아 둔 거군요. 전 뭔지 전혀 몰랐는데"라는 지나치게 솔직한 고백을 늘어놓기까지 한다.

정작 소설 앞부분 침실 수색 장면으로 돌아가 보자면 딱히 그 케이스에 대한 언급이 나오지도 않는다. "화장대로 사용했던 서랍장 위에도 다양한 물건들이 놓여 있었는데, 주인이 서둘러 사용했는지 이리저리 흩어진 상태였다. 트렌트는 찬찬히 물건들을 둘러보았다"라고만 적혀 있다. 용의자는 "돈다발도 케이스 안에 넣고 다이아몬드는 책상 서랍 안에 두었습니다"라고 설명했지만, 사건 초반 서재를 수색한 경찰은 "(맨더슨의 책상에서) 상당 액수의 수표 다발과 다이아몬드가 들어 있는 작은 주머니 몇 개"뿐이었다고 말한다. 돈다발이 어디 놓여 있었는지조차 소설에는 정확하게 해명되어 있지 않은 것이다.

만약 벤틀리가 솜씨 좋은 추리 작가였다면 이 부분을 세심하게 처리하고 작가 자신이 저지른 사소한 오류를 수정했을 테지만, 작가와 트렌트 모두 돈다발의 행방이 별것 아니라고 여기고 지나갔다. 트렌트는 맨더슨 살인 사건이 돈에 얽힌 사건일 거라고는 아예 생각도 하지 않았기 때문이다. '탐정은 모두를 의심해야 한다'고 주장하고 있지만 용의자 한 사람 한 사람에게 호감을 느끼는 이유를 상당히 길게 늘어놓는 걸 보면 트렌트가 과연 탐정 자질이 충분한가 의아해질 지경이다.

그럼에도 불구하고 학창 시절부터 우정을 쌓았던 평생지기인 G.K. 체스터턴이 『트렌트 최후의 사건』을 두고 '근대의 가장 뛰어난 탐정 소설'이라고 이야기한 것은, 트렌트가 뛰어난 탐정이기 때문이 아니라 벤틀리가 추리 소설의 규칙을 가지고 유희한 방식과 메타적인 글쓰기에 더 주목했기 때문이 아닐까.

『트렌트 최후의 사건』은 정체성의 오해를 이용해 알리바이를 만든 최초의 작품으로 논해진다. A라는 사람을 목격하고 대화까지 나누었다고 주장하는 사람들의 논거를 의심함으로써 과연 그들이 본 A가 실제 A였는가를 파악하는 과정은 사건을 해결하는 데 매우 중요한 열쇠로 작용한다. 내가 보고 들은 것, 그 감각을 신뢰할 수 있는지에 대한 의문을 제기함으로써 '내가 아는 그 사람이 과연 그런 일을 저지를 사람인가'라는 고전적인 질문을 추리 소설의 주요 트릭으로 멋지게 활용했다.

또한 탐정이 제시하는 해결 방식, 처음부터 끝까지 아귀가 딱 맞아떨어지며 의심의 여지 없는 단 한 가지의 해결 방식과 단 한 명의 범인밖에 없다는 추리 소설의 공식에도 의문을 제기한다. 이를테면 피에르 바야르가 『누가 로저 애크로이드를 죽였는가?』(김병욱 옮김, 여름언덕, 2009)에서 세계 3대 미스터리 걸작으로 꼽히는 애거사 크리스티의 『애크로이드 살인 사건』의 허점을 잡아내며 또 다른 범인설을 꽤 설득력 있게 풀어냈듯, 『트렌트 최후의 사건』에서도 트렌트의 가설과 후에 밝혀지는 진범의 이야기들에는 각각의 신빙성이 있다. 트렌트가 파악한 진실 너머에 또 다른, 트렌트도 독자도 알지 못했던 누군가의 행적이 포함되면서 진실의 방향이 살짝 틀어지게 된 것이다. 이것까지 트집 잡으며 벤틀리가 독자에게 공정하지 못했다고 한다면 그것이야말로 불공정한 일일 것이다. 벤틀리가 3막의 반전을 준비한 것은 탐정이 단 하나의 해결

책만을 제시하며 신적인 위치에서 범인을 단죄하는 기존 추리 소설에 싫증을 느꼈기 때문이다. 탐정과 독자의 눈높이가 똑같기 때문에 독자만큼이나 탐정도 깜짝 놀라 이렇게 고백하고 만다.

> "제 병은 다 나았습니다. 다시는 범죄 수수께끼에 손을 대지 않겠어요. 맨더슨 사건이 필립 트렌트의 최후의 사건이 될 것입니다. 콧대 높던 자부심이 마침내 무너졌습니다. 인간 이성의 무력함을 보여 주는 마지막 폭로만 아니었어도 끝까지 버텼을 텐데. (…) 당신이 날 이겼다는 말밖에 할 수가 없습니다." (본문 325~326쪽)

탐정 역시 알 수 없는 부분이 있으며 자신이 틀렸다는 사실을 겸허히 인정하고 사건 하나를 둘러싸고 얼마나 많은 해석과 미스터리가 존재할 수 있는가를 새삼스럽게 깨달으며 탐정 일에서 손을 떼겠다고 선언한다! 필립 트렌트가 등장하는 최초의 소설 제목이 '최후의 사건'인 이유에는 벤틀리의 냉소적인 유머가 깃들어 있다. (하지만 이 작품의 성공에 힘입어 그는 1936년에 속편 『트렌트 자신의 사건Trent's Own Case』을, 1938년에 단편집 『트렌트, 사건에 개입하다Trent Intervenes』를 쓰고야 말았다.)
아쉬운 점은, 소설 속 희생자 맨더슨에 대한 부분이다. 『트렌트 최후의 사건』의 가장 매혹적인 부분 중 하나는 1장 앞부분인데, 저널리스트로서의 에드먼드 벤틀리의 매력이 한껏 발휘되는 부분이기도 하다. 맨더슨의 죽음을 알리며 그가 1차 세계 대전 직전까지의 미국 경제 호황기에 어떤 중추적인 역할을 담당했는지와 적이 많을 수밖에 없었던 맨더슨의 비정한 사업 스타일을 매력적으로 압축하여 전달하는 부분은 기존의 단편 소설에서 결코 발견할 수 없는 흥미로운 지점이었다. 맨더슨은 어떤 의미에서 셰익스피어가 매우 좋아했을 법한 극적인 요소가 많은 안티히어로이다. 또한 영화화되었을 때 맨더슨 역을 오슨 웰스가 맡았다는 건 상당히 설득력 있는 캐스팅이다!
하지만 글 후반부에 이르러 맨더슨의 음험한 성격을 용의자의 입을 빌어 설명할 때는 매우 실망스럽다. "그의 윗대에서 인디언 피가 섞여서 그런 교활함과 잔인함이 나타난 게 아닐까 생각하곤 했어요. (…) 맨더슨은 피가 섞였다는 것을 치욕이라고 생각했습니다. 아마 전후 흑인 문제가 사회적으로 대두되면서 그런 혐오감이 더 심해진 것 같았습니다" 라며 격세 유전과 유색 인종에 대한 아연실색할 혐오감까지 보여 줄 때는 아, 이 소설 쓸 때가 아직 20세기 초였지, 라는 생각을 떠올리지 않을 수 없다. 『심플 아트 오브 머더』(최내현 옮김, 북스피어, 2011)에서 레이먼드 챈들러가 벤틀리를 두고 "필자가 만나 본 국제 금융가들은 몇 명 되지 않지만, 이 소설의 작가는 필자보다도 그 수가 더 적었을 거라는 생각을 지울 수가 없다"고 나무란 것은, 픽션이 미처 따라잡지 못할 만큼 격변하던 20세기 초, 사람들이 생각하는 핍진성의 한계를 뛰어넘은 채 대활약하던 직종에 대해 벤틀리가 너무 손쉽게 정형화된 틀을 적용시킨 것이 아닌가 하는 문제 제기일 것 같다. 코넌 도일 역시 악당의 특성을 설명할 때 인종 차별 및 격세 유전에 대한 당대의 편견을 적극적으로 활용한 선례를 생각해 보면 더욱 그렇다.

추리 소설사에서 길이 남을 걸작까지는 아니라 하더라도, 그럼에도 불구하고 『트렌트 최후의 사건』이 선취한 미덕의 빛은 바래지 않는다. G.K. 체스터턴은 1908년 작 『목요일이었던 남자』(김성중 옮김, 펭귄클래식코리아, 2010)를 벤틀리에게 바치면서 멋진 헌시를 쓴 바 있다.

> 이것은 예전의 공포에 대한 이야기요,
> 텅 빈 지옥에 관한 이야기라네.
> 자네만이 이 이야기의 진정한 의미를 이해할 수 있으리.
> (…)마음속에 품기에는 지극히 분명하고,
> 거부하기에는 너무나 끔찍한 그 의문들을,
> 자네가 아니라면 누가 이해하겠나?
> 그래, 그 누가 이해하겠나?

『트렌트 최후의 사건』은 "우리가 아는 이 세상은 어떻게 중요한 일과 중요해 보이는 일을 현명하게 분별하는 것일까?"라는 첫 문장으로 시작한다. 체스터턴이 헌시에서 나이 들어가면서 배우는 통찰력과 지혜를 찬양하며 벤틀리와의 우정을 아름답게 칭송했듯, 『트렌트 최후의 사건』의 첫 문장은 허영심에 들뜨지 않고 인간 본성에 대한 통찰력을 갖출 수 있게 되기까지 충분히 기다려야 한다는, 작가가 철없는 아마추어 탐정에게 하는 무언의 충고였을지도 모른다.

추리 소설의 황금기 직전에 발표된 『트렌트 최후의 사건』은 무궁무진한 가능성을 가지고 있던 추리 소설 태동기의 흥분과 매력을 고스란히 간직하고 있다. 그 가능성이 성숙해지면서 어떤 역사를 창조했는지 이미 알고 있는 현대의 독자들에게 이 책은 색다른 감흥을 안긴다. 끝에 시작이 있는 법이다. 트렌트의 '최후'는 추리 소설의 시작이었다.

김용언(『범죄 소설—그 기원과 매혹』 저자, 프레시안 기자)

트렌트 최후의 사건
Trent's Last Case
/

초판 발행 2014년 5월 15일

지은이 에드먼드 벤틀리 / **옮긴이** 유소영 / **펴낸이** 강병선

책임편집 이현 / **편집** 임지호 / **아트디렉팅** 이혜경 / **본문조판** 이정민 / **그림** 성원
저작권 한문숙 박혜연 김지영 / **마케팅** 정민호 한민아 정진아 / **온라인마케팅** 김희숙 김상만 한수진 이천희
제작 강신은 김동욱 임현식 / **제작처** 미광원색사(인쇄) 한영문화사(제본)
독자모니터 엄정현

펴낸곳 (주)문학동네 / **출판등록** 1993년 10월 22일 제406-2003-000045호 / **임프린트** 엘릭시르

주소 413-120 경기도 파주시 회동길 210
문의 031-955-1906(편집) 031-955-8886(마케팅) 031-955-8855(팩스)
전자우편 editor@elixirbooks.com / **홈페이지** www.elixirbooks.com

ISBN 978-89-546-2475-6 (03840)

엘릭시르는 출판그룹 문학동네의 임프린트입니다.